Aus Deiner Sicht

Das Buch

Ein Anruf aus der alten Heimat reißt Elena aus ihrem Businessalltag. Ihre Schwester braucht eine Nierentransplantation und Elena käme vielleicht als Spenderin infrage. Normalerweise würde sie keine Sekunde zögern, doch zum ersten Mal in ihrem Leben braucht sie mehr als nur Mut für eine Entscheidung. Sie und Maren sind sich völlig fremd, haben seit fast zwanzig Jahren kaum Kontakt zueinander. Zwischen ihnen stehen eine hartherzige Mutter und die Erinnerung an eine Kindheit, die von Misstrauen und Verrat geprägt war. Trotzdem macht Elena sich auf die Reise. Sie hofft, ihren Frieden mit der Vergangenheit machen zu können. Doch in dem kleinen Dorf in Vorpommern stiftet sie mit ihrem Drang, alles reparieren und gleichzeitig kontrollieren zu wollen, mehr Unruhe, als ihr lieb ist.

Die Autorin

Emilia Licht, Jahrgang 1968, wuchs in einer brandenburgischen Kleinstadt auf. Ihre ersten Geschichten schrieb sie auf der Reiseschreibmaschine ihres Vaters. Seit über zwanzig Jahren arbeitet sie im Vertrieb, in unterschiedlichsten Branchen und Positionen.

Die Heldinnen und Helden ihrer Geschichten sind ganz normale Menschen, denen die Liebe in all ihren Facetten begegnet, Schwierigkeiten bereitet, die sie überrascht oder einfach nur erwischt, und das Leben in neue Bahnen lenkt.

Emilia Licht lebt und arbeitet in Dresden.

Besuchen Sie auch ihre Website: www.emilia-licht.de

Aus Deiner Sicht

Emilia Licht

Der vorliegende Text ist ein Werk reiner Fiktion. Alle Personen und Ereignisse sind frei erfunden. Ähnlichkeiten mit real existierenden Personen oder Ereignissen sind rein zufällig.

Imprint

Herausgeber: Dorit Kostall; 2016
Merseburger Straße 3; 01309 Dresden
Alle Rechte vorbehalten.
Covergestaltung: mybook Make up
Lektorat/ Korrektorat: Christine Bendik
Ein Nachdruck oder eine andere Verwertung ist nur mit schriftlicher Genehmigung der Autorin gestattet.

Aus Deiner Sicht

Prolog

Elena öffnete die fertig gepackte Reisetasche noch einmal und nahm das rote Fotoalbum heraus. Dann zog sie einen braunen Briefumschlag aus ihrem Rucksack und legte ihn zusammen mit dem Fotoalbum zurück in die Schublade ihres Schreibtisches. Unsortierte Fotos, die sie in der vergangenen Nacht wahllos aus Schachteln und milchigen Klarsichtfolien zusammengesucht hatte. Wozu diese Bilder der Vergangenheit mitnehmen, wenn sie ohnehin nicht vorhatte, je wieder zurückzublicken? Ab jetzt wollte sie nur nach vorn schauen. Der Anblick der Fotos würde sie nur schmerzen, jedenfalls die von Papa. Und Schmerz war sicher ein schlechter Begleiter auf neuen Wegen, wobei sie das nicht so genau wusste. Dafür wusste sie umso besser, wie sich Trauer, Verrat, Zurückweisung und Demütigung anfühlten. Sie fand, mit ihren achtzehn Jahren hatte sie das Recht, endlich auch die schönen Seiten des Lebens kennen zu lernen. Und selbst wenn sie nicht immer schön sein würden, es wäre ihr Leben.

Sie sah auf ihre Uhr. Noch zwanzig Minuten, bis der Bus käme, der sie nach Rostock bringen würde. Von dort wollte sie weiter mit der Bahn nach Berlin.

Für Maren hatte sie eine Kopie der Immatrikulationsurkunde unter ihrer Tür durchgeschoben. Wenigstens die große Schwester sollte wissen, wohin sie gegangen war. Elena hatte keine Angst, dass jemand in Berlin nach ihr suchen würde. Von Löbnitz aus betrachtet, lag Berlin jenseits des Sonnensystems. Außerdem hatte sie dort noch kein Zimmer, keine neue Adresse. Ab sofort blieben ihr vier Wochen Zeit bis zum Semesterbeginn.

Vier Wochen, um Berlin zu ihrer Stadt zu machen, zu ihrer neuen Heimat, zu ihrem neuen Leben. Wer braucht schon alte Fotos in seinem neuen Leben?

Sie trug ihren Rucksack und die Reisetasche die schmale Treppe hinunter, öffnete die Haustür und zog ihre Jacke an, die an der Garderobe hing. Das Sonnenlicht lockte Elena ins Freie. Für einen Moment blieb sie auf den Stufen vor dem Haus stehen und sah sich in aller Ruhe um. Maren und ihre Mutter waren schon früh nach Barth gefahren und würden erst bei ihrer Rückkehr feststellen, dass Elena gestern Abend nicht gesponnen hatte. Obwohl sie geahnt hatte, wie ihre Mutter reagieren würde, wollte Elena wenigstens einen Versuch unternehmen, einen sauberen Schlussstrich zu ziehen. Es hatte nicht funktioniert. Jetzt erst recht, hatte sie sich gesagt und war auf ihr Zimmer gegangen, um zu packen.

Es wurde Zeit. Sie setzte den Rucksack auf, nahm die Tasche und schloss die Tür ab. Den Schlüssel warf sie in den Briefkasten und ging zur Bushaltestelle, ohne sich noch einmal umzusehen.

Kapitel 1

„Vielen Dank für das nette Gespräch. Wir melden uns bei Ihnen, wenn die erste Bewerberrunde abgeschlossen ist", sagte ich zu dem jungen Mann und schob seine Papiere in die Mappe zurück.

„Danke für die Einladung." Er erhob sich mit dem selbstgerechten Lächeln, das er seit unserer Begrüßung nicht abgelegt hatte. „Ich bin mir ziemlich sicher, dass ich nichts mehr von Ihnen hören werde, Frau Mohn."

„Wie kommen Sie darauf?"

„Für eine Personalleiterin haben Sie Ihr Gesicht nicht gut genug unter Kontrolle."

„Danke für den Hinweis. Sollte ich jemals mit dem Gedanken spielen, in einem Casino arbeiten zu wollen, werde ich das berücksichtigen. Aber in unserer Hotelkette stehen andere Kompetenzen im Vordergrund."

Ich sah ihm direkt in die Augen und wusste, dass auch der verschlagene Ausdruck darin zu meinem Urteil geführt hatte. Vermutlich hatte der Prinz bislang wenig Erfahrung mit Ablehnungen und vermutlich nahm er jede persönlich. Ich konnte das Adrenalin riechen, das zusammen mit unterdrücktem Zorn aus seinem weißen Hemdkragen drang. Bei anderer Gelegenheit wäre ich vielleicht sogar gern mit ihm in den Ring gestiegen, denn er war schlagfertig und redegewandt. Aber für den Posten eines Hotelmanagers brauchte ich jemanden, der andere Menschen nicht nur ertrug.

Ich ging um den Schreibtisch herum und begleitete den Verschmähten zur Tür. Meine Füße taten weh, weil es heute unbedingt die neuen Schuhe hatten sein müssen, und ich unterdrückte ein Gähnen. Der Typ war schon der vierte Bewerber und am Nachmittag wollten zwei weitere ihr Glück versuchen.

„Auf Wiedersehen, Frau Mohn."

„Ich wünsche Ihnen alles Gute", sagte ich und meine Assistentin Lisa legte die Kopie seines Anschreibens wortlos auf den Stapel mit den Absagen. Ich hatte wirklich kein Pokerface.

Als sich die Tür hinter ihm geschlossen hatte, erlaubte ich mir einen tiefen Seufzer und sah zur Uhr.

„Ich mache jetzt Mittagspause und springe schnell in die Hofstatt-Passage. Ich brauche unbedingt für Ben ein Geburtstagsgeschenk. Soll ich dir irgendwas mitbringen?"

„Auch ein Geburtstagsgeschenk", sagte Lisa.

„Ich dachte eher an feste Nahrung. Oder bleibst du die ganze Woche bei Kaffee und Auszogne?"

Ich wies mit dem Kinn auf den Karton von der Konditorei Rischarts, aus dem es so verlockend duftete, dass ich meinen Appetit hinter Spott verstecken musste. Diese kleinen Stücke Schmalzgebäck sollten verboten werden.

„Oh, die sind eigentlich für dich", sagte Lisa und gab mir einen winzigen Briefumschlag. Ich fummelte das noch winzigere Kärtchen heraus und versuchte, die silberne Schrift auf grünem Untergrund zu erkennen. Welcher Idiot schreibt so klein?

„Wäre es nicht doch langsam Zeit für eine Lesebrille?", fragte Lisa.

„Erst wenn ich vierzig werde."

„Und du denkst, deine Arme wachsen in den nächsten drei Jahren noch ausreichend?"

Ich gab auf. Dann blieb der edle Spender eben anonym. Ich ging zurück in mein Zimmer, holte mein Handy, die Handtasche und meine Jacke und blieb noch einmal an Lisas Schreibtisch stehen. Sie drehte die grüne Karte zwischen ihren Fingerspitzen, als ihr Telefon klingelte.

„Hotel Marriott, das Büro von Elena Mohn, guten Tag."

Sie lauschte, ich lauschte, dann legte sie auf und hob ratlos die Schultern. „Keiner dran."

Erneut sah sie auf das Kärtchen.

„Der Karton ist von Ebler. Er bedankt sich für deine überaus reizende Hilfe, ein passendes Geschenk für seine Gemahlin zu finden." Sie zog die Mundwinkel ein wenig nach unten und wackelte mit dem Kopf, sodass sie unserem technischen Direktor verblüffend ähnelte. „Steht hier!"

Ich winkte ab. „Dass der immer so übertreiben muss. Also, brauchst du was? Ich muss los."

„An was für ein Geschenk hast du denn für Ben gedacht? Wollen Teenager nicht immer nur Geld und ihre Ruhe?"

„Gut beobachtet", antwortete ich. „Und trotzdem noch irgendeine Überraschung dazu. Am besten in einem großen, bunten Karton, den sie mit viel Geschrei aufreißen können. Ohne ist es nur ein halber Geburtstag."

Ich würde nie zugeben, dass ich es liebte, Geschenke für Ben zu kaufen. Gelegenheiten dafür gab es selten, weil ihn nicht allzu sehr verwöhnen wollte. Am Ende kam er noch auf die Idee, ich hätte ein schlechtes Gewissen, weil ich so viel arbeitete. Das hatte ich zwar manchmal, aber nicht oft genug, als dass ich meinen Job deswegen aufgegeben hätte. Dank Frau Senger, meiner guten Fee und Haushaltsperle, war jederzeit für Ordnung und unser leibliches Wohl gesorgt. Außerdem kannte Ben es nicht anders. Ich war praktisch seit seiner Geburt allein erziehend und ich hatte meistens Arbeitsstellen, bei denen ich deutlich mehr als vierzig Stunden pro Woche arbeiten musste.

Also ein Geschenk für meinen halbstarken Sohn musste her. Derzeit bewegten sich seine Interessen zwischen Smartphone und Markenhosen.

„Vielleicht fällt mir ja …" Lisas Telefon unterbrach meine Überlegungen.

„Hotel Marriott, das Büro von Elena Mohn, guten Tag?"
Wieder lauschten wir einige Sekunden lang gemeinsam. Lisa nickte mir zu.

„Einen Moment bitte. Sie wollte soeben das Haus verlassen, aber vielleicht erwische ich sie noch." Sie drückte die Taste für die Weiterleitung an meinen Apparat.

„Ein Herr Vincent Keller", sagte sie und sah mich mit großen Augen an. „In einer privaten Angelegenheit. – Wow!"
Ich erstarrte. Vincent? Dann nickte ich mechanisch und stolperte zu meinem Schreibtisch.

„Herr Keller?", fragte Lisa, als sie das Gespräch noch einmal annahm. „Sie haben Glück, ich stell Sie durch."
Ich starrte das Telefon mit hochrotem Kopf an.
„Wieso wow?", flüsterte ich, als ob er mich schon hören könnte.
„Wenn der Typ nur annähernd so aussieht wie er klingt, dann …wow!"
Meine Hand zitterte, als ich den Hörer aufnahm.
„Ja, bitte?"
„Hallo, Elena. Tut mir leid, dass ich dich einfach so anrufe. Keine Sorge, es ist nichts Schlimmes passiert", sagte Vincent und ein Schauer lief über meinen Rücken.
„Ist es nicht?" Ich versuchte, erleichtert zu klingen, doch meine Zunge klebte an meinem Gaumen.
„Nein. Aber wichtig ist mein Anruf trotzdem. Kannst du gerade reden? Es geht um Maren."
„Was ist mir ihr?" Ich hörte, wie er tief Luft holen musste. Für ein paar Sekunden erinnerte ich mich an seinen Mund, seine Lippen.
„Die Probleme mit ihren Nieren verschärfen sich zusehends. Wir mussten ja immer damit rechnen, je älter Maren wird, aber so langsam wird es kritisch. Noch haben die Ärzte alles im Griff, trotzdem steuert sie über kurz oder lang auf die Dialyse zu."
Er machte eine Pause und ich wollte gerade fragen, wie lang kurz ist, als er weiter sprach.
„Ihre behandelnde Nephrologin würde es am liebsten gar nicht so weit kommen lassen, denn Dialyse bedeutet ja doch einen erheblichen Eingriff in Marens gesamten Tagesablauf."
„Was schlägt sie vor?"

„Maren soll eine Nierenspende bekommen."
„Wann?"
„Je eher, desto besser."
Vincent schwieg jetzt länger, wahrscheinlich wollte er mir Zeit zum Nachdenken geben. Aber warum? Logisch denken konnte ich gerade nicht. Ich kramte in meinem Gedächtnis, was ich über Marens Nierenkrankheit, die Zystennieren, wusste. Eigentlich nur so viel, dass sie sie von unserem Vater geerbt hatte. Ich war verschont geblieben und Marens Tochter Greta zum Glück auch. Weiter kam ich nicht. Kein roter Faden.
„Vincent, tut mir leid. Sag mir bitte einfach, was ich tun kann. Braucht ihr einen Spezialisten, eine bestimmte Klinik? Ich höre mich gern für euch um."
„Nein, das ist alles geklärt. Wenn es eine passende Niere gibt, dann wird Maren hier in Rostock operiert."
„Ist sie schon auf einer Warteliste?"
„Ja, aber ohne Dringlichkeit. Helfen würde ihr jetzt eine Lebendspende. Von einem Familienmitglied."
Ein Eimer kaltes Wasser hätte mich nicht abrupter aus meinen Überlegungen reißen können.
„Ich soll meiner Schwester eine Niere spenden?" Mir wurde bewusst, dass ich flüsterte. In meinem Kopf flogen Bilder durcheinander. Maren, unser Elternhaus, das kleine Dorf, unser Vater, der endlose Garten hinterm Haus. Wieso?
„Könntest du dir vorstellen, das zu tun?", fragte Vincent.
„Ich weiß es nicht, ich will …, ich kann …"
„Sorry, Elena. Die Frage war dumm. Aber ich bin so nervös, wie du dir vorstellen kannst."

Nein, konnte ich nicht, denn er klang überhaupt nicht so.

„Ich wollte dich eigentlich fragen, ob du dir vorstellen kannst, über so eine Operation nachzudenken. Ich weiß, du und Maren, ihr habt nicht die engste Beziehung. Und da ist ja auch dein Sohn."

Genau genommen hatten wir gar keine Beziehung zueinander. Ich kannte die meisten meiner Kollegen besser als meine eigene Schwester. Und das lag nicht nur am Altersunterschied von fünf Jahren.

Ich hatte wohl einen Ton von mir gegeben, denn Vincent hatte aufgehört zu reden.

„Hör zu, mach dir keine Sorgen", sagte ich. „Es war richtig, mich anzurufen. Ich wusste wirklich nicht, wie schlimm es ist. Ich kann jetzt nichts dazu sagen, denn so was entscheidet man ja nicht mal eben zwischen Tür und Angel. Aber ich verspreche dir, darüber nachzudenken. Können wir morgen wieder telefonieren?"

Er versprach, mich morgen Nachmittag anzurufen. Ein Abend, eine Nacht und ein halber Tag Bedenkzeit. So viel Luxus hatte ich selten bei Entscheidungen.

Ich legte auf, ließ meinen Kopf auf meinen Schreibtisch sacken, zog meine Pumps aus und schloss die Augen.

Es klopfte leise und Lisa steckte ihren Kopf herein.

„Für deinen Flug übermorgen nach Glasgow gibt es eine Änderung. Es geht erst um 17.00 Uhr los. Das heißt, du müsstest das Treffen mit dem schottischen .... Alles in Ordnung?"

Ich antwortete nicht, weil ich befürchtete, einen hysterischen Lachanfall zu bekommen. Da rief der Mann an, der seit neunzehn Jahren durch meine schlaflosen Nächte geisterte, und was wollte er von mir? Eine Niere! Oh, mein Gott. Ich musste aufwachen!

„Was ist passiert?", bohrte Lisa. „Kann ein Mann mit so einer erotischen Stimme schlechte Nachrichten überbringen?"

Ich legte meine Hände über meinem Mund aneinander und atmete ein paar Mal geräuschvoll ein und aus.

„Ich soll meiner Schwester eine Niere spenden", sagte ich langsam und es hörte sich an, als ob ich in ein Megaphon sprechen würde.

„Du hast eine Schwester? Wo?"

„An der Ostsee. Sie lebt in einem kleinen Dorf in der Nähe von Rostock. Unser Heimatdorf."

„Warum?"

„Weil wir dort aufgewachsen sind und sie nicht weggehen wollte?"

„Nein! Ich meine, warum sollst du ihr eine Niere spenden?"

„Weil sie offenbar schwer krank ist. Du stellst manchmal Fragen!"

Jetzt sah ich Lisa an und in ihren Augen standen mindestens weitere fünfzehn Fragen. Die Ärmste. Wir waren gute Freundinnen und sicher hatte sie immer geglaubt, alles über mich zu wissen. Ich konnte in ihrem Gesicht die Enttäuschung erkennen. Sie hatte mich durchaus früher nach meiner Familie gefragt. Aber ich war perfekt darin, anderen Leuten weiszumachen, dass meine Familie aus Ben und mir bestand, auch wenn ich das nie deutlich aussprach. Andere Mitglieder unserer Sippe erwähnte ich nie. So viele waren es ja auch nicht. Neben meiner Schwester und ihrem Mann, waren da noch meine Mutter und meine Nichte Greta. Ich rechnete still nach. Ben war jetzt vierzehn, besuchte die achte Klasse. Dann müsste Greta achtzehn sein und in diesem Monat ihr Abitur gemacht haben.

„Und was wirst du jetzt tun?" Lisas Stimme war vor Sorge ganz dunkel.

„Keine Ahnung. Ehrlich nicht."

Ihre Augen wurden größer.

„Ich kann so eine Entscheidung nicht binnen weniger Minuten treffen", sagte ich.

„Hm."

„Was? Darf ich das etwa nicht?"

„Bitte nicht böse sein, Elena." Sie setzte sich auf die Tischkante neben mir. „Aber Formulierungen wie *Keine Ahnung* und *Ich muss darüber nachdenken* bin ich von dir nicht gewohnt."

Ich stand auf und nahm mir eine Cola aus dem Schrank unter dem Fensterbrett. „Willst du auch eine?"

Lisa schüttelte den Kopf. Draußen lachte der Frühsommer. München empfing seine Gäste mit dem Himmel aus dem Katalog wie vereinbart und dank der zwölf Stockwerke unter mir, nahm ich den Lärm der Autos nur als gedämpftes Brummen war.

Lisa hatte recht. Ich traf jeden Tag Dutzende von Entscheidungen. Musste sie treffen, weil es entweder niemanden sonst gab, der das durfte, oder niemanden, der mutig genug war. Entscheidungen waren mein Sport, mein tägliches Brot. Im Job, und in meinem Privatleben sowieso.

„Wann hast du deine Schwester das letzte Mal gesehen?", fragte Lisa und ich wandte mich vom Fenster ab. Erneut überschlug ich im Kopf die Jahreszahlen.

„Kurz nachdem ich mein Abi in der Tasche hatte. Im selben Sommer bin ich von zu Hause fortgegangen."

„Und seitdem nie wieder dort gewesen?"

„Ja."

„Aber ihr habt telefoniert. Hat sie dich mal besucht?"

„Telefoniert ganz selten. Zwei Grußkarten pro Jahr."

„Zum Geburtstag und zu Weihnachten."

„Exakt."

Ich schüttelte mich kurz und schenkte Lisa mein bewährtes Alles-wird-gut-Lächeln. Bis jetzt hatte sie noch keine wirklich unangenehme Frage gestellt, aber klug wie sie war, würde sie früher oder später auf Vincent zu sprechen kommen. Also unternahm ich einen zweiten Versuch, meine Mittagspause außerhalb des Büros zu verbringen. Ich stopfte die Kurzinfos über die nächsten zwei Bewerber in meine Tasche, zog meine Schuhe wieder an und ging in Richtung Fahrstuhl. Lisa folgte mir.

„Ich hole jetzt ein Geburtstagsgeschenk für Ben wie geplant", sagte ich. „Kann sein, dass es etwas länger dauert, dann esse ich unterwegs eine Kleinigkeit und schau mir die Kandidaten für heute Nachmittag schon mal auf dem Papier an. Spätestens um zwei bin ich wieder da. Ich stelle mein Handy solange hierher um? Wenn du was essen gehst, schalte es einfach stumm."

Ich wollte nur noch raus.

„Natürlich. Ich kann die Bewerber aber noch anrufen und die Termine verschieben", bot Lisa an.

„Nein, das hilft mir nicht. Ab übermorgen bin ich in Glasgow, danach kommt die Halbjahreskonferenz und dann muss ich schon nach Paris. Lassen wir alles, wie es ist. Das geht schon in Ordnung."

Ich winkte ihr tapfer zu, doch ihre Zweifel spiegelten sich auf ihrem Gesicht. Nichts war in Ordnung, dachte ich und hoffte, der Fahrstuhl möge endlich kommen. Gar nichts war in Ordnung. Aber wegrennen kam nicht infrage. Als ich endlich allein im Fahrstuhl stand, erlaubte ich mir ein paar Schluchzer. Doch das machte alles nur noch schlimmer und ich konnte es nicht mehr kontrollieren. Die ersten Tränen liefen in meinen Mundwinkel, als der Lift mit einem leisen Pling im Erdgeschoss zum Stehen kam. Entsetzt schlug ich auf die Taste für die Tiefgarage und hoffte, dass niemand zusteigen würde. Die Tür schloss sich wieder, ich blieb allein. Trotzdem fing ich an, in meiner Handtasche zu kramen, denn erfahrungsgemäß standen immer ein paar Gäste in der Tiefgarage, die nach oben wollten. Inzwischen heulte ich wie ein Schlosshund. Das nächste Pling, die Türen öffneten sich erneut und ich ging mit tief gesenktem Kopf an einem Pärchen vorbei, das seinen Gepäckwagen in den Lift schob. Ich bog zweimal links um die Ecke. Der Vorteil eines Angestelltenparkplatzes, man findet ihn auch mit geschlossenen Augen, oder eben mit Tränen darin. Vielen Dank, Vincent! Warum heulte ich eigentlich? Wegen Maren? Oder wegen Vincent? Ich stieg ein und legte meine

Hände auf das Lenkrad. Maren war schon krank gewesen, als ich Löbnitz verlassen hatte. Und in meinem Unterbewusstsein hatte es sicher die ganze Zeit eine Ecke gegeben, in der sich die Sorgen um ihr Wohlergehen angesammelt hatten. Leise und unaufhörlich war da ein Klumpen gewachsen und wahrscheinlich fühlte ich mich jetzt dabei ertappt, wie ich diesen Klumpen über eine so lange Zeit ignoriert hatte. Ich weinte, weil ich mich ertappt und zugleich in die Enge getrieben fühlte.

Als ich kurz nach sieben unsere Wohnung betrat, roch es aus der Küche verführerisch nach etwas Gebratenem. Und ganz dezent nach dem angeblich aprilfrischen Putzmittel, auf das Frau Senger große Stücke hielt. Sie hatte wie jeden Dienstagnachmittag geputzt und anschließend für uns alle gekocht. Sie war auch sonst fast täglich da, kochte dann meist für Ben allein. Heute war er beim Fußballtraining gewesen und saß frisch geduscht auf seinem Stuhl.
Ich legte meine Sachen im Flur ab, ließ die Tüte mit Bens Geburtstagsgeschenk, ein Paar sündhaft teure Beatskopfhörer, hinter meiner Schlafzimmertür verschwinden und ging in die Küche. Ein Seitenblick in den Spiegel überzeugte mich selbst kaum, dass ich Vincents Anruf schon verdaut hatte. Auch die beiden Bewerber am Nachmittag hatten mich nicht genug ablenken können.
„Hallo, ihr zwei", rief ich umso fröhlicher und drückte einen Kuss in die blonden Locken meines Sohnes. Er roch wie ein frisch gebadetes Baby und ich hatte Mühe, ihn nicht einfach in meine Arme zu nehmen.

Ich ging zum Herd und lüftete genüsslich jeden Topfdeckel.
„Geht es Ihnen gut?", fragte Frau Senger. Logisch. Sie war seit knapp neun Jahren meine Haushälterin.
„Ja, alles gut. Hab mich nur über zwei Bewerber geärgert, mit denen ich heute Gespräche führen musste", log ich, weil mir nichts Besseres einfiel.
„Kopf oder Zahl?", fragte Ben. „Oder noch kniffliger?"
„Noch kniffliger".
Er schob seine Unterlippe vor und nickte wie ein weiser Mann. Ich hatte ihm beigebracht, dass es manchmal fast egal war, wie man sich entschied, man musste es einfach tun. Und wenn es zu schwer würde, half auch schon mal eine Münze. Aber eben nicht immer.
Ich goss mir ein Glas Wein ein, und Ben und Frau Senger nahmen ihr Gesprächsthema wieder auf. Mädchen, speziell ein Mädchen aus seiner Klasse. Dankbar für den kleinen Aufschub setzte ich mich an den bereits gedeckten Tisch, der im Durchgang zwischen Wohnzimmer und Küche stand. Wir nutzten ihn nur, wenn wir zu dritt aßen. Sonst blieben wir am Tresen vor dem Arbeitsbereich zwischen Spüle und Herd. Dort standen zwei Barhocker im Stil der amerikanischen Diner, was Ben total cool fand.
„Ich habe nur Schiss, dass sie etwas fragt, worauf ich keine Antwort weiß", sagte Ben zu Frau Senger und ich versuchte, mich an den Namen der aktuellen Favoritin zu erinnern. Anna, Anja? Annabelle! Nicht, dass Ben ein Weiberheld war. Eine echte Freundin hatte er bislang nur ein Mal für ein paar Monate gehabt. Aber mein Sohn gehörte in die Gefahrenklasse „leicht

entflammbar", wie sein Vater, was ich jedoch in seinem Alter eher positiv betrachtete. Er schwärmte alle paar Wochen für eine neue Grazie, vorzugsweise zwei oder drei Jahre älter als er selbst. Was seine Chancen nicht zu schmälern schien, wenn ich davon ausging, dass etwa ein Drittel aller Nachrichten auf seinem Handy weibliche Absender hatte.

„Wenn du jemals alle Fragen einer Frau beantworten willst, musst du entweder ein Genie sein oder ein Fuchs", sagte Frau Senger und ich grinste in mein Glas. Süßer, ahnungsloser Vogel Jugend.

„Ein Fuchs?"

„Genau. Stell selbst die Fragen. Dann ist sie mit der Suche nach Antworten beschäftigt und du bist aus dem Schneider."

Für diese Lebensweisheit hätte ich Frau Senger gern in den Arm genommen, doch ich hielt mich wie immer zurück. Wie ich hatte sie auch norddeutsche Wurzeln. Sie war warmherzig und offen meinem Sohn gegenüber, aber wir beide pflegten trotz der vergangenen Jahre einen eher professionellen Umgang. Wir umarmten uns nie, wir blieben beim Sie und wir fanden das beide nicht merkwürdig. In einem früheren Leben war sie vielleicht einmal Lehrerin gewesen. Eine gute Lehrerin, die für ihre Schüler lebte und die Eltern als notwendige Zugabe respektierte. Dabei verzichtete sie, Gott sei Dank, auf den erhobenen Zeigefinger. Ich glaube, sie hoffte durch ihr eigenes tadelloses Auftreten, genug Vorbild zu sein, für Ben und für mich. Sie war gebürtige Lübeckerin, aber als junge Frau mit ihrem Mann nach München gekommen. Zwei Kinder hatte sie groß gezogen, war immer Hausfrau und Mutter mit Leib und

Seele gewesen, und als die eigenen Kinder aus dem Haus waren, hatte sie noch genug Energie verspürt, um in einer anderen Familie für Ordnung, Sauberkeit und ein warmes Essen zu sorgen. Sie brauchte tägliche Verpflichtungen. Müßiggang war mit Sicherheit das einzige Wort, das sie kaum buchstabieren konnte.

Wir begannen zu essen und für eine Weile war nichts als das Klappern des Bestecks zu hören und ab und zu ein zufriedenes Schmatzen. Doch die Geräusche wurden bald leiser und ich spürte, dass Ben und Frau Senger darauf warteten, dass ich endlich etwas sagen würde. Augen zu und durch.

„Ich hatte heute einen Anruf von meinem Schwager. Meine Schwester braucht eine neue Niere und ich soll mir überlegen, ob ich eine spenden will."

Stille.

Ben sah mich mit großen Augen an und vergaß zu kauen.

„Mein Schwager Vincent, er ist dein Onkel."

Frau Senger legte ihr Besteck beiseite, putzte sich mit ihrer Serviette die sauberen Mundwinkel und trank einen Schluck Wasser. Dann sah sie mich ruhig an.

„Warum?", fragte Ben. „Ihr seht euch nie, ihr sprecht nicht miteinander, ich kenne sie nicht einmal. Blöde Idee."

Ich mag meinen Sohn. Aber manchmal könnte ich mich ohrfeigen, dass ich ihm nie etwas über Diplomatie oder die Kunst, die Wahrheit zu umschreiben, erklärt hatte. Immer fand er genau die Stelle, wo der Schlüssel passte, oder wo das Eis am dünnsten war.

„Du hast recht, wir stehen uns wirklich nicht besonders nah. Trotzdem sind wir verwandt, deshalb hätte so eine Operation große Chancen auf Erfolg. Wir sind uns genetisch sehr ähnlich, verstehst du?"

Frau Senger räusperte sich. „Das kommt ziemlich überraschend und es will gut überlegt sein, da stimme ich Ben zu. Andererseits, wenn es Ihrer Schwester hilft. Wie viel Bedenkzeit haben Sie denn? Ist sie akut gefährdet?"

Ich gab ihnen die wenigen Infos, die ich von Vincent hatte und merkte, wie mich das Aufzählen der reinen Fakten etwas beruhigte. Dabei hatte meine rechte Gehirnhälfte längst ein paar Tatsachen verarbeitet und gespeichert, nachdem ich noch in der Mittagspause im Internet auf die Suche nach Erfahrungsberichten gegangen war. Eine Lebendspende von einem Verwandten war heutzutage das Mittel der Wahl. Da unser Vater nicht mehr lebte, meine Mutter zu alt war und wir keine weiteren Geschwister hatten, kam nur ich infrage. Die Operation war inzwischen an vielen Kliniken des Landes Routine und in Rostock gab es ein entsprechendes Nephrologie-Zentrum, das einen guten Ruf genoss. Die Erfolgsquoten waren akzeptabel und sowohl Spender als auch Empfänger konnten anschließend meistens ein gutes Leben mit jeweils einer Niere führen.

Das alles erzählte ich Ben und Frau Senger. Mein Sohn hörte aufmerksam zu, Frau Senger beobachtete in erster Linie mich und meine Hände.

„Wahrscheinlich wäre es gut, zuerst mal mit Ihrer Schwester darüber zu reden. Es gibt sicher vieles zu bedenken. Voruntersuchungen, Tests, Gespräche mit den Ärzten."
Ich nickte und hielt ihrem forschenden Blick stand. Sie baute mir eine ihrer berühmten Brücken, um das auszusprechen, was einem so schwerfiel, ohne dabei sein Gesicht zu verlieren. Sie ahnte wohl, dass mich eine Rückkehr in mein Heimatdorf tausendmal mehr erschreckte als der Gedanke an Krankenhaus und Operation. Ich hatte so gut wie nie über meine Familie gesprochen. Nicht über meine Gründe, warum ich so früh fort gegangen war und auch nicht darüber, warum ich nie zurückblickte. Es gab keine Fotos in meiner Wohnung. Aber genau dieses Schweigen hatte meiner Frau Senger sicher mehr verraten als alle Worte. Ich empfand es als normal, nicht über mein Elternhaus oder meine Schwester zu reden. Meine Kindheit, meine Jugend, alles lag im toten Winkel meines restlichen Lebens.
Ich nickte erneut, holte tief Luft und schenkte meinem Sohn ein Lächeln.
„Das wird keine leichte Entscheidung, aber du kennst mich, ich …"
„Ja, ja", fiel er mir ins Wort. „Wenn du unsicher bist, dann sammle Fakten, die dir weiterhelfen. Und geht das auch nicht, dann frag deinen Bauch. Du und deine Weisheiten! Ich finde es trotzdem ganz schön abgefahren, dich um so was zu bitten."
Damit schien das Thema vorerst für ihn erledigt zu sein. Er stand auf, gab mir einen Kuss und verabschiedete sich von Frau Senger.

„Es war sehr lecker, danke. Ich habe noch Hausaufgaben."
Seine Zimmertür klappte, dann saßen wir allein am Tisch mit den Resten des Lammragouts.
Frau Senger stand auf und räumte das Geschirr zusammen. Ich holte ein zweites Weinglas und goss für sie ein.
„Wenn Sie in Ihre alte Heimat fahren, dann erwartet sie dort noch mehr als die Eiszeit zwischen Ihnen und Ihrer Schwester, habe ich recht?"
„Ja."
„Eine alte Liebe?"
„Ja."
„Eine unglückliche, alte Liebe?"
„Ja."

Nach einer schlaflosen Nacht stand ich kurz nach halb sechs auf, zog meine Laufschuhe an und verließ leise die Wohnung. Manchmal half mir das Joggen bei wichtigen Fragen, heute flehte ich geradezu um eine Erleuchtung. Oder um die Gnade, dass Vincents gestriger Anruf nur ein Traum gewesen war. Ob dieser Mann auch nur den leisesten Schimmer hatte, wie nervös mich allein seine Stimme immer noch machte? Fast neunzehn Jahre waren vergangen, verdammt noch mal! Es hätten gern noch einmal so viele werden dürfen. Was für lächerliche Gedanken, Elena Mohn. Was predigte ich meinen Mitarbeitern von früh bis spät? Ungeklärte Fragen, ungelöste Probleme, versteckte Konflikte, all das brauchte man gar nicht unter den Teppich zu kehren. Je öfter man das tat, desto größer die Stolpergefahr und vor allem – umso härter der Aufprall. Ich war gut im Formulieren solcher Weisheiten und meine Mitarbeiter verdrehten gern die Augen hinter meinem Rücken und winkten ab. Blöd für sie, dass ich meistens recht behielt. Blöd für mich, dass ich meine eigenen Ratschläge nicht befolgte. Ich war soeben im Begriff, an einer riesigen Bodenwelle aus meiner Vergangenheit hängen zu bleiben und ganz elegant auf die Nase zu fallen.

Wobei es nicht so weit kommen musste. Noch war rein gar nichts passiert, außer dass mir jemand eine Frage gestellt hatte. Eine Gewissensfrage, in der eine Bitte lag. Eine Bitte, verbunden mit einer großen Hoffnung. Scheiße!

Inzwischen war ich am Ufer der Isar angekommen und verschnaufte einen Moment. Die Junisonne schien schon über den Baumkronen, doch die Luft um mich herum fühlte sich noch frisch und sauber an. München war im Sommer nicht immer der beste Ort zum Leben. Die vielen Menschen verursachten Lärm, Staub und Stillstand, und alles zusammen machte mich nervös. Die Sommer an der Ostseeküste waren dagegen nie wirklich heiß, höchstens einmal ein paar Tage. Aber dann setzte meistens dieser Wind ein. Ein Wind, wie es ihn sonst nirgends gab. Er erfrischte Einheimische wie Urlauber und machte selbst das größte Gedränge in den Ferien erträglich. Als Kind war ich oft die schmalen Pfade durch die Dünen an den Strand gegangen und sobald ich die ersten Wellenkämme erspähen konnte, musste ich lächeln. Immer. Und jetzt, am Ufer der Isar, genügte schon der bloße Gedanke daran.

Ich lief nach Hause und mit jedem Schritt übernahm die Realität das Kommando. Wenn ich jetzt in meine Heimat zurückkehrte,

dann wohl kaum, um zwischen den Dünen das Meer zu beobachten. Löbnitz lag etwa zehn Kilometer südlich von Barth, dem kleinen Küstenstädtchen, in dem ich zur Schule gegangen war. An klaren Tagen konnte man vom Kirchturm aus die Ostsee sehen. Dazu müsste ich aber vorher den Schlüssel zur Kirche in die Finger bekommen und das war schon zu Kindertagen nur mit Bestechung von Carola, der Küster-Tochter möglich gewesen. Keine Ahnung, was aus Carola geworden war. In Löbnitz war mit Sicherheit auch vieles anders geworden in den Jahren nach der Wende. Nur leider veränderten sich eben die Dinge am wenigsten, von denen man es sich am meisten wünschte. Menschen zum Beispiel.
Fast genauso wenig wie ich über Carolas Schicksal wusste, wusste ich etwas über das meiner Schwester. In dem Jahr nach meinem Abitur hatte sie Vincent geheiratet, aber ihre Tochter Greta war schon vorher zur Welt gekommen. Das hatte ich noch erfahren. Und selbstverständlich wusste ich auch, dass Maren nierenkrank war. Schon als Schulmädchen war sie oft mit Schmerzen zu Hause geblieben. Ich durfte dann nicht zu ihr, unsere Mutter schickte mich hinaus zum Spielen.
Marens Tochter dürfte jetzt also ihr Abitur gemacht haben, dachte ich. Die Kleine. Vielleicht war sie auch eine Große. Wenn sie nach Vincent kam, auf jeden Fall. Der war über eins neunzig groß. Inzwischen war er wie Maren zweiundvierzig Jahre alt, im besten Mannesalter und sicher noch nicht gebeugt vom Leben.
Ich rannte die Stufen zu unserer Wohnung hinauf, schüttelte vor der Tür meine Beine kurz aus und schloss leise auf. In zwanzig

Minuten müsste Ben aufstehen, vorher wollte ich duschen und mich fürs Büro anziehen. Im Flur blieb mein Blick an meinem Spiegelbild hängen. Welche Spuren des Alters waren bei mir schon erkennbar? Fältchen um die Augen? Ja, und ziemlich dunkle Schatten. Dafür noch kein graues Haar und die Fettpölsterchen am Po hielt ich noch erfolgreich in Schach. Ich schenkte mir ein schiefes Grinsen und ging ins Bad.
Als ich fertig war, duftete es aus der Küche nach Kaffee.
„Guten Morgen, mein Schatz. Seit wann hörst du deinen Wecker?" Ich fuhr durch Bens weiche Locken und umarmte ihn. Morgens war er zu müde für echte Gegenwehr. Er roch etwas streng nach jungem Mann und Zartbitterschokolade und nuschelte etwas, das wie *„ist ja gut"* klang. Ich goss mir einen Kaffee ein.
„Könnte deine Schwester sterben, wenn du ihr keine Niere gibst?"
Seine Frage traf mich so unerwartet, dass ich die Kaffeekanne mit einem lauten Rumms abstellte. Die heiße Brühe schwappte herum und hinterließ eine hellbraune Pfütze.
Ich sagte „Sorry" und griff nach der Küchenrolle. „So genau weiß ich das nicht. Aber ja, es gibt Nierenkrankheiten, die so schwerwiegend sind."
Ich ließ mich auf einen Stuhl fallen, sah meinem Sohn in die Augen und dann hinaus, über die Dächer der Nachbarhäuser. Maren könnte sterben. Ben hatte eins und eins zusammengezählt, weil er nicht wusste, nicht wissen konnte, dass es in dieser Gleichung noch mehr Unbekannte gab als nur das Risiko der Krankheit. Jedenfalls für mich. Maren und ich,

wir waren Schwestern auf dem Papier. Die selbstverständlichen Gefühle unter Geschwistern, sich lieben, sich streiten, sich hin und wieder zu wünschen, man wäre ein Einzelkind, und dann doch wieder vor Sehnsucht nach dem anderen grenzenlos traurig sein – sie waren uns abhanden gekommen. Nein, sie waren uns abgewöhnt worden. Oder hatten wir uns freiwillig gebeugt?

Ben war ohne Kontakt zu meiner Familie aufgewachsen. Als ganz kleiner Junge hatte er zuerst gar keine Fragen gestellt, und später nur sehr vage. Ich hatte ihm damals erklärt, dass ich keinen Streit wollte, mit niemandem, und das hatte ihm genügt. Was man nicht kennt, vermisst man auch nicht. Außerdem scheinen Kinder ein Gespür dafür zu haben, welche Themen sie lieber meiden sollten.

„Mama?"

„Ja?"

„Du hast dich früher viel mit deiner Schwester gestritten und jetzt weißt du nicht, ob ihr euch vertragen würdet, ist das so?" Ich nickte und wischte eine Träne fort. So ganz richtig lag er damit zwar nicht, aber richtig genug, um mich anzutreiben. Ich griff zum Telefon.

„Hallo, Lisa, guten Morgen. Ich bin in etwa einer Stunde im Büro. Bitte storniere meine Flüge nach Glasgow und Paris. Außerdem wäre es toll, wenn du mir den heutigen Nachmittag frei schaufeln könntest. Stattdessen brauche ich morgen früh oder spätestens Mittag einen Flug nach Berlin, nur den Hinflug. Alles Weitere besprechen wir dann." So eine Mailbox war eine feine Einrichtung. Ich wusste, dass Lisa möglichst viel von all dem erledigt haben würde, bis ich im Büro war.

„Ich werde herausfinden, ob wir uns vertragen. Dazu brauche ich sicher ein paar Tage, ist das okay?"

Ben kaute auf seinem Brötchen herum und schielte zwischendurch auf sein Handy.

„Dann bleibt Frau Senger wieder bei mir?"

Unsere gute Fee übernachtete bei Bedarf im Gästezimmer, auch wenn mein Sohn das inzwischen für total überflüssig hielt.

„So ist es. Ich rufe sie später an. Drück mir bitte die Daumen, dass ich so kurzfristig Urlaub bekomme."

Kapitel 2

Das Flugzeug setzte eine Viertelstunde früher auf als geplant und rollte zum Terminal des Flughafens Berlin Tegel. Ich hätte auch nach Hamburg fliegen können, die anschließende Weiterfahrt nach Löbnitz wäre sogar kürzer gewesen, aber etwas in meinem Inneren riet mir, die erste Reise in den Norden ruhig anzugehen. Ich brauchte jeden Kilometer, um mich zu wappnen.

Um mich herum sprangen fast alle Fluggäste gleichzeitig auf und zerrten ihre Jacken und Taschen aus den Gepäckfächern.

Es ließ sich nicht vermeiden, dass der eine oder andere Kopf getroffen wurde, was mich immer wieder dazu veranlasste, einen Fensterplatz zu buchen. Hier konnte ich in Ruhe abwarten, bis die Sprinter und die Obercoolen ihre Show abgezogen und sich als erste an der dauerlächelnden Stewardess vorbei gedrängelt hatten. Die Sprinter schossen aus ihren Sitzen hoch, sobald die Räder die Rollbahn berührten. Dann schlug die Stunde der Obercoolen. Mit einem unschuldigen Lächeln stellten sie sich breitbeinig in den Gang, öffneten das Gepäckfach, um kurz darauf einen tonnenschweren Trolley knapp vor die Füße des Sprinters heruntersausen zu lassen. Der sah sich folgerichtig einem mächtigen Hindernis gegenüber, besser gesagt hinten an, was ihm Schweißperlen auf die Stirn trieb, die der Lohn für den Obercoolen waren.

Ich verließ als eine der Letzten das Flugzeug und nahm das „Einen angenehmen Aufenthalt für Sie" durchaus hoffnungsfroh entgegen. Ich mochte Berlin und hätte die Stadt gern mal wieder in Ruhe genossen, wenn ich mehr Zeit gehabt hätte. In Berlin war ich vom jungen Mädchen zur Frau geworden, hier hatte ich vier Semester und vier Kommilitonen studiert, um anschließend leichten Herzens nach London zu verschwinden. Am Gepäckband musste ich nicht mehr lange warten. Mein Koffer schob sich durch den schwarzen Vorhang und ich fragte mich wie gestern Abend bereits, was, um Himmels willen, ich alles eingepackt hatte. Was trug man auf seinem ersten Heimaturlaub nach so langer Zeit? Putzte man sich heraus? Sollten meine Klamotten erklären, wie erfolgreich ich in den letzten Jahren gewesen war? Oder sollte ich bescheiden sein, um meiner Familie und den Nachbarn möglichst nichts unter die Nase zu reiben, was sie selbst vermissten? Unsinn! Die meisten Nachbarn meiner Kindheit waren tot oder im Westen. Und wer sagte denn, dass die Menschen dort oben in ihrer Dorfidylle etwas vermissten, was mir in München als absolut notwendig erschien. Ich wollte vermeiden, meine Vorliebe für einen bestimmten Designer erklären zu müssen, denn wenn ich erst bestritt, dass ich diese wunderschönen, schlichten Kleidungsstücke mochte, weil sie teuer waren, würde es nur die Vorurteile bestätigen. Was also anziehen? Ich ärgerte mich, dass ich so eine banale Frage stundenlang nicht zu den Akten legen konnte. Es sollte mir egal sein, wie andere Menschen meinen Stil interpretierten. Sollte es, war es aber nicht. Noch war ich über drei Stunden von meiner alten Heimat entfernt und doch hatte die Rückverwandlung einer selbstbewussten Frau und Mutter zu einem verletzlichen Teenager längst begonnen. Entschlossen hievte ich den Koffer vom Band, ging zum Schalter der Autovermietung und entschied mich für einen Golf. Hauptsache Navi und ansonsten unauffällig, dachte ich, als ich mich auf die Autobahn Richtung Norden einfädelte.

Lisa hatte eine kleine Pension in Barth gefunden und mir ein Zimmer für fünf Tage gebucht. Verlängern oder früher abreisen sei jederzeit möglich, hatte sie mir versichert. Die Kleinstadt Barth bot zwei entscheidende Vorteile. Sie lag direkt am Wasser und ich kannte mich dort gut aus. Zum anderen brauchte ich mit dem Auto von Barth nur eine Viertelstunde bis nach Löbnitz, was aber gleichzeitig weit genug weg von Hof und Haus meiner Schwester war. Ich wusste, dass ich die Abende allein nicht nur genießen würde, sondern auch zum Ausruhen und Sortieren meiner Gefühle nötig haben würde. Bei Maren im Haus zu übernachten kam nicht infrage. Nach meinen letzten Informationen lebte meine Mutter inzwischen direkt mit ihr unter einem Dach. Vincent betrieb in Löbnitz eine eigene Dachdeckerei mit Holzhandel und angeschlossener Tischlerei. Sämtliche Familienmitglieder lebten und arbeiteten also in Löbnitz. Ich überlegte, wann ich Vincent anrufen sollte, um ihm zu sagen, dass ich da war. Instinktiv hatte ich nichts von meiner Reise gesagt. Ich wollte mir selbst die Zeit geben, an dem Ort meiner Kindheit anzukommen, ehe ich meiner Mutter und meiner Schwester gegenüber trat.

Inzwischen hatte ich bereits den Speckgürtel von Berlin verlassen und lauschte in mich hinein, wie ich mit meiner Entscheidung, Ben immer noch aus meinen Familiengeschichten herauszuhalten, klar kam. Ich vertraute darauf, dass er mich entweder verstand oder zumindest fühlen konnte, warum ich es tat. Wirklich sicher sein konnte ich mir nicht.

Die Autobahn mündete bei Bentwisch in die Bundesstraße, auf der ich jetzt direkt bis Löbnitz hätte fahren können. Doch ich verließ die Schnellstraße bei Ribnitz-Damgarten und fuhr über kleine Landstraßen weiter. In dieser Gegend hatte sich vieles verändert. Neue Einfamilienhäuser, neue Straßen und Supermärkte bildeten einen harten Kontrast zu den verfallenen Liegenschaften ehemals sozialistischer Großstallungen und Maschinenhallen. In den Dörfern sah ich eingestürzte

Scheunendächer, verlassene Höfe, deren Zäune vom Unkraut längst niedergerungen oder umschlungen worden waren. An einigen Kreuzungen außerhalb der Dörfer konnte ich erkennen, welche Gemeinde ihr Geld in den Straßenbau gesteckt hatte und welche nicht. So manch asphaltierte Rennstrecke endete abrupt am nächsten Ortseingangsschild, wo ich in Schrittgeschwindigkeit über Kopfsteinpflaster weiter rumpelte. All das sah ich und fuhr so langsam wie möglich. Im vorletzten Dorf ließ ich die Seitenscheibe herunter und sog die Luft ein, bis mir die Tränen über die Wangen liefen. Der Wind trug den Geruch trockener Erde zu mir, vermischt mit dem von blühenden Obstbäumen, die ich in den Gärten hinter den Häusern erspähte. In diesem Landstrich pflegte man keine durchgestylten Vorgärten, sondern wie eh und je ertragreiche Obst- und Gemüsegärten. Der Boden war fruchtbar, es regnete immer noch genug und das, was die eigene Scholle hergab, wurde geschätzt. Ganz abgesehen von den wirtschaftlichen Zwängen. Wer Platz und Zeit hatte, setzte auf Selbstversorgung. Und viele Menschen im Norden hatten seit der Wende viel Zeit. Es machte mich traurig zu wissen, dass die großen bewirtschafteten Gärten und kleinen Felder hinter den Häusern am Straßenrand allzu oft nur bedeuteten, dass die Bewohner keine andere Arbeit mehr hatten.
Und dann rollte ich plötzlich nach Löbnitz hinein. Direkt am Ortseingang befand sich eine Bushaltestelle und kurz dahinter ein kleiner sandiger Platz. Ich hielt an, setzte meine Sonnenbrille auf, aber es war ohnehin niemand zu sehen.

Erneut ließ ich die Seitenscheibe herunter und lauschte und schnupperte. Kam mir etwas bekannt vor? Rechts voraus schlängelte sich ein neuer Radweg neben der Straße entlang und verschwand nach vier Grundstücken in Richtung Kirche. Linker Hand lag der Hof der Familie Wolscher, doch das Haus stand leer. Hundert Meter weiter in Richtung Dorfmitte gabelte die Straße sich ein erstes Mal. Der rechte Weg führte zu meinem Elternhaus, links schloss sich der ehemalige Dorfladen an und danach kam unser alter Kindergarten. Ich fuhr langsam los und nahm den linken Abzweig. Maren und ich hatten beide diesen Kindergarten besucht, nur eben im Abstand von fünf Jahren. Maren war schon ein Schulkind gewesen, als ich im Kindergarten mit den anderen Kindern gespielt, gegessen und geschlafen hatte. Ich sah die roten Ziegel des Hauses und spähte hinaus um zu erkennen, was daraus geworden war. Ich dachte an einen Nachmittag zurück, ich muss schon in der ältesten Gruppe gewesen sein, als meine Mutter mich vom Kindergarten abgeholt hatte. Für gewöhnlich war das Vaters Aufgabe, aber an diesem Tag hatte er wohl anderes zu tun. Herbstliches Wetter mit Regen und einem nasskalten Wind ließ uns schneller laufen. Die bunt gefärbten Bäume am Straßenrand schüttelten dicke Tropfen auf uns nieder. Tagsüber hatten wir Kinder Bilder gemalt, weil wir nicht draußen spielen konnten. Ich hatte einen Baum mit einer mächtigen Krone gemalt, mit ganz vielen Blättern oder eben dem, was ich für Blätter hielt. Ich war sehr stolz. So stolz, dass ich das Bild auf dem Weg nach Hause unbedingt in der Hand halten wollte, damit ich es gleich als erstes Maren zeigen konnte. Es kam,

was kommen musste. Der Wind zerrte mir die Zeichnung aus den Fingern und wehte es in die nächste Pfütze. Ich wollte es sofort herausfischen und schrie und weinte. Vielleicht, wenn ich es schnell genug zu fassen bekäme und zu Hause gleich auf die Heizung legen könnte, vielleicht würde es nicht so arg ramponiert sein. Maren würde bestimmt noch etwas erkennen. Doch meine Mutter zog mich weiter und schimpfte.
„Lass doch, es ist hinüber", sagte sie und kümmerte sich nicht um meine Tränen. „Malst du eben ein Neues. Musst sowieso noch üben. Für das da hätte Maren dich nur ausgelacht." Sie zog an meinem Arm, meine Füße rutschten über die nassen Gehwegplatten. Ich versuchte, Mutters Finger von meinem Handgelenk zu kratzen und jammerte. „Mein Bild, mein Bild!" Keine Ahnung, ob Maren mich je für eines meiner Bilder ausgelacht hätte. Ich brachte nie wieder eins mit nach Hause. Ich könnte aus heutiger Sicht auch nicht sagen, ob meine Mutter damals überhaupt gemerkt hat, wie tief mich ihr Urteil erschüttert hatte. Sie war uns Kindern gegenüber nie besonders aufmerksam gewesen, es sei denn, wir konnten etwas zu ihrem Ansehen in der Nachbarschaft beitragen. Oder dieses schädigen. Sie war streng, mit einem geradezu manischen Kontrollzwang, aber nicht aufmerksam.
Ich gab Gas und fuhr zügig aus Löbnitz hinaus. Zehn Kilometer bis nach Barth. Zehn Kilometer, die ich in einem stummen Streitgespräch mit meiner Mutter verbrachte. Früher bestimmten solche fiktiven Dialoge meinen Tag. Bei allem, was ich tat oder zu tun gedachte, erklärte ich meiner abwesenden Mutter im Voraus, warum ich das tun wollte, warum genau so

und nicht anders. Ich meinte genau zu wissen, was sie kritisieren würde, wäre sie da. Besonders oft ging es um Angelegenheiten in meinem Haushalt oder solche, die mit Ben und seiner Erziehung zu tun hatten. Mir fiel auf, dass ich diese Zwiegespräche lange nicht mehr geführt hatte. Wann hatte ich aufgehört, vor meiner Mutter meinen Lebensstil zu verteidigen? In Wirklichkeit hatte sie mich fast nie kritisiert, jedenfalls nicht, wenn ich in Hörweite gewesen war. Was in erster Linie an meiner Körpergröße gelegen hatte und an ihrer Feigheit. Meine Mutter kritisierte andere Menschen zwar für ihr Leben gern, aber nur, wenn sie nicht im selben Raum waren. Immer schön hintenrum. Und wenn sie doch einmal gezwungen war, ihre persönliche Meinung zu äußern, dann wand sie sich wie ein Regenwurm und oft genug log sie den Leuten einfach ins Gesicht.

Ich ärgerte mich, als ich mich dabei erwischte, mir jetzt schon die Worte für ihre kommenden Angriffe zurechtzulegen. Ein Wiedersehen war unvermeidlich, also auch die Diskussion, warum ich so viele Jahre nicht mehr in Löbnitz gewesen war. Verflucht, ich musste damit aufhören. Ich würde sie frühestens morgen oder übermorgen sehen.

Ich beschloss, all das zu verschieben und mir den Rest von heute mir allein zu gönnen. Es war noch nicht einmal Kaffeezeit. Wann hatte ich zuletzt einen halben Tag frei? Mit Ben war ich im April ein paar Tage in den Bergen gewesen. Er auf der Piste, die letzten Abfahrten genießen, ich im Spa und auf der Sonnenterrasse. Viel mehr brauchten wir beide nicht, um zufrieden zu sein. Aber der April war lange her.

Wenige Kilometer vor Barth säumten Felder die Straße. Ich sah jungen Mais, der mit der Dürre zu kämpfen hatte und auf der anderen Straßenseite blassgrüne Gerste. Dann machte die Straße einen sanften Linksbogen und unmittelbar nach einem kleinen Waldstück hätte ich schon die ersten Häuser von Barth sehen können. Doch stattdessen bemerkte ich ein schwarzes, riesiges Tier, das gemächlich aus dem rechten Straßengraben kletterte. Ein Wildschwein! Als es mein Auto bemerkte, rannte es los und wollte wohl im Galopp auf die andere Seite. Ich stieg in die Bremsen und wusste, dass es nicht ganz reichen würde. Zwei Sekunden später knallte es, ich hörte das Wildschwein aufschreien, ehe es nach links aus meinem Blickfeld verschwand. Ich schrie ebenfalls, während das Auto wenige Meter weiter zum Stehen kam und mit dem rechten Vorderrad über den Asphalt hinaus auf den Schotter rutschte. Das Blut rauschte in meinen Ohren, ich keuchte und spürte, wie meine Halsmuskeln vor Anspannung verkrampften. Mein Herz raste. Ich stieß noch einen Schrei aus und konnte endlich das Lenkrad loslassen. Dabei betrachtete ich meine zitternden Hände wie die einer Fremden. Plötzlich klopfte es an die Seitenscheibe und ich schrie zum dritten Mal. Ein junger Mann in einer Arbeitsjacke lächelte mich an und machte Zeichen, dass ich die Tür öffnen sollte.

„Ist alles in Ordnung mit Ihnen?" Er beugte sich ein wenig zu mir herunter und betrachtete mich neugierig.

„Ja, ich denke schon. Was ist mit dem Schwein? Liegt es dort hinten irgendwo?"

„Nein, es ist weiter gerannt, ins Feld. Aber so wie Sie es erwischt haben, wird es nicht mehr weit kommen", sagte er und es klang wie ein Lob. Dann richtete er sich auf und rief etwas nach hinten. Jetzt erst bemerkte ich zwei weitere Autos, die mit blinkenden Warnlichtern auf der Straße standen.
„Sie ist okay. Krankenwagen brauchen wir nicht, aber ruf mal den Hans-Jürgen an, damit er das Schwein sucht."
„Wer ist Hans-Jürgen?", fragte ich, obwohl es mich nicht interessierte. Ich stieg aus und betrachtete den Schaden an meinem Auto. Der Kotflügel vorn links war eingeknickt, der Kühlergrill nach innen gedrückt. Außerdem war ein Scheinwerfer kaputt und unter die Motorhaube konnte ich jetzt weiter schauen als heute früh. Großer Mist.
„Hans-Jürgen ist unser Revierförster. - Geht es Ihnen wirklich gut?", fragte der junge Mann, der mir nicht von der Seite wich. Einer seiner Begleiter öffnete den Kofferraum meines Wagens.
„Haben Sie ein Warndreieck?"
„Sicher. Das ist ein Mietwagen, da sollte so was drin sein."
Die Männer zogen gleichzeitig die Augenbrauen hoch, dann fischte einer tatsächlich das Warndreieck aus einer Halterung und brachte es in einiger Entfernung in Stellung.
„Keine Sorge, Sie haben alles richtig gemacht", versicherte mein Beschützer mir. „So eine Vollbremsung muss man erstmal hinbekommen. Alle Achtung, junge Frau! Schön draufgehalten. Sehr schön!"
„Ja, schön." Ich würde mich später über sein Kompliment freuen.

Ich schlang meine Arme um mich, als würde ich frieren, dabei hatten wir sicher über zwanzig Grad. Mein Herz schlug wieder ganz normal, dafür übernahm mein Verstand jetzt und zählte stumm auf, was alles hätte passieren können. Ich zitterte und lief auf und ab, um es zu verbergen.

„Das Auto muss von der Straße runter", sagte ich und wollte einsteigen, doch mein Bewunderer schob mich sanft zur Seite.

„Sie setzen sich mal besser einen Moment hin. Ich mach das für Sie."

Ehe ich protestieren konnte, war er eingestiegen und einer der anderen Männer brachte einen Klapphocker und eine Flasche Wasser. Er stellte den Hocker auf, drückte mich auf die quadratische Sitzfläche in Tarnfarben und hielt mir das Wasser vors Gesicht. Ich schüttelte den Kopf.

„Lieber ein Bier?", fragte er. „Steffen, bring mal ein Bier. Die Lady braucht 'ne kleine Stärkung."

„Nein, wirklich nicht. Machen Sie sich bitte nicht solche Mühe. Es geht schon wieder."

Keine Ahnung, ob ich tatsächlich etwas gesagt hatte und ob sie mich hören konnten. Sie reagierten jedenfalls nicht. Also sah ich zu, wie mein Auto zwanzig Meter weiter dicht am Straßenrand geparkt wurde.

„Hier, das Bier", sagte der, den sie mit Steffen angesprochen hatten. Er drückte mir ein Rostocker in die Hand und ich konnte mein Glück kaum fassen. Wann hatte ich das letzte Mal ein Rostocker Bier getrunken? Ich nahm die Flasche, setzte an und trank einen großen Schluck.

Die Männer nickten zufrieden.

Dieser Steffen sagte: „Hans-Jürgen ist diese Woche auf Rügen. Aber ich habe Tristan erwischt. Der kann das auch."

„Okay."

Dann betrachtete er mein Auto etwas genauer, sah wieder zu mir und sagte: „Sie sind aber weit weg von zu Hause."

„Unsinn, das ist ein Mietwagen, die haben oft ein Hamburger Kennzeichen", sagte der Hockerträger und stellte sich breitbeinig neben mich. Steffen nickte. Ich biss mir auf die Zunge, um nicht zu verraten, dass ich eigentlich mittendrin in meinem alten Zuhause war. Offensichtlich hatten die Jahre in Bayern meinen norddeutschen Dialekt erstickt. Aber irgendwie hatte Steffen ja auch recht. Ich trank noch einen Schluck Bier und überlegte, wer nun dieser Tristan sei. Allmählich wurden es zu viele Namen für mein geschocktes Gehirn. Köstlich, dieses Bier, wenn man am Straßenrand auf einem Angelhocker saß, umgeben von jungen Männern, die entweder nichts Besseres zu tun hatten oder allesamt nur furchtbar neugierig waren. Wobei sie bestimmt nicht zum ersten Mal einen Wildunfall erlebten. In dieser Gegend gab es schon immer zuviel Schwarz- und Rotwild.

Inzwischen umrahmten die drei Helden mich und fachsimpelten leise über die Kosten der Reparatur.

„Machen Sie sich darüber keine Gedanken", sagte ich. „Ich bringe das Auto nach Rostock zur Mietwagenstation und tausche es um."

Alle drei nickten mir zu und alle drei hatten die Augenbrauen hochgeschoben. Mir fiel auf, dass niemand das Schwein erwähnte. Ich stand auf und suchte auf der anderen

Straßenseite nach Spuren. Ich lief zurück bis zu der Stelle, wo ich ungefähr das Tier getroffen hatte und kickte ein paar Plastikteile vom Asphalt. Hartnäckig kämpfte ich gegen eine neue Welle von Was-wäre-wenn-Fragen an. Lass es! Dir geht's gut. Kein Grund zur Panik! Dennoch spürte ich Nackenschmerzen aufsteigen. Außerdem sickerte der Alkohol in meine Motorik. Langsam und konzentriert auf meine Füße schauend, ging ich zu meinem Auto, suchte nach meinem Handy und rief bei der Mietwagenfirma an. Ich wollte mich vergewissern, dass ich nicht die Polizei rufen müsste.

„Doch, Frau Mohn, das wird leider nötig sein. Wir brauchen ein Unfallprotokoll für die Versicherung. Tut mir leid."

Mir dämmerte es, dass die ganze Angelegenheit mich viel Zeit und Papierkram kosten würde. Dann fiel mein Blick auf die fast leere Bierflasche in meiner Hand. Ich gab sie Steffen zurück und bat nun doch um ein Wasser. Wenn ich weiter so viel trank, würde ich noch in die Büsche verschwinden müssen, während meine Bodyguards Wache schoben, dachte ich und verkniff mir ein Kichern.

Da ich nicht den Notruf der Polizei wählen wollte, fragte ich meine Helfer, ob jemand zufällig die Nummer des örtlichen Polizeireviers hätte.

„Ist schon erledigt", sagte der Hockerträger und fast in der gleichen Sekunde rollte ein Streifenwagen aus Richtung Barth heran. Er hielt vor meinem Mietauto und nach beträchtlicher Zeit stieg ein unglaublich dünner Mann aus, der so lang war, dass ich ernsthaft darüber nachdachte, ob der jemals wieder in seinen Streifenwagen hinein passen würde. Erneut musste ich

mein Kichern verbergen. Blödes Bier! Der Polizist hatte weiße
Haare und eine große Nase. Er setzte seine Mütze auf und kam
dann langsam zu uns. Er begrüßte mich mit Handschlag, die
Männer ringsum bekamen ein freundliches Kopfnicken. Man
kannte sich.

„Sie sind aus Hamburg?", fragte er mich.

„Nein, ich bin …"

„Das ist ein Mietwagen", erklärten Steffen und der Hockerträger
im Chor. Der Polizist nahm es zur Kenntnis. Dann betrachtete
er kurz die Schäden an meinem Auto, fragte mich, ob ich ganz
bestimmt keinen Arzt bräuchte, Ordnung musste sein, und holte
schließlich eine braune Ledertasche vom Rücksitz des
Streifenwagens. So eine Tasche hatte mein Vater besessen,
als ich ein kleines Mädchen gewesen war.

Wenn wir in den Wald gegangen sind, dann verschwanden in
dieser Tasche unsere Butterbrote, eine kleine Flasche Bier für
unseren Vater und zwei Äpfel für Maren und mich. Konzentrier
dich, ermahnte ich mich. Du bist hier nicht auf Pilzsuche.

Der Polizist holte statt eines Apfels einen Protokollblock und
einen Kugelschreiber hervor und legte alles auf das Dach
meines Autos. Dann fing er an, meine persönlichen Daten
abzufragen und ich trat etwas näher, weil meine Helfer sichtbar
die Ohren spitzten. Ich traute mich jedoch nicht zu nah an den
Gesetzeshüter heran, bestimmt hatte ich eine Bierfahne.
Geistesgegenwärtig gab ich ihm einfach meinen Ausweis und
Führerschein und er schrieb alles ab. Meine Leibwächter
schienen enttäuscht. Mit ein paar mehr Informationen hätten sie

die Geschichte beim nächsten Stammtisch noch besser ausschmücken können.

Der Polizist war etwa in der Hälfte des Protokolls angelangt, so genau konnte ich das bei seiner Arbeitshöhe nicht sehen, als sich erneut ein Auto aus Richtung Barth näherte und sein Tempo verringerte. Ein dunkelgrauer Jeep fuhr langsam an unserer kleinen Kolonne vorbei und parkte auf der anderen Straßenseite, ein Stück entfernt. Auf der Fahrertür konnte ich eine Art Emblem oder so etwas erkennen, irgendetwas mit Naturschutz oder Nationalpark. Ein Mann stieg aus, hinten im Auto setzte sich ein großer Hund aufrecht hin und sah zu uns herüber. War das dieser Tristan? Ich musterte ihn kurz. Etwa mein Alter, sportlich, olivgrüne Hose, schwarzes T-Shirt. Er kam zu uns, zwinkerte mir zu, gab nur mir die Hand und bedachte alle anderen mit dem ortsüblichen Kopfnicken.

„Sind Sie hier im Urlaub?", fragte er, nachdem er sich vorgestellt hatte und ich versuchte erst gar nicht, zu antworten.
„Ist ein Mietwagen", erklang es mehrstimmig hinter mir.
Ich grinste ihn an und er lachte leise, als hätte er die Situation erfasst. Ich bekam ein zweites Augenzwinkern, dann ließ er sich von Steffen die Stelle zeigen, wo das Schwein ins Feld gerannt war. Dieser Tristan unterschied sich deutlich von den anderen Männern und schien doch einer von ihnen zu sein. Er sprach wie ein Einheimischer, bewegte sich wie einer, aber etwas an ihm sagte mir, dass er schon mehr gesehen hatte als den hiesigen Horizont.

Um ihn nicht die ganze Zeit anzustarren, ging ich zu seinem Auto und spähte hinein. Ich mochte Hunde und wollte sehen, ob dieser ein freundlicher war.

„Es ist eine *Sie* und sie ist eine Weimaranerin", sagte Tristan und ich war überrascht, wie dicht er plötzlich hinter mir stand.

„Gibt's hier an der Volkshochschule Kurse in Gedanken lesen?", fragte ich.

„Wie bitte?"

„Nichts. – Ist sie freundlich?"

„Das auch. Die meisten Leute fragen mich zuerst nach der Rasse und ihrem Geschlecht, weil sie so ungewöhnliche Augen hat."

Er öffnete die eine Hälfte der hinteren Tür und die Hündin sah ihn erwartungsvoll an. Sie war nicht angeleint, machte aber keine Anstalten, aus dem Auto zu springen. Tristan legte eine Hand an ihren Kopf und streichelte sie sanft.

„Diese Rasse sieht man wirklich nicht oft", sagte ich und kam mir dämlich vor. „Und sie hilft Ihnen jetzt, das verletzte Tier zu finden? Ist sie ein Fährtenhund?"

„Nicht wirklich. Aber ihr Jagdinstinkt sollte ausreichen. Normalerweise macht mein Bruder das mit seinem Hund, aber …"

„Hans-Jürgen ist diese Woche auf Rügen, ich weiß."

Er sah mich erstaunt an, dann warf er einen Blick über seine Schulter zu meinen Helfern und den Polizisten.

„Wie lange sind Sie schon mit denen allein?" Wieder dieses leise Lachen, ein Zwinkern, dann wandte er sich erneut dem Hund zu. Der starrte Tristan aus seinen grauen, randlosen

Augen an. Ich wusste nicht, was ich tun sollte. Weggehen oder weiter dumm herumstehen?

„Ich fange mit der Suche erst an, wenn Sie weg sind. Die Jungs werden die Straße sichern, falls das Vieh in die falsche Richtung rennt. Und Sie …?"

„Tja, ich kümmere mich dann mal um meine Angelegenheiten."

Ich ging zurück, um noch eventuell offene Fragen zum Unfallhergang zu beantworten, doch meine Helfer hatten dem Polizisten alles erzählt, was er wissen wollte. Er gab mir meine Papiere zurück und einen Durchschlag des Protokolls. Dann verabschiedete er sich mit noch weniger Worten, als er zur Begrüßung gebraucht hatte und fuhr davon. Aus den Augenwinkeln sah ich, dass Tristan die Hündin inzwischen aus dem Auto geholt hatte. Sie saß wie eine Statue neben ihm. Ich verabschiedete mich von den Männern.

„Herzlichen Dank, dass Sie angehalten haben. Ehrlich, danke."

„Kein Problem."

„Ich wohne für ein paar Tage in Barth in der Pension Hellwig. Keine Ahnung, ob es dort einen Zapfhahn gibt. Aber wenn, dann sind Sie herzlich eingeladen."

Die Männer sahen mich stumm an, dann schaute einer nach dem anderen zu Tristan, der hinter mir stand. Er lächelte. Sonst nichts. Peinliches Schweigen, für mich jedenfalls.

„Also dann, auf Wiedersehen."

Ich stieg in mein Auto, schnaufte ordentlich durch und fuhr zügig davon, ohne mich noch einmal umzusehen. Keine Viertelstunde später erreichte ich die kleine Pension, die an der Hauptstraße nach Rostock lag. Bis zum Hafen war es nur ein kurzer Spaziergang, den ich hoffentlich heute noch machen konnte. Ich checkte mit rasenden Kopfschmerzen ein. Die Dame von der Autovermietung hatte mir telefonisch versichert, dass es genügen würde, wenn ich den Wagen morgen umtauschen und die Formalitäten dann erledigen würde. Allein der Gedanke, jetzt noch die sechzig Kilometer bis nach Rostock zu fahren und dann dort im Berufsverkehr herumzugondeln, ließ mich erschauern.

Hinter der Rezeption, die zugleich Anrichte, Schreibtisch und Blumenbank war, saß eine nette alte Dame, deren Augen mich an irgendjemanden erinnerten. Etwas irritiert brauchte ich zwei Versuche, um das Anmeldeformular korrekt auszufüllen. Ich entschuldigte mich und erwähnte kurz den Wildunfall, doch die nette Dame winkte nur ab und warf die verschriebenen Formulare in einen Papierkorb.

„Wann möchten Sie morgen frühstücken?"

Darüber hatte ich noch nicht nachgedacht, aber angesichts meines kaputten Autos würde morgen wohl noch keine Zeit zum Ausschlafen bleiben.

„Bin ich der einzige Gast, dass Sie extra für mich Frühstück vorbereiten?"

„Nein, aber die anderen machen Urlaub und stehen spät auf. Sie hingegen scheinen mir beruflich unterwegs zu sein. Keine Sorge, ich bin Frühaufsteherin und stelle mir auch zur Sicherheit einen Wecker. Sie werden nichts vermissen."

Ihre Beobachtungsgabe freute mich, umso mehr, weil ich kaum ein Statussymbol meiner Arbeit bei mir trug. Ich hatte sogar Jeans an.

„Das Smartphone hat mich verraten, oder?", fragte ich.
„Nein." Sie heftete mein Anmeldeformular ab und gab mir einen Schlüssel für das Zimmer Nummer acht. „Richtige Urlauber stöbern immer gleich in den Flyern über die Sehenswürdigkeiten der Stadt und der Umgebung. Sie hingegen machen auf mich eher den Eindruck, als wollten Sie ein Aspirin und Ihre Ruhe."
Selten hatte ich eine freundlichere Umschreibung dafür gehört, dass ich abgekämpft und müde wirkte. Sicher war ich total blass und hatte Augenringe.
„Alles in Ordnung. Aber ein bisschen haben Sie auch recht, zumindest was das Aspirin betrifft. Urlaub habe ich trotzdem. Nur ein paar Tage, aber immerhin." Erholsam wird das sicher nicht, dachte ich und verdrängte alle Gedanken an Maren und meine Mutter. Und die an Vincent.
Ich sah der netten Dame noch mal ins Gesicht und versuchte, ihr Alter zu schätzen. Sie könnte um die sechzig und genauso gut siebzig sein. Rings um ihre Augen und die Lippen zeichneten sich feine Fältchen ab, die Haare waren blond gefärbt und zu einem eleganten Bob geföhnt. Sie ging aufrecht, was aber auch daran liegen konnte, dass sie ziemlich klein war. Am besten gefiel mir ihre Art, mich nicht als zahlenden Gast abzuhandeln, sondern mir ihre ganze Aufmerksamkeit zu widmen. Sie versuchte zu erfassen, was ich brauchte, ohne mir zu viele Fragen zu stellen. Sie wollte auf keinen Fall neugierig wirken.
Ich sah auf meine Uhr, kurz vor fünf. Durch den Unfall und meine Trödelei in Löbnitz war ich viel später als geplant

angekommen. Andererseits, was spielte es für eine Rolle? Ich hatte heute keine weiteren Verpflichtungen und außer Lisa, Ben und Frau Senger wusste niemand, wo ich überhaupt war. Mein Chef hatte sich bei meiner Urlaubsanfrage hauptsächlich gewundert, dass ich ihn überhaupt fragte. Das war normalerweise nicht der Fall, aber diese Reise war ja auch nicht normal. Wir hatten uns darauf geeinigt, dass ich selbst entscheide, welche Tage ich als Urlaub abrechne, und an welchen ich sozusagen im Home Office arbeite, wo auch immer gerade Home ist. Er kannte mich gut genug.

„Wo bekomme ich denn ein gutes Abendessen?", fragte ich.

„Möglichst nicht weit weg."

„Was mögen Sie denn gern?"

„Hering mit Bratkartoffeln", sagte ich, ohne nachzudenken. Das hatte ich seit bestimmt fünfzehn Jahren nicht mehr gegessen.

„Dann sind Sie bei Martha in der *Kogge* am besten aufgehoben. Gutbürgerliche Küche, ohne Schnickschnack. Sie finden die Gaststätte, wenn Sie Richtung Hafen laufen und dann die dritte Straße links."

„Darf ich fragen, wie Sie heißen?"

„Mein Name ist Hellwig", sagte sie und strahlte mich an. „Fanny Hellwig. Ich bin die Inhaberin dieser Pension."

„Tja, dann vielen Dank für den netten Empfang, Frau Hellwig." Ich nahm mein Gepäck und stieg hinauf in den ersten Stock, zu meiner Bleibe für die nächsten Tage. Ich hatte ein gutes Bauchgefühl und war gleichzeitig sehr gespannt auf das Zimmer. Seit Jahren wohnte ich immer in den Häusern unserer

Kette. Ich konnte mich nicht erinnern, wann ich das letzte Mal in einer kleinen Pension übernachtet hatte.

Ich schloss die Tür auf und konnte quer durch das Zimmer hinaus in den Garten sehen. Dafür vergab ich sofort drei Pluspunkte. Weitere drei für den wunderschönen Balkon, auf dem ein großer Korbsessel mit zwei gelben Kissen stand. An einer Wand im Zimmer entdeckte ich Einbauschränke hinter weiß lackierten Türen, rechter Hand befand sich das Bad. Nicht riesig, aber blitzsauber. Insgesamt maß das Zimmer höchstens zwanzig Quadratmeter, aber es strahlte Behaglichkeit aus. Das Bett war groß genug für vier Personen und auf der himmelblauen Tagesdecke türmten sich dicke Kissen. Ich trat hinaus auf den Balkon und erfreute mich an dem wunderbaren Blick in den Obstgarten. Was für ein Luxus! Ich zog meine Schuhe aus, warf sie hinter mich ins Zimmer und setzte mich in den Korbsessel. Die Sonne stand schräg und ich schloss die Augen. Eine Weile lauschte ich meinem Atem, dann schlief ich ein.

Ich wachte auf, als ich Autotüren klappen hörte. Ich blieb sitzen und schnupperte in die Abendluft. Die Erde im Garten verströmte ihren Duft, der sich mit der Seeluft vom nahen Hafen vermischte. Auf dem Dachfirst gegenüber saß eine große Möwe, die aufmerksam ihre Umgebung beobachtete. Zufrieden reckte ich meine Glieder, als ich merkte, dass meine Kopfschmerzen nachgelassen hatten. Ich ging ins Zimmer und verstaute meine Sachen im Schrank. Dann duschte ich, zog mir eine kurzärmelige Bluse an, dazu Jeans und Turnschuhe. Eine Strickjacke nahm ich in die Hand und verließ das Zimmer. Mein

Magen knurrte erwartungsfroh. Ich wollte einen Spaziergang zum Hafen machen, unterwegs mit Vincent telefonieren und dann etwas essen.

Unten an der Rezeption war niemand zu sehen oder zu hören. Mir fielen die Flyer in der Ecke ins Auge, die Fanny erwähnt hatte und ich überflog die Auswahl. Ich wollte gerade nach einem greifen, als mir eine Tür ins Kreuz knallte, die ich vorher nicht bemerkt hatte.

„Autsch!"

„Oh, entschuldigen Sie bitte", ertönte eine Stimme, die ich heute schon einmal gehört hatte. Ich rieb mir die Stelle am Rücken und drehte mich um. Vor mir stand Tristan und sah mich erschrocken an. Jetzt wusste ich, warum mir Fannys Augen so bekannt vorgekommen waren. Einen Moment später tauchte sie hinter Tristan auf.

„So pass doch auf, Junge!", sagte sie und schob ihn beiseite.

„Sie sind also tatsächlich hier?", fragte er und ich hätte gern *nein* gesagt, nur um ihn zu foppen. Deshalb hatten die Männer an der Straße mich so komisch angeschaut. Sie kannten die Pension Hellwig, weil Tristan offensichtlich zur Familie gehörte.

„Ihr kennt euch schon?", fragte Frau Hellwig. „Frau Mohn, das ist mein Neffe Tristan. Normalerweise nicht so tollpatschig."

Ich lächelte beide an. „Nichts passiert, keine Sorge."

„Das ist irgendwie nicht Ihr Glückstag", sagte Tristan und ich konnte mich nicht satt sehen an seinem schiefen Grinsen.

Doch, absolut, hätte ich beinahe gesagt.

„Sie hatte heute schon einen Zusammenprall mit einem Keiler", erklärte er seiner Tante.

„Ich weiß."

„Haben Sie das Tier aufgespürt?"

„Ja, war kein Problem. Auf der anderen Seite des Feldes gibt es einen breiten Wassergraben. Da hindurch hatte er es nicht mehr geschafft."

Absicht oder nicht, er ersparte mir die unappetitlichen Einzelheiten. Dann herrschte einen Moment lang Stille. Wir sahen uns an.

„Tristan?"

„Ja?"

„Die Gemüsekiste."

Er tippte mit zwei Fingern an eine imaginäre Mütze, zwinkerte mir zu und lief hinaus.

„Er hilft mir, wenn ich Lieferungen bekomme oder wenn größere Dinge aus dem Keller geholt werden müssen", sagte Fanny Hellwig mit stolzer Stimme.

„Es muss schön sein, wenn man sich auf seine Familie verlassen kann."

„Ja, das ist es. Nur, dass unsere Familie leider nicht sehr groß ist. Mein Mann ist schon länger tot, als wir überhaupt verheiratet waren, Kinder habe ich nicht, bleiben nur Tristan und sein Bruder."

„Hans-Jürgen", platzte ich heraus und erntete einen verständnislosen Blick. Dann lachte Fanny laut und hielt sich gleich wieder den Mund zu.

„Willkommen in Vorpommern. Wo jeder jeden kennt, weil jeder mit jedem verwandt ist."

Fast jeder, so hoffte ich. Nur fast jeder.

Ich erzählte Fanny von meinen Plänen für einen Abendspaziergang mit anschließendem Essen und sie gab mir einen Schlüssel für die Haustür.

„Ich bin meistens bis gegen acht Uhr hier. Sollten Sie noch etwas brauchen, auf dem Schlüsselanhänger steht meine Telefonnummer."

Ich verließ die Pension, warf noch einen Blick in mein Auto und wollte mich gerade auf den Weg machen, als Tristan mit seinem Jeep aus der Hofeinfahrt kam. Er hielt neben mir und ließ das Seitenfenster herunter.

„Nun kennen Sie schon meine Tante, meine Angelkumpel, unseren Polizisten und quasi auch meinen Bruder. Und ich kenne noch nicht mal Ihren Namen."

„Elena. Aus München."

„Also, Elena aus München. In diese Richtung geht's direkt zum kleinen Hafen, und wenn Sie dort entlang gehen, kommen Sie zum Marktplatz."

„Danke, das ist sehr freundlich."

„Sie wussten das schon, oder? Sie waren schon mal in Barth."

„Ja."

Er lachte und legte den ersten Gang ein.

„Schade, dass ich jetzt keine Zeit habe, Elena. Aber wir sehen uns sicher wieder. Und dann müssen Sie mir eine ganze Menge Fragen beantworten."

Am nächsten Morgen wurde ich durch die Stille im Haus wach. Ich fühlte mich ausgeruht und solange ich nicht an das bevorstehende Treffen mit Maren dachte, konnte ich sogar den

Sonnenschein genießen. Ich duschte, zog mich an und schlich mich ohne Frühstück aus dem Haus. Ich wollte so früh wie möglich in Rostock sein, das Auto tauschen, um dann den Rest des Tages freie Hand zu haben. Wenn alles gut ging, könnte ich nach meiner Rückkehr immer noch frühstücken. Und tatsächlich klappte alles reibungslos. Kurz nach zehn Uhr war ich zurück in Barth und ließ mir von Fanny den besten Kaffee aller Zeiten bringen.

Eine Stunde später war nichts mehr von meiner Gelassenheit übrig. Entnervt probierte ich die vierte Bluse an und zog sie nach einem Blick in den Spiegel sofort wieder aus. Es ist nur ein Mittagsessen mit meiner Familie, versuchte ich, mir einzureden. Doch es half nichts. Gegen meine fahrigen Hände würde nicht einmal eine Zaubermütze helfen, die mich unsichtbar machen könnte. Ich hängte die Bluse zu den anderen, ging ins Bad und ließ mir kaltes Wasser über die Unterarme laufen. Ausgerechnet heute war es so warm, dass die Luft vor meinem hübschen Balkon schon flirrte, ehe die Sonne ihren höchsten Stand erreicht hatte.

Halb eins sollte ich in Löbnitz sein.

„Wir essen immer gegen eins", hatte Vincent gestern am Telefon gesagt. „Komm einfach dazu, dann werden wir ja sehen."

Auf was hatte ich mich da eingelassen? Ich gratulierte mir noch einmal, dass ich Vincent gefragte hatte, ob Maren überhaupt etwas von meinem Besuch ahnen würde.

„Nein, tut sie nicht. Ich sage ihr morgen beim Frühstück, dass du kommst. Dann hat sie noch ein bisschen Zeit, sich darauf einzustellen, aber nicht mehr genug, um wegzulaufen."
Maren und weglaufen? Das hatte sie früher nie getan und ich war mehr als skeptisch, ob sie damit ausgerechnet heute anfangen würde.
„Ich hoffe einfach, dass sie auf meinen Vorschlag eingeht und dich als Spenderin akzeptiert", hatte Vincent leise erklärt. In seiner Stimme schwang große Traurigkeit mit, die ich keinen Millimeter an mich heranlassen durfte. Wenn er Trost und Unterstützung brauchte, musste er die bei Maren oder einem Freund finden. Nicht bei mir!
„Wir wissen doch aber noch gar nicht, ob meine Werte überhaupt in Ordnung sind und ob alles passt", hatte ich schwach gegen gehalten. Ich spürte selbst, dass es Zeit für ein Wiedersehen war. Maren war meine Schwester, sie war krank und brauchte meine Hilfe. Ob meine Mutter in Vincents Komplott eingeweiht war, brauchte ich nicht zu fragen. Wenn sich ihre Einstellung mir gegenüber nicht völlig geändert hatte, vermied es jeder, meinen Namen in ihrer Gegenwart zu erwähnen.
Auf den letzten Pfiff fuhr ich endlich los, in einer kurzärmeligen weißen Bluse. Hoffentlich gab es keine Spaghetti mit Tomatensoße.
Das neue Mietauto war noch kleiner als der Golf von gestern, doch es schnurrte brav über die Landstraße, als freute es sich, mal rauszukommen. Am Ortseingangsschild fiel mir noch einmal auf, wie absurd meine Mission war, doch jetzt gab es

kein Zurück mehr. Wenn Vincent Wort gehalten hatte, wozu ich ihm eindringlich geraten hatte, und Maren wusste, dass ich komme, dann stünde sie jetzt vielleicht hinter der Gardine. Oder meine Mutter. Die auf jeden Fall.

Ich holte tief Luft, als würde ich vom Zehn-Meter-Turm springen und bog in die Einfahrt zu meinem Elternhaus. Einen Moment lang starrte ich das leere Haus aus roten Backsteinen an. Dann fiel mir ein, dass Maren und Vincent vor Jahren ein neues Haus gebaut hatten, weiter hinten auf demselben Grundstück. Ich rollte den schmalen Plattenweg entlang und stellte mein Auto neben einem weißen Van ab. Wahrscheinlich Marens Kutsche, dachte ich.

Das neue Haus war größer, hell verputzt und das Dach war an einer Giebelseite weit heruntergezogen. Darunter sah ich einen großen Kamin sowie Gartenmöbel aus groben Balken und Brettern. Urig sah es aus. Und blitzsauber.

Maren hatte vor einigen Jahren am Telefon erwähnt, dass unsere Mutter in einer Einliegerwohnung unterm Dach wohnte. Ich schüttelte mich. Allein die Bauzeit war bestimmt für alle die Hölle gewesen, denn sicher hatte Vincent alles total falsch gemacht und wenn meine Mutter nicht die Übersicht behalten hätte … Hör auf! Steig aus und benimm dich wie eine normale Besucherin, beschwor ich mich.

Vincent wird gewusst haben, worauf er sich einließ, denn er kannte meine Mutter zu diesem Zeitpunkt schließlich lange genug. Männer machten in ihren Augen immer alles falsch, wenn man sie nicht ausreichend kontrollierte.

Als ich zur Haustür ging, wurde sie von Vincent bereits geöffnet. Kurz danach erschien Maren neben ihm und blinzelte nervös. Klapperdürr war sie und blass wie Kalk. Ich erschrak und hoffte, niemand würde es merken. Sie lächelte ganz vorsichtig, was ein gutes Zeichen war. Vincent streckte mir als Erster die Hand entgegen. Ich ergriff sie und ließ sie schnell wieder los.

„Hallo", sagte er. „Hereinspaziert."

Ich spazier gleich los! Ich blieb vor Maren stehen, gab ihr den Strauß Ranunkeln, den Frau Hellwig heute früh in ihrem Garten geschnitten hatte und sah ihr in die Augen. Tränen schimmerten darin und machten mir meinen Kloß im Hals bewusst. Dann drückte sie mich an sich und bat mich ebenfalls wortreich herein. Ich gab irgendwelche lahmen Kommentare über den schönen Flur und das Haus im Allgemeinen von mir.

„Sei nicht albern", sagte Maren, „deine Wohnung in München ist bestimmt viel schöner und größer."

„Nein, gar nicht. Ben und ich, wir brauchen ja nicht so viel Platz. Und die Mieten in München sind mörderisch."

„Ja. – Ja, das dachte ich mir. Komm, setz dich."

Maren wies auf einen Stuhl und ich hoffte, der freie Platz neben mir würde ihrer sein.

„Möchtest du etwas trinken?", fragte Vincent. „Wasser, eine Cola, oder ein Bier?"

Erschrocken sah ich ihn an. Es würde mich nicht wundern, wenn er schon über meinen gestrigen Unfall und die illustre Helferschar informiert wäre. Doch er wartete mit einem verbindlichen Lächeln auf meine Antwort.

„Ein Wasser, bitte."
Ich setzte mich und Maren nahm an der Stirnseite Platz, übereck zu mir.
„Wo hast du denn Ben gelassen? Als Vincent mir heute sagte, dass du kommst, dachte ich, der Junge hätte Ferien und würde dich begleiten."
„Nein, in Bayern beginnen die Ferien erst in drei Wochen. Meine Frau Senger ist bei ihm, wenn ich reisen muss. Sie wohnt dann im Gästezimmer."
„Dann kann deine Wohnung ja doch nicht so klein sein, du Schwindlerin!" Meine Mutter stand gackernd in der Tür und klappte ihren Mund zu, da niemand sonst ihre Bemerkung witzig fand.
Ich stand auf, um sie zu begrüßen, doch sie ging auf der anderen Seite des Tisches entlang und setzte sich so, dass zwischen uns zwei Stühle frei blieben.
„Gut siehst du aus, Elena. Gar nicht mehr so pummelig wie früher." Wieder gackerte sie allein. Ich bekam Ohrenschmerzen und kniff mir unauffällig in die Hand. Sie ist nur eine alte, einsame Frau. Sie ist nur eine alte, einsame Frau.
Plötzlich schoss sie von ihrem Stuhl hoch, kam zu mir und schmatzte mir links und rechts je einen Kuss auf die Wangen. Vincent stand im Türrahmen und bat mich stumm, es einfach hinzunehmen.
„Ha, so macht man das doch bei euch da im Westen, oder? Bussi, Bussi, egal mit wem."
Marens Blick senkte sich auf den leeren Teller zwischen ihren Händen.

„Hallo, Mutter", sagte ich schließlich und freute mich, wie sicher meine Stimme klang. Sie durfte meine Wut auf keinen Fall bemerken. Sie nicht. Sie ist nur eine alte, einsame Frau.
„Wenn ich gewusst hätte, dass du kommst, hätte ich etwas gekocht, das du gern magst", sagte Maren. „Leider war ich gestern schon einkaufen und jetzt hatte ich keine Zeit mehr. Ich …"
„Oh, mach dir deshalb keine Sorgen. Ich esse so gut wie alles." Ich wollte nach ihrer Hand greifen und sah, wie sie ihre ebenfalls in meine Richtung schob. Doch dann schreckten wir beide zurück, weil wir den Blick unserer Mutter fühlten.
„Seit wann denn das?", fragte sie, doch wir überhörten es einfach.
Vincent stellte mein Wasser hin und setzte sich neben mich. Ich schluckte. Von außen betrachtet war es die reinste Idylle. Die verlorene Schwester, eingerahmt zwischen ihren Lieben. Ich suchte Blickkontakt zu Maren, doch die zupfte an der Tischdecke herum.
„Es gibt Krautgulasch, die Kartoffeln brauchen aber noch ein paar Minuten."
„Gut. Klingt toll", sagte ich.
„Hm, ich habe schon ordentlich Hunger", sagte Vincent und strahlte Maren an.
„Und? Wie läuft es so mit deiner Arbeit?", fragte meine Mutter. Wozu machte sie sich eigentlich die Mühe, ihre Stimme zu verstellen? Wider besseres Wissen wollte ich ihr eine zweite Chance geben.

„Danke, sehr gut. Ich arbeite als Personalleiterin für Europa und Nordamerika, für die Marriott-Hotels."
„Das habe ich dir aber erzählt, Mama", sagte Maren. Sie drehte ihr leeres Glas wie verrückt im Kreis.
„Ja, richtig, das hast du erzählt, mein Schatz." Sie machte eine Pause und im selben Moment sah ich das Kanonenrohr aus ihrem Mund ragen, es zielte direkt auf mich. „Ich frage mich nur, wie weit es mit der Karriere unserer kleinen Schwindlerin tatsächlich sein kann, wenn sie so einen winzigen Wagen fährt. Das ist er doch, da draußen, oder?" Sie sprang auf, rannte zum Fenster und riss die Gardine beiseite. „Da!"
Die Wut schoss so schnell in mir hoch, dass ich statt einer Antwort nur ein Keuchen herausbrachte. Dann fielen mir die Männer gestern am Straßenrand ein, wie sie dauernd „Mietwagen" im Chor gesagt hatten und ich musste plötzlich lachen. Ich konnte nicht mehr aufhören und wurde immer lauter. Maren sah mich entsetzt an, ich streckte ihr meine Hand entgegen und hielt mich an ihrem Arm fest. Tränen rannen über meine Wangen, während ich immer weiter lachte.
„Ist sie jetzt völlig durchgeknallt?", fragte meine Mutter.
„Das ist ein Mietwagen, Hannelore", erklärte Vincent. Er war aufgestanden und zog die Gardine wieder an ihren Platz.
„Elena ist gestern von München nach Berlin geflogen und dann mit einem Mietwagen weitergefahren."
Ich hatte mich etwas beruhigt und spürte nun die Übelkeit aufsteigen, die schon den ganzen Tag unter meinen Rippen gelauert hatte. Ich trank das Glas Wasser in einem Zug aus,

strich mir die Haare aus dem Gesicht und lächelte in die Runde, als sei das alles eben nicht passiert.

Meine Mutter wackelte unzufrieden mit dem Kopf und zog die Mundwinkel nach unten.

„Wenn du es sagst."

Mein Blick fiel auf das Messer rechts neben meinem Teller, doch Vincent beugte sich zu mir, legte seine Hand wie zufällig darauf und füllte mein Wasserglas wieder auf.

„Kommt Greta zum Essen?", fragte ich und zwang mich zu zwei tiefen Atemzügen.

Meine Mutter beobachtete mich aus schmalen Augen und suchte wie nebenbei meine Hände nach einem Ring ab.

„Nein, Greta hat bis zur Zeugnisübergabe ein paar freie Tage und ist mit ihren Freundinnen zum Zelten gefahren", sagte Maren. Dann stand sie auf und ging in die Küche.

„Ich wette, Greta bekommt ein Einser-Abi", sagte ich zu Vincent. Er nickte und strahlte.

„Eins Komma vier."

„Das ist großartig! Dann stehen ihr alle Wege offen."

„Definitiv. Und genau das ist ihr Problem."

„Inwiefern?"

Ich schielte zu meiner Mutter. Ungewöhnlich, ihr langes Schweigen. Normalerweise riss sie jedes Gespräch an sich. Sie bemerkte meinen Blick und lächelte dünn.

„Nun ja, Greta hat jetzt die Qual der Wahl", sagte Vincent. „Sie kann alles studieren, was sie will. Aber sie weiß nicht, was sie will."

„Dann studiert sie eben nicht", zischte meine Mutter. „Sie ist hübsch und höflich und zu allen Menschen freundlich. Sie wird auch ohne Diplom einen Mann finden, den sie heiraten kann. Jemand aus der Gegend."
Vincent räusperte sich.
„Allerdings steht Heiraten gar nicht auf ihrer Liste, Hannelore."
„Na, und? Dann müsst ihr eben dafür sorgen, dass sie Gefallen daran findet. Wozu soll sie denn studieren? Arbeit gibt es trotzdem nirgends. Auch nicht für neunmalkluge Akademikerinnen."
Das ging wieder in meine Richtung, weil ich die erste und bislang Einzige in unserer Familie bin, mit Abitur und Diplom. Meine Mutter hatte nach der zehnten Klasse eine Ausbildung zur Sekretärin absolviert und viele Jahre in den großen Ferienheimen des DDR-Gewerkschaftsbundes FDGB gearbeitet. Maren hatte zwar ihr Abitur gemacht, sogar mit einem guten Abschluss, aber ihr Studium der Betriebswirtschaft hatte sie nach nur drei Semestern geschmissen. Danach hatte sie bei Vincent im Betrieb gearbeitet, bis Greta geboren wurde. Anschließend war sie viele Jahre ganz und gar Hausfrau und Mutter gewesen. Inzwischen saß sie täglich sechs Stunden bei ihrem Mann in der Buchhaltung.
„Es ist heutzutage auch nicht einfach, das passende Studium zu finden", sagte ich. „Wo liegen denn ihre Interessen?"
„Sie hat keine", sagte meine Mutter.
Vincent ignorierte sie einfach und überlegte. „Während der Schule hat sie verschiedene Praktika gemacht. Sie war im Zoo in Rostock, danach bei unserem alten Dorfarzt, und bei mir hat

sie auch mal vier Wochen in den Ferien gearbeitet. Aber ich glaube, am besten hatte es ihr in Stralsund gefallen. Da war sie in einem Hotel, im Hanse-Dom, wenn ich mich recht erinnere. Sie …" Er verstummte, weil Maren das Essen brachte.

„Ich hoffe wirklich, es schmeckt dir."

„Ganz bestimmt. Es duftet lecker", versicherte ich und griff, ohne nachzudenken, nach ihrer Hand. Meine Übelkeit war ein wenig abgeklungen, aber wenn es sein musste, würde ich vor den Augen meiner Mutter zwei Portionen verschlingen. Marens Hand war kalt, die Haut schimmerte leicht bläulich. Sie ist sehr krank, dachte ich und merkte, dass ihr meine Berührung nicht recht war.

Also gut, Bestandsaufnahme. Meine Mutter hasste mich wie eh und je, gewohntes Terrain. Vincent schien nervös zu sein, aber nicht meinetwegen, sondern wegen Maren. Und meine große Schwester? Die Hauptperson des heutigen Tages war freundlich und zuvorkommend, doch allmählich gewann ich den Eindruck, dass sie hinter einer unsichtbaren Linie stand und mir Zeichen gab, dass alles gut war, solange ich diese Linie nicht überschritt.

„Bevor ihr über ein Studium für Greta nachdenkt, solltet ihr lieber dafür sorgen, dass das Mädchen ordentlich kochen und einen Knopf annähen kann", sagte meine Mutter.

Vincents Besteck sauste auf seinen Teller nieder.

„Mit Kochen und Nähen kann man weder eine Familie ernähren, noch sich eine Zukunft aufbauen."

Mir lief ein Schauer über den Rücken. Auch wenn es fast zwanzig Jahre her war, aber diesen Tonfall kannte ich. Es war nicht fünf vor zwölf, es blieben keine drei Sekunden. Vincent konnte man wirklich schwer aus der Ruhe bringen, aber wehe dem, der es schaffte.

„Ich konnte das", erwiderte meine Mutter und reckte ihr faltiges Kinn wie ein Truthahn. „Ich war mir nicht zu schade für ehrliche, anstrengende Arbeit. Hab meinen Rücken immer krumm …"

„Dein Mann hat eure Familie größtenteils ernährt, Hannelore!" Maren seufzte verstohlen und fuhr sich mehrmals mit der Zunge über die Lippen. Sie hatte es immer schon gehasst, wenn Menschen sich in ihrer Gegenwart stritten.

„Erzähl mal Vincent, wie läuft es bei euch in der Firma?"

Er kaute, nickte und reckte einen Daumen hoch.

„Alles prima", antwortete Maren für ihn. Sie strahlte mich an.

„Klar, mehr geht immer, aber wir sind wirklich zufrieden. Die Aufträge kommen regelmäßig, wir haben gute Leute und wollen uns nicht beklagen."

Ich freute mich ehrlich für Maren, weil ich wusste, wie wichtig ihr eine gesicherte Existenz war.

„Bestimmt habt ihr euch über die Jahre einen guten Ruf erarbeitet. Ich könnte mir vorstellen, dass ihr in der Gegend eine Institution seid."

„Kann man so sagen", sagte Vincent.

Danach wurde eine Weile nicht mehr gesprochen, was mich nervös werden ließ. Ich beobachtete unsere Mutter aus den Augenwinkeln und sie enttäuschte auch dieses Mal nicht.

„Und wie geht es Ben? Kommt er zurecht, so ganz ohne Vater?"

Ich überlegte schon, die Frage zu ignorieren, als Maren nachfasste.

„Spielt er immer noch so gern Fußball?"

„Es ist sein Leben." Ich wandte mich mit meiner Antwort ausschließlich an sie. Ich fischte ein halbwegs aktuelles Foto aus meiner Brieftasche, auf dem mein Sohn zusammen mit seinem Vater nach einem Heimspiel posiert und gab es Maren. Dreckig, verschwitzt und hochzufrieden. Chris konnte es manchmal einrichten, für zwei Tage nach München zu kommen, dann waren sie praktisch rund um die Uhr unterwegs.

Sie gab Vincent das Foto. Meine Mutter spähte mit schief gelegtem Kopf darauf und tat so, als würde es sie nicht interessieren.

„Im September kommt er in die neunte Klasse?", fragte Vincent.

„Richtig. Aber vorher wartet noch eine Riesenüberraschung auf ihn. Sein Vater hat Karten für ein Benefizspiel des FC Chelsea gegen die Bayern bekommen. In London! Er fliegt mit ihm hin und dann bleiben sie noch zwei Tage und zwei Nächte dort. Er wird Augen machen! Chris kommt am letzten Schultag zu uns und wird es ihm dann erzählen." Ich freute mich selbst so sehr für Ben, dass ich seit Wochen eisern kämpfen musste, um nichts zu verraten.

„Und du lässt deinen Sohn einfach so durch die Welt ziehen? Habt ihr nichts von den Terroranschlägen gehört? Das ist unverantwortlich. Aber Hauptsache Spaß, nicht wahr?!" Meine Mutter schnappte nach Luft und ich musste erneut an einen Truthahn denken.

„Erstens ist er mit seinem Vater unterwegs. Zweitens ist London gerade mal zwei Flugstunden entfernt und drittens lassen wir uns grundsätzlich keinen Spaß entgehen. Je verrückter, desto besser." Ich übertrieb absichtlich, auch mit dem Wissen, dass meine Mutter Ironie nicht erkennen konnte. „Außerdem ist Chris absolut zuverlässig."
„Dann wäre er ja wohl bei dir geblieben!"
„Ich habe ihn verlassen, Mutter."
„Ach was, wahrscheinlich bist du ihm nur zuvorgekommen!"
„Es reicht, Hannelore!"
Vincent starrte sie an und ich hätte vor lauter Schreck beinahe laut gelacht. Mir wurde bewusst, wie anstrengend dieses Essen für alle Beteiligten war.
Meine Mutter nahm wortlos ihren Teller und verließ das Zimmer. Offensichtlich wagte sie es nicht, gegen Vincent aufzubegehren.
Nun musste ich doch grinsen und sah zu Maren. Die wich meinem Blick aus und räumte unser Geschirr zusammen.
„Kaffee?"
„Gern. Tut mir leid", sagte ich.
Maren ging in die Küche und ich folgte ihr, um nicht mit Vincent allein zu sein.
„Schön habt ihr es hier. Ein tolles Haus, und was ich vom Garten sehen konnte, ganz wunderbar. Du hast die Rosenstöcke gepflanzt, die du dir immer gewünscht hast."
Meine Schwester nickte und hantierte an der Kaffeemaschine herum.

„Ich werde nicht zustimmen", sagte sie plötzlich und ich brauchte einen Moment, um zu verstehen.

„Warum nicht? Ich meine, wir wissen ja sowieso noch nicht, ob ich generell infrage komme. Aber ich bin gesund, im richtigen Alter und habe meine Familienplanung abgeschlossen. Das sind doch die entscheidenden Kriterien, oder?"

Maren verschränkte ihre Arme vor der Brust und starrte mich an.

„Nein! Glaubst du wirklich, du kannst nach all den Jahren einfach auftauchen und die Heldin spielen? Du hast von der gesamten Thematik einer Transplantation nicht den leisesten Schimmer! Dass du so schnell einwilligen würdest, beweist nur, dass du keinen Moment über die Konsequenzen nachgedacht hast. Das tust du nämlich nie. Ich will deine Niere nicht!"

Ich schwieg erschrocken und lauschte der Bedeutung ihrer Worte. Vincent hatte gesagt, dass sie nicht begeistert war von der Idee. Aber ich spürte, ihre Wut hatte einen ganz anderen Ursprung. Worum ging es ihr wirklich?

„Maren, ich will überhaupt nicht die Heldin spielen. Ich ..."

„Lass es, Elena! Versuch bitte nicht, mich umzustimmen. Es war sehr edel von dir, deswegen extra die weite Reise zu machen, aber daraus wird nichts. Wir können gern noch einen Kaffee trinken und etwas plaudern, aber sonst nichts."

„Ich ..."

„Und hör endlich auf, mir Honig ums Maul zu schmieren. Glaubst du, ich weiß nicht, wie du wirklich über mich und mein Leben denkst? Spießig und provinziell findest du mich. Die Rosenstöcke! Pah, du hasst Rosen, Elena!"

„Das stimmt so nicht. Ich mag nur keine Gartenarbeit, weil ..."
„Du verachtest mein kleines, überschaubares Leben, weil ich nie aus Löbnitz raus gekommen bin, nicht wahr? Gib es zu. In deinen Augen bin ich nur Hausfrau und Mutter, und selbst in Summe ist das zu wenig. Du hast keine Ahnung!"
Ich setzte mich auf einen Stuhl, der nahe am Fenster stand und wartete, wann sie genug Dampf abgelassen haben würde. Vincent tauchte in der Tür auf.
„Ist der Kaffee fertig? Ich muss wieder in die Firma."
Maren starrte auf ihre Füße und ich konnte sehen, wie sie mit den Tränen kämpfte. Tränen, die sie Vincent nicht zeigen wollte. Er hatte sie in diese Situation gebracht und doch wusste sie, dass sie ihm keine Vorwürfe machen konnte. Also stand ich auf und öffnete versuchsweise einen der Schränke über der Spüle.
„Sind hier die Tassen drin?"
Maren schlug mir die Schranktür aus der Hand und griff in ein Regal daneben, in dem große Kaffeebecher direkt vor meiner Nase standen. Nach Farben und Größe sortiert.
„Ich bin die Hausfrau. Schon vergessen?", zischte sie mich an.
„Ich bin gut im Kaffee Eingießen."
Sie goss einen Thermobecher voll, schraubte den Deckel drauf und reichte ihn Vincent. Der stellte ihn auf die Arbeitsplatte und nahm seine Frau in den Arm. Maren war zu überrascht, um ihn abzuwehren und ich wusste nicht, wohin ich schauen sollte. Meine Schwester drückte ihren Rücken durch, doch Vincent küsste ihren Scheitel und dann ihre Wangen.

„Ich habe dir versprochen, dass ich nichts unversucht lassen werde, um dich zu retten." Dann nahm er seinen Kaffee und verließ das Haus.

Es war mir peinlich, meine Schwester so mit ihrem Mann zu erleben. Mit diesem Mann zu erleben. Noch mehr überraschte es mich jedoch, dass mir lediglich die Intimität des Augenblicks peinlich war. Ich hatte keinen Stich im Herz gespürt, von Eifersucht oder Sehnsucht gezündet.

Ich setzte mich wieder auf den Stuhl, um Maren zu zeigen, dass ich das Thema noch nicht beenden wollte. Ich musste strategisch vorgehen.

„Eigentlich hast du recht. Es tut mir leid, ich habe wohl wirklich nicht so lange darüber nachgedacht. Ich war einfach nur schockiert, als Vincent anrief und mir sagte, wie schlimm es inzwischen ist."

Maren putzte sich die Nase und lehnte sich an den Tisch.

„*Es* heißt polyzystische Nieren, hatte unser Vater auch schon, und so schlimm ist es ja nun auch noch nicht. Ich komme klar."

„Lass mich dir trotzdem helfen. Wenn ich eine geeignete Spenderin bin, warum nicht?"

„Nein, Elena. Es ist eine Schnapsidee."

Ich verstummte. Druck erzeugt Gegendruck. Ich trank etwas Kaffee und sah aus dem Fenster.

„Wollen wir in den Garten gehen?", bot Maren an und ich nickte dankbar.

„Wenn ich nicht Unkraut jäten muss."

Draußen wehte der warme Sommerwind ein paar Blüten von den Apfelbäumen, die an der Grundstücksgrenze standen.

Zwischen Marens neuem Haus und unserem Elternhaus standen noch ein knorriger Aprikosenbaum und ein Kirschbaum. Auf beiden sind wir als Kinder geklettert. Ich sah mich weiter um und lächelte beinahe automatisch. Schon in der Schule hatte Maren hunderte von Zeichnungen von ihrem zukünftigen Garten angefertigt. Ich hatte sie um dieses Talent immer beneidet. „Du könntest das auch", hatte Maren mir dann versichert, „wenn du mal still sitzen würdest." Inzwischen sah der Garten tatsächlich so aus wie damals auf ihren Zeichnungen.

Einmal hatte ich Maren vorgeschlagen, sie solle nach Hollywood gehen und Karriere als Trickfilmzeichnerin machen. Oder in England Gartenarchitektin werden, weil alle Engländer nun mal Gärten liebten. Ich schwärmte ihr vor, dass sie dann reich und berühmt werden würde, allein mit dem, was sie am liebsten tat. Aber Maren hatte gelacht und ihren Blick gesenkt. „Ich will doch nur meinen eigenen Garten hinterm Haus schön gestalten."

Wir liefen nebeneinander bis zu einer hellgrün lackierten Gartenbank und setzten uns. Ich ahnte, wie viele Stunden Arbeit in diesem perfekten Stückchen Natur steckten. Harte Arbeit. Wie lange würde sie die in ihrem Zustand noch machen können?

„Wie viel Zeit bleibt dir noch, bis du an die Dialyse musst?", fragte ich.

Sie blinzelte überrascht. „Etwa ein Jahr, vielleicht ein bisschen mehr, vielleicht ein bisschen weniger."

Ein Jahr noch, bis ihr Alltag von einer Maschine bestimmt werden würde. Von den Terminen im Dialysezentrum, von den Fahrten hin und zurück, ganz zu schweigen von der Zeit, in der sie tatenlos an Schläuchen hängen und nur warten würde, dass ihr Blut gereinigt wurde. Warum erschreckte sie diese Vorstellung nicht, wenn sie zu Hause, mit ihrer Familie, mit ihrem Job und diesem prächtigen Garten so viel zu tun hatte?

„Ich bleibe noch ein paar Tage hier. Lass uns erstmal den Schock unseres Wiedersehens verdauen und dann noch einmal über alles reden, okay? Wir müssen heute keine Entscheidung treffen."

„Du bist jederzeit willkommen, Elena. Und ich freue mich, wenn du noch etwas da bleibst. Greta kommt am Sonntag nach Hause, sie würde dich sicher gern kennen lernen."

„Prima."

„Aber meine Entscheidung steht fest."

„Wir werden sehen."

Ich umarmte sie, etwas fester als zur Begrüßung, ging zu meinem Auto und fuhr los. Im Rückspiegel sah ich meine Mutter hinter einem Fenster im ersten Stock stehen.

Kapitel 3

Am nächsten Morgen rauschte der Regen so laut durch die Dachrinne, dass ich mir gegen halb acht die Bettdecke bis zum Kinn zog und beschloss, noch eine Weile liegen zu bleiben. Die Gardine hatte ich gestern Abend nicht zugezogen, und jetzt konnte ich ein Stück grauen Himmel sowie den Giebel des Nachbarhauses sehen. Es regnete dicke Tropfen wie aus einer Dusche, Wind war nicht zu hören. Fraglich, ob heute noch ein Sonnenstrahl zu sehen sein würde.
Feste Pläne hatte ich nicht, aber raus an die frische Luft wollte ich auf jeden Fall. Ans Wasser, an den Strand, oder im Hafen herumlungern. Eben alles das, was man in München nicht macht. Mit Lisa hatte ich aufgrund der Kurzfristigkeit vereinbart, dass wir täglich um die Mittagszeit telefonieren würden. Das Handy auf meinem Nachttisch brummte. Ben hatte soeben meinen Guten-Morgen-Gruß auf WhatsApp gelesen und mit einem Smiley beantwortet. Es war hoffnungslos, morgens mit meinem Sohn sprechen zu wollen. Da brauchte er alle Energie, um halbwegs munter für die Schule zu werden.
Mein Handy meldete sich erneut, diesmal eine SMS. Von Vincent. *Hast du nachmittags Zeit für einen Kaffee? Bin in Barth.*
Ich schluckte. Vincent und ich allein? Meine beiden Gehirnhälften schienen auseinander zu driften. Die linke schlug

alle verfügbaren Alarmglocken, während die rechte die Antwort tippte. *Klar. Wann und wo?*
Ich sprang aus dem Bett und lief ins Bad. Es war kindisch und total bescheuert, so zu reagieren. Doch so wie gestern in der Küche, als Vincent Maren umarmt hatte, spürte ich nicht wirklich dieses Bauchkribbeln von früher. Sondern eher eine tiefe Beunruhigung, dass es einfach unpassend war, sich mit ihm heimlich zu treffen. Andererseits mussten wir reden. Über Maren. Trotzdem konnte ich nicht so tun, als sei Vincent ein ganz normaler Schwager. Ich kannte ihn mein halbes Leben lang und genauso lang fühlte ich etwas für ihn, das unseren Familienfrieden nachhaltig zerstört hatte. Ich ermahnte mich selbst. Denke dran, was damals passiert ist!
Mein Handy piepste und ich warf mich quer übers Bett, um danach zu greifen. *Um vier im Café am Markt.*
Zurück im Bad betrachtete ich mein Gesicht im Spiegel und streckte mir die Zunge heraus. Maren ist deine Aufgabe!
Nach einem ausgiebigen Frühstück, bei dem Fanny Hellwig mir versicherte, dass das Wetter heute nicht mehr besser werden würde, beschloss ich, mir meine alte Heimat vom Auto aus anzuschauen. Ich wollte außerdem auf den Darß fahren und sehen, wie sehr Zingst sich in den letzten Jahren verändert hatte. Unterwegs könnte ich einen Stopp in Ribnitz-Damgarten einlegen. Alles Orte, an denen Maren und ich früher oft gewesen waren.

Als ich mich kurz vor vier auf den Weg zum Café machte, lauschte ich etwas genervt auf meinen eigenen Herzschlag.

Zwei brisante Treffen in zwei Tagen, das hatte ich lange nicht gehabt. Irgendwie freute ich mich darauf, mit Vincent allein zu sein und in Ruhe reden zu können. Aber gleichzeitig hoffte ich, er würde nicht zu nett zu mir sein, denn das würde meine Konzentration beeinträchtigen. Ich sah auf meine Uhr und war eigentlich zu früh dran. Da es aber immer noch regnete, betrat ich das Café trotzdem schon. Wo stand denn geschrieben, dass Frauen immer unpünktlich sein mussten.

Ich bemerkte Vincent sofort. Er telefonierte leise und drehte dabei den Serviettenhalter zwischen seinen Fingern. Er hob seinen Blick, sah mich und ich zögerte einen Moment, näherzutreten. Vielleicht war es ja ein wichtiges Gespräch. Doch er beendete es zügig und stand auf, um mich zu begrüßen.

„Schön, dass du Zeit hast", sagte er.

Für dich immer, hätte ich beinahe gesagt. Stattdessen griff ich nach der kleinen Speisekarte, obwohl ich nicht mehr als einen Kaffee bestellen wollte.

„Du solltest ein Stück von der Sanddorntorte probieren. Die ist echt gut."

„Hm." Mir fiel nichts ein, was ich hätte sagen können.

„Ich hoffe, du hattest gestern und heute schon Zeit, dir die Gegend anzuschauen?", fragte Vincent. Er meinte es gut.

„Ja, kein Problem. Jedenfalls kein großes."

„Tut mir leid wegen Hannelore und ihrer spitzen Zunge."

„Denkst du wirklich, dass Maren sich umstimmen lässt? Ein bisschen ahne ich, warum sie sich so dagegen wehrt."

Die Kellnerin kam, wir bestellten und räusperten uns anschließend fast gleichzeitig. Ich grinste ihn an und da erst fiel mir auf, dass er mir zwar ins Gesicht schaute, aber direkten Augenkontakt schien er zu vermeiden. Meine Güte, was für ein beschissenes Gefühl.

„Kann sein, dass es aus ihrer Sicht so etwas wie gute Gründe gibt. Aber sie ist meine Frau. Sie kennt mich lange genug, um zu wissen, dass ich nicht einfach zusehe, wie es ihr von Woche zu Woche schlechter geht."

Ich brummte als Zeichen der Zustimmung und fragte:

„Wie sieht denn dein Plan aus? Vermutlich ist sie nicht grundsätzlich gegen eine Transplantation, oder?"

Er hob beide Hände und schüttelte den Kopf.

„Nein, das nicht. Sie würde durchaus auch schon jetzt eine Spenderniere akzeptieren. Da sie aber noch keine Dringlichkeitsstufe hat, scheidet eine Niere von einem Verstorbenen aus. Womit wir bei der Lebendspende sind, für die sich eben direkte Verwandte am besten eignen."

Ich kannte die Fakten schon, wenn ich mich auch noch nicht in aller Tiefe damit befasst hatte. Vor allem nicht mit den Folgen für mich, wenn ich die Spenderin wäre. Ganz bewusst hatte ich mir das bisher erspart. Etwaige Bedenken machten eine Entscheidung nie leichter. Aber die Tatsache, dass ich höchstwahrscheinlich eine sehr gute Spenderin abgeben würde, war zugleich der größte Hinderungsgrund. Wir waren zwar Schwestern, aber unser Verhältnis war nicht das beste. Und der Mann mir gegenüber war einer der Gründe dafür, auch wenn er es nicht wahr haben wollte, und ich es seit neunzehn Jahren abstritt.

„Ich habe keinen richtigen Plan", sagte Vincent. „Ich hoffe hauptsächlich auf deine Überzeugungskraft. Du warst schon immer stark und mutig, Elena. Und ehrlich gesagt, spekuliere ich auch auf deinen Dickschädel und deinen Kampfgeist." Er grinste ein bisschen schief und sah mir für eine Sekunde in die Augen. „Ich habe nicht viel mehr als die Hoffnung, dass du nicht aufgeben wirst."

Meine Kopfhaut prickelte, so sehr bemühte ich mich um Haltung. Am liebsten hätte ich ihm die Zuckerdose auf den Kopf gehauen. Bilder aus der Vergangenheit tanzten vor meinen Augen. Ein Ballsaal, Musik, ausgelassene Teenager, die ihr Abitur feierten.

Ich rammte die Kuchengabel in diese dämliche Torte und mampfte sie in vier Zügen in mich hinein. Kampfgeist! Stumm formulierte ich ein paar saftige Kraftausdrücke für Vincent, weil ich mich gut genug kannte. Solange es in mir brodelte, sollte ich lieber den Mund halten.

„Ich werde nicht so schnell aufgeben", sagte ich, nachdem ich die Tortenreste mit Kaffee hinuntergespült hatte. „Aber ich kann sie schlecht auf dem OP-Tisch festschnallen."

Vincent schien aufzuatmen. Er lächelte vorsichtig und wollte seine Hand auf meine legen.

„Das Beste wird sein, wenn ich in Ruhe mit ihr reden kann", sagte ich und kramte in meiner Handtasche herum. „Ich möchte gern herausfinden, was genau sie so in Rage bringt. Vermutlich hat sie Angst. Wenn ich weiß, was in ihr vorgeht, …"

„… dann findest du auch den richtigen Knopf", beendete Vincent den Satz für mich und nickte eifrig.

„Ich gebe mein Bestes", versprach ich.

Danach wechselten wir das Thema, sprachen über seine Firma und darüber, dass er traurig war, dass sein Vater nicht mehr miterleben konnte, wie gut es jetzt lief. Der Alte hatte die kleine Dachdeckerei mit viel Bauernschläue und teils abenteuerlichen Methoden über die DDR-Zeit gerettet. Reich geworden war er damit nicht, aber ihm blieb die „rote Sklaverei" erspart, wie er die Arbeit in volkseigenen Betrieben bezeichnet hatte.

Vincent hatte den Betrieb nach der Wende langsam wachsen lassen und durch kluge Investitionen neue Geschäftsfelder erschlossen. Er konnte sich durchaus als wohlhabend betrachten, war aber, typisch norddeutsch, auf dem Teppich geblieben. Und sah immer noch unverschämt gut aus.

„Wie steht's denn mit der Liebe bei dir so?", fragte er und machte den Eindruck, er wolle es nicht allzu genau wissen.

„Alles bestens", log ich. „Bin seit Jahren in festen Händen. Er arbeitet in München bei einem kommunalen Energieversorger. Ein netter Kerl und Ben mag ihn." Ich lächelte glücklich, bis meine Mundwinkel krampften. In Wahrheit lag mein letztes Date so lange zurück, dass ich mich nicht erinnern konnte, wo ich mich mit wem getroffen hatte. Guten Sex bekam ich dafür vergleichsweise regelmäßig, ein bis zweimal im Jahr war regelmäßig. Okay, auch nicht so oft, aber immerhin. Wenn ich beruflich in Toronto zu tun hatte, dann erwartete mich dort ein charmanter, unkomplizierter Bruce, der keinen Wert auf

Beziehungsalltag legte. Ich war mir sicher, dass Vincent diese Details wenig bis gar nicht interessierten.

Wir bezahlten und verließen das Café. Es regnete noch stärker als zuvor.

„Komm, ich fahre dich zu deiner Pension", sagte Vincent und lief zu seinem Auto, ehe ich protestieren konnte. War er jetzt völlig verrückt? Wir beide zusammen in einem Auto? Hatte er unsere letzte gemeinsame Fahrt vergessen? Ich schnappte nach Luft, zog meine Jacke enger und folgte ihm. Bleib locker, es sind höchstens fünf Minuten!

Sein Auto stand ganz in der Nähe. Mein Herz klopfte wie verrückt und ich befürchtete, mich durch mein hektisches Atmen zu verraten. Je schneller wir liefen, desto dickere Tropfen klatschten uns ins Gesicht. Wasser lief mir in den Kragen. Endlich erreichten wir Vincents Auto und ich hüpfte dankbar rüber zur Beifahrerseite – mitten hinein in eine Pfütze. Ohne einen Mucks zu sagen, stieg ich ein. Vielleicht kam die Abkühlung ja zur rechten Zeit, schade nur um den schönen Schuh.

Vincent fuhr mich schweigend die drei Ecken weiter zur Pension. Es schien ihm tatsächlich nichts auszumachen. Entweder hatte er die Erinnerungen an die Nacht meines Abi-Balls völlig verdrängt, oder es war für ihn alles nur ein großes Missverständnis gewesen.

„Danke", sagte ich, und öffnete meine Tür, nachdem er so dicht wie möglich an die Haustür herangefahren war und angehalten hatte.

„Warte."

Ich zögerte und starrte auf die Rinnsale auf der Frontscheibe.
„Wann willst du mit Maren reden?", fragte er.
„Oh! Ich, äh ... wann wäre denn eine gute Gelegenheit?"
„Möglichst bald. Wenn du sowieso noch ein paar Tage hier bist?"
„Tja. Ich wollte morgen auf den Friedhof, Vaters Grab besuchen. Ich rufe sie an und frage, ob sie mich begleitet. Und je nachdem, wie das Gespräch läuft, fliege ich Samstag oder Sonntag nach Hause."
Er strahlte mich an, als hätte ich schon einen OP-Termin vereinbart. Zu allem Überfluss griff er nach meiner Hand und drückte sie.
„Ich hätte dich schon viel früher anrufen sollen", sagte er.
„Wieso habe ich so lange damit gewartet?"
Ich weiß es! Frau Lehrerin, ich weiß es. Ein hysterisches Kichern lauerte in meiner Kehle und ich lächelte ganz kurz in seine Richtung.
„Wir werden sehen", sagte ich und stieg aus. Mein rechter Fuß rutschte gefährlich hin und her in seinem nassen Schuh, als ich Richtung Tür trippelte. Aber wer bei solchem Wetter unbedingt Pumps tragen musste, hatte es nicht besser verdient. Ich hörte, wie Vincents Auto langsam losrollte und drehte mich noch einmal um. Ich sah ihm nach, bis er an der nächsten Kreuzung verschwand.
Danach wandte mich wieder zur Pension und prallte gegen Tristan.

„Autsch! Was zum Teufel …?" Ich taumelte etwas rückwärts und zack, versank mein linker Schuh in einer weiteren Pfütze. „Oh, verdammte Scheiße!"
Tristan sah ebenfalls hinunter auf meine Füße und die nassen Schuhe, lachte, legte seine Hände um meine Taille und hob mich einfach hoch. Ich quiekte überrascht, doch zwei Sekunden später stellte er mich unversehrt auf der Treppe vor der Tür ab. Und lachte immer noch. Wie witzig! Doch ich spürte gleichzeitig seinen neugierigen Blick, der etwas in meinem Gesicht zu suchen schien. Wie lange war er schon hier? Hatte er gesehen, wie ich Vincent nachgeschaut hatte?
„Sorry, aber ich habe wohl einen neuen Job", sagte Tristan und strich sich die nassen Haare aus seinen Augen.
„Wie bitte?"
„Na, Ihr Retter in allen Lebenslagen!"
Ich winkte ab und betrachtete meine Schuhe. Die konnte ich wegschmeißen. Außerdem kroch die Feuchtigkeit meine Fesseln hoch und färbte meine Strumpfhose dunkel. Ich seufzte. Tristan öffnete die Haustür und ich folgte ihm hinein.
„War das eben nicht Vincent Keller in dem Auto?"
Mist!
„Ja, er ist mein Schwager. Meine Schwester Maren und er wohnen in Löbnitz."
„Dann kenne ich ihn tatsächlich. Also dem Namen nach zumindest. Wir vergeben manchmal Aufträge an seine Firma."
„Klingt spannend", sagte ich und krümmte versuchsweise meine Zehen. Kalt und eklig.

„Hallo, Frau Mohn, Sie sind ja ganz nass!" Fanny Hellwig kam aus der Küche und erfasste die Situation. „Tristan, siehst du nicht, dass sie friert? Was stehst du hier herum?"

„Doch. Ich wollte …"

„Gehen Sie hinauf, Kindchen, und ziehen Sie sich was Trockenes an. Ich mache so lange einen Tee. Na, los!"

Sie schob mich nachdrücklich in Richtung Treppe und schenkte ihrem Neffen einen strafenden Blick.

In meinem Zimmer angekommen, zog ich alles aus und nahm eine Dusche. Auch wenn es Sommer war, Regen plus nasse Füße - eine Erkältung konnte ich nun wirklich nicht gebrauchen. Ich ließ das warme Wasser eine Weile an mir hinunterlaufen und dachte noch einmal an Vincent und unser Gespräch im Café. Ich ging jedes Detail, jede seiner Bewegungen durch, doch nichts verriet etwas über seine Gefühle für mich. Gab es die vielleicht gar nicht mehr? Oder hatte er sich einfach gut im Griff? Ich trocknete mich ab, zog mir frische Wäsche an und wickelte mich in meinen Bademantel, um das wohlige Gefühl noch ein bisschen zu genießen. Anschließend zog ich die Gardine vor der Balkontür weg, schob den Drehstuhl vom Schreibtisch zum Bett-Ende, sodass ich von dort aus über Fannys Garten zum Horizont blicken konnte.

Ich dachte an Tristan und konnte inzwischen über seinen beherzten Griff schmunzeln. Schon am Vortag waren mir seine breiten Schultern aufgefallen. Überhaupt schien er durchtrainiert zu sein, denn er lief mit geradem Rücken und federnden Schritten. Anders als jemand, der zu viel Zeit hinterm Schreibtisch verbrachte.

Ein kräftiges Klopfen an der Tür riss mich aus meinen Gedanken. Fanny und ihr unvermeidlicher Tee, dachte ich und öffnete. Tee gab es tatsächlich, allerdings hielt Tristan das Tablett hoch und verbeugte sich wie ein Page.

„Ihr Tee, Madame." Er grinste von einem Ohr zum anderen und brachte mich zum Lachen. Mit gespielt ernster Miene ließ ich ihn eintreten und spürte seinen neugierigen Blick, als er an mir vorbei ging.

„Sehr schön", sagte er, während er mich musterte.

„Was?" Ich raffte den Bademantel über der Brust zusammen, aber zum Glück hatte ich keinen zu tiefen Einblick gewährt.

„Was ist schön?", fragte ich mit unschuldiger Miene.

Er stellte das Tablett auf dem Schreibtisch ab und ich bemerkte zwei Tassen darauf.

„Schön ist, dass Sie brav geduscht haben. Und schön ist auch, dass ich ausgerechnet jetzt ein paar Minuten Zeit habe, mit Ihnen gemeinsam den Tee zu genießen."

„Aber, ich …"

„Zucker?"

„Nein, nichts, danke. Es tut mir leid, aber es gibt hier nur einen Stuhl."

„Kein Problem. Schlüpfen Sie mal unter die Bettdecke, ich nehme den Stuhl. – Sieh an, da ist er ja schon."

Tristan nahm beide Tassen in die Hände, stellte eine auf meinem Nachttisch ab und deutete mit einer einladenden Geste auf mein Bett.

„Oder soll ich? Wollen Sie lieber auf dem Stuhl sitzen?"

Blitzschnell krabbelte ich unter die Decke und versuchte gleichzeitig, den Bademantel daran zu hindern, von meinen Schultern zu rutschen. Tristan ließ mich keine Sekunde aus den Augen und nickte schließlich zufrieden. Er setzte sich und schlug seine langen Beine übereinander. Ich pustete in meine Tasse und fand die ganze Situation ein wenig schräg, aber keineswegs unangenehm. Im Gegenteil. Er war ein netter Typ, sah gut aus und hatte Humor. Bei Männern, die mir sonst so begegneten, fehlte immer mindestens ein Aspekt. Außerdem gefiel mir seine Überrumpelungstaktik. Er schien jemand zu sein, der auch sonst gern den Ton angab, ohne dabei laut zu werden.

„Erzählen Sie mir von Ihrer Arbeit in der Nationalparkverwaltung?" Mir war bewusst, dass er lieber der Fragensteller gewesen wäre. Aber es war schwer zu beurteilen, wohin seine Fragen führen würden.

„Nun, zum Glück habe ich mehr mit dem Nationalpark als mit der Verwaltung zu tun. Ich arbeite als Ranger, als Wild- und Naturschützer, wenn Sie so wollen."

„Und wie schützen Sie Wild und Natur?"

„In erster Linie achte ich darauf, dass Besucher sich an die Regeln halten. Ich bin zu Fuß oder mit dem Fahrrad unterwegs und wenn etwas zu tun ist, dann mache ich das oder beauftrage entsprechende Firmen."

„Wie die meines Schwagers zum Beispiel."

„Ja. Vincent Keller hat ein paar Maschinen, die wir vor allem in den Uferwäldern einsetzen können, wenn dort Wege oder Brücken repariert werden müssen."

„Ich dachte, Vincent hätte eine Holzverarbeitung?"

„Richtig. Aber Holz bekommt er von uns nicht."

„Nicht?" Meine Konzentration schwand.

„Dafür, dass er ein Familienmitglied ist, wissen Sie aber wenig über ihn."

Ich wusste mehr über Vincent als ich wollte, doch das sagte ich nicht laut.

„Bleiben Sie für einen längeren Urlaub oder ist das nur eine kurze Stippvisite bei den lieben Verwandten?", fragte Tristan weiter.

„Nein, ich werde wohl am Wochenende schon wieder abreisen."

„Warum das denn? Dann hat sich die weite Reise doch gar nicht gelohnt."

„Möglich, dass ich bald wiederkomme", platzte ich heraus und verfluchte mich zugleich. Tristan beobachtete mich intensiv über den Rand seiner Tasse hinweg. Wahrscheinlich spürte er so wie ich, dass das hier alles andere als eine kleine Plauderei war.

Seine Haare könnten mal wieder geschnitten werden, dachte ich, aber irgendwie passte der Struwwelkopf zu seiner restlichen Erscheinung. Ein bisschen verwegen, ein bisschen hemdsärmelig und trotzdem mit einem jungenhaften Charme garniert, dessen Tristan sich bestimmt bewusst war.

„Sie sind nicht hier, um einen runden Geburtstag oder die Taufe eines Kindes zu feiern, habe ich recht?" Er sprach jetzt viel leiser und es hörte sich auch eher nach einer Feststellung als nach einer Frage an. Ich wusste, dass er in meinem Blick die

Antwort lesen konnte. Er nickte, trank noch einen Schluck und stand dann auf.

„Meine Pause ist leider vorbei und ich habe heute noch viel zu tun. Aber ich sage Ihnen etwas, Elena aus München. Wenn Sie das nächste Mal in der Gegend sind, dann lade ich Sie zu einer Radtour ein. Ich zeige Ihnen meinen Arbeitsplatz. Wie finden Sie die Idee?"

„Kommt nicht infrage", sagte ich hastig und krallte meine Finger in die Bettdecke. Tristan hatte offensichtlich nicht mit meiner heftigen Reaktion gerechnet. Er sah mich erstaunt an und ließ die Türklinke los, die er schon gedrückt hatte.

„Ich meine, nein, danke. Das müssen Sie nicht tun."

„Ich will aber", sagte er und kam zurück ans Bett.

„Wirklich nicht, danke."

„Kommen Sie! Sie müssen doch mal raus. Sie waren so lange nicht mehr in Ihrer alten Heimat unterwegs. Und ich verspreche Ihnen, dass ich mich anständig benehmen werde, wenn Sie mir versprechen, dann nicht wieder diesen Bademantel anzuziehen."

Er wartete darauf, dass ich über seinen Witz lachte, aber ich konnte vor lauter Angst keinen klaren Gedanken fassen.

„Nicht mit dem Fahrrad, bitte. Das geht nicht!"

„Aber wieso nicht? Wir haben sehr moderne Fahrräder, direkt an unserer Naturschutzstation. Dort können wir ..."

„Nein!"

Ich stieg auf der anderen Seite aus dem Bett, drehte ihm den Rücken zu und zerrte den Gürtel des Bademantels so fest, dass mir beinahe die Luft wegblieb. Tristan schien nicht zu kapieren, dass er einfach gehen sollte. Stattdessen stellte er sich hinter mich und wartete mit verschränkten Armen, bis ich mich umdrehte. Dann beugte er sich ein wenig zu mir herunter, um mir ins Gesicht zu sehen.

„Ich mag Radfahren nicht", sagte ich leise. Er runzelte die Stirn und wartete. Warum wollten Männer immer alles so genau wissen?

„Es ist wirklich schön da draußen. Ich zeige Ihnen Ecken, wo sonst kein Tourist …"

Mein Kopf ruckte hoch und ich hoffte, Funken würden aus meinen Augen sprühen. „Danke, nein."

Umsonst. Tristan war alt genug, um meine Angst unter meinem Geschrei zu erkennen.

„Sie mögen Radfahren nicht, weil … Sie es nicht können?"

„Doch, ich kann es."

„Aber?"

„Aber nicht so richtig gut." Ich presste meine Lippen aufeinander, denn jeder Versuch zu sprechen, hätte alles nur noch schlimmer gemacht.

Tristan nahm mich fest in seine Arme und streichelte mir beruhigend über den Rücken. Trotzdem schluchzte ich und versuchte, meine Nase von seinem Hemd fernzuhalten.

„Entschuldigung. Ich wollte Sie nicht so bedrängen", sagte er und es hörte sich tatsächlich zerknirscht an. Er schob mich ein wenig von sich und sah mir prüfend ins Gesicht. Das machte es nicht besser. Er ging ins Bad und kam mit der Schachtel Kosmetiktücher zurück. Ich griff zu, putzte mir die Nase und holte ein paar Mal tief Luft.

„Ja, ich hasse Radfahren! Und ja, weil ich es nicht gut kann. Ich eiere rum und springe dauernd ab, weil ich nicht gleichzeitig treten, lenken und schauen kann. Es geht einfach nicht. Mir fehlt der Sinn fürs Gleichgewicht. So, jetzt wissen Sie es. Und wenn Sie es rum erzählen, sind Sie ein toter Mann."

Er lachte so laut, dass ich erschrak und hoffte, seine Tante Fanny würde uns nicht hören. Überhaupt, was sie sich wohl dabei gedacht hatte, ihren frechen Neffen mit dem Tee zu mir zu schicken? Er bemerkte meinen Blick zur Tür, lachte etwas leiser und stopfte seine Hände in die Hosentaschen. Dann kam er in Zeitlupe auf mich zu, mit schmalen Augen und ich dachte schon, er würde mich küssen. Doch dann drückte er mir nur einen sanften Kuss auf die Wange. Seine Nasenspitze kitzelte mein Ohr.

„Ich bewahre dein Geheimnis, Elena aus München. Großes Parkranger-Ehrenwort. Und, nenn mich bitte Tristan."

Ich glaube, ich stand mit offenem Mund vor ihm, denn er berührte meine Lippen kurz mit seinem Zeigefinger und ließ mich dann allein. Ich stand sicher noch eine Minute regungslos da.

Dann rief ich Lisa an und bat sie, mir einen Flug für Sonntag nach München zu buchen.

„Ich kann versuchen, dich auf eine Maschine ab Rostock zu buchen", sagte sie.

„Rostock? Wo?"

„Äh, das ist die größte Stadt bei dir da oben. Der Flughafen heißt…"

„Ich weiß!"

„Sorry."

Ich hörte, wie ihre Finger über die Tastatur klapperten.

„Entschuldige, war nicht so gemeint. Ich war nur überrascht, dass ich sonntags von dort fliegen kann", sagte ich.

„Ja, mit ein bisschen Glück. Ist alles in Ordnung? Du hörst dich ziemlich gestresst an."

„Nein, alles bestens. Wunderbar."

Fürs Erste hatte ich genug von meiner alten Heimat. Nach zwei Tagen fühlte ich mich wie nach einem zweiwöchigen Sitzungsmarathon. Morgen würde ich noch Vaters Grab besuchen, ob mit oder ohne Maren. Allmählich dämmerte es mir, dass mein zeitintensiver Job und mein pubertierender Sohn in Summe nicht so viel Kraft kosteten wie achtundvierzig Stunden in Vorpommern. Von wegen, Ruhe und Abgeschiedenheit. Und Tristan mit seiner Schnapsidee brachte das Fass zum Überlaufen. Ich stapfte hilflos durch mein Zimmer und verdrosch eines der Kopfkissen, bis ich keine Puste mehr hatte. Danach ging es mir besser. Ich angelte mein Handy vom Schreibtisch, setzte mich auf den Balkon, da es nicht mehr regnete, und rief Maren an.

Ich wartete vor dem Friedhofstor und überprüfte zum hundertsten Mal, ob mein Blumenstrauß auch wirklich der schönste von denen war, die auf dem hölzernen Regal neben dem Eingang angeboten wurden. Dunkelrote Gerbera und gelbe Ranunkeln. Ich persönlich mag andere Blumen lieber, Tulpen oder Narzissen. Aber die gab es um diese Zeit nicht mehr und mein Vater hatte rote Gerbera immer sehr gemocht. Sie würden eine stille Eleganz ausstrahlen, hatte er oft betont, wofür ihn meine Mutter regelmäßig anging. Er würde sie damit nur demütigen wollen, weil sie weder still noch elegant war. Rosen hingegen mochte er nicht so, sie würden sich immer so pompös in die erste Reihe drängeln. In diesem Punkt waren wir uns ähnlich, ich mochte Rosen auch nicht besonders. Leider kannte kaum jemand meine Lieblingsblumen, sodass ich sie mir meistens selbst kaufen musste.

Maren erschien pünktlich um halb zehn, blinzelte nervös und zeigte auf meinen Blumenstrauß.

„Papa mochte die gern."

„Ich weiß."

Es hatte nicht schnippisch klingen sollen, aber Maren warf mir einen irritierten Blick zu. „Ich meinte ja nur."

Sie lief los und ich folgte ihr, während ich mich bemühte, mich an die genaue Lage des Grabes zu erinnern. Ich wusste nur noch die ungefähre Richtung, aber ich hätte nicht sagen können, welcher Abzweig, welche Reihe. Mein letzter Besuch war ewig her, unser Vater schon so lange tot. Viele Jahre hatte ich gehofft, ihn irgendwann nicht mehr zu vermissen. Wie oft hatte es Ereignisse in meinem Leben gegeben, bei denen ich es ihm gegönnt hätte, dabei zu sein. Er ist nicht einmal alt genug geworden, eines seiner Enkelkinder kennen zu lernen.

Maren blieb stehen und wies mit dem Kinn auf einen schlichten Grabstein. Dann bückte sie sich sofort und sammelte ein paar lose Blütenblätter vom ansonsten lupenreinen Mutterboden auf. Ich versenkte meinen Blick in die Buchstaben, die silbern in der

Sonne glänzten und bezeugten, dass dies die Grabstätte von Wolfgang Mohn sei. Auch der Vorname meiner Mutter war schon eingraviert und wirkte auf mich wie eine Drohung, wie ein Fuß in einer Tür, die der andere vielleicht ganz gern für immer hinter sich geschlossen hätte. So lange ich denken konnte, beschäftigte mich die Frage, was, um Himmels willen, geschehen war, dass mein Vater diese Frau geheiratet hatte. Ich kenne Leute, die sich immer fragen, ob der Mann, der sie groß gezogen hat, tatsächlich ihr Vater sei. Mir kamen diese Zweifel nur bei meiner Mutter.

Ich schüttelte mich und griff nach einer Blumenvase. Maren wollte sie mir abnehmen, doch ich ging selbst zum Wasserhahn. Sie blieb am Grab stehen und ich beobachtete sie einen Moment. Von weitem war nichts Besonderes an ihr festzustellen. Eine Angehörige an einem Grab, in Gedanken versunken. Doch ich kannte sie besser. Immer schon sagte sie am meisten, wenn sie schwieg. Und sich einen Moment der Stille zu gönnen, selbst am Grab des Vaters, das tat sie äußerst ungern. Luxus, den sie als Verschwendung bezeichnen würde. Wahrscheinlicher war, dass sie an Greta und Vincent dachte, an ihre nächsten Aufgaben, an unerledigte Pflichten, oder an erledigte, die sie vielleicht hätte noch besser machen können. Maren war einer der gründlichsten Menschen, die ich kannte. Pedantisch habe ich sie früher genannt, heute wusste ich es besser. Ihre Gründlichkeit gab ihr Sicherheit. Allerdings leuchtete es mir nicht ein, warum man 365 Tage im Jahr, rund um die Uhr in Sicherheit sein müsste. Hin und wieder ein kleines Risiko, ein kleiner Nervenkitzel, was machte das schon?

Es klang abgedroschen und täglich brauchte ich das auch nicht. Aber manchmal statt Gewissheit ein kleines Kribbeln im Bauch, Unbekanntes statt Routine, das war für mich lebensnotwendig.

„Warum wolltest du, dass ich mitkomme?", fragte Maren.

„Weil ich gern noch etwas Zeit mit dir verbringen wollte."

„Einfach so?"

„Ja, einfach so. Ich fliege morgen zurück. Und Vaters Grab wollte ich auch sehen."

„Aha, die berühmten zwei Fliegen. Immer schön effizient, wie?"

Ich zuckte unter ihrer Ungerechtigkeit zusammen. So war es nicht, wollte ich einwenden, aber Streit wollte ich auch um jeden Preis vermeiden. Also ließ ich den Moment einfach verstreichen.

Ich dachte an die Zeit zurück, als unser Vater noch gelebt hatte. War er jemals glücklich gewesen? Maren wurde zweieinhalb Jahre nach der Hochzeit geboren, ich kam fünf Jahre später dazu. Vermögend war er nie gewesen, unsere Mutter auch nicht. Ich fragte mich zum tausendsten Mal, wie ich geworden war, wer ich bin. Was hat meinen Charakter geformt? Welche Gene habe ich von wem?

Ich fühlte Dankbarkeit unserem Vater gegenüber, dass er immer für uns da war, solange er es eben konnte. Nicht lange genug, aber ausreichend, dass wir den Unterschied zwischen elterlicher Liebe und Erziehungsmaßnahmen begriffen. Hätte es unseren Vater nicht gegeben, wären unsere Narben aus der Kindheit vielleicht noch viel schlechter verheilt.

„Weißt du noch, wie Papa mal behauptet hat, er hätte die Lackkratzer am Auto unseres Mathelehrers gemacht? Wie hieß der noch?", fragte Maren.

Ich nickte. "Jochmann."

Er war Lehrer in Barth gewesen und besuchte jedes Wochenende seine Freundin in Löbnitz. Wahrscheinlich hatte er sich extra eine Braut auf dem Land gesucht, damit er seinen Wartburg regelmäßig vorführen konnte.

„Ich frage mich heute noch, was Mutter mit mir gemacht hätte, wenn Vater die Schuld nicht auf sich genommen hätte", sagte ich.

„Gar nichts! Jedenfalls geschlagen hätte sie dich nicht. Sie hat einfach nur eine spitze Zunge."

Schläge wären mir lieber gewesen, hätte ich beinahe gesagt. Aber dazu hatte ihr immer der Mut gefehlt. Mit fünfzehn schon war ich größer und stärker als sie gewesen. Ihr war es am liebsten, wenn sie Kommandos und Urteile bellen konnte, und diese stillschweigend hingenommen wurden. Argumentieren konnte sie nicht, nur verletzen und demütigen. „Sei nicht aufmüpfig!", war ihr Lieblingsspruch gewesen. Auf gut deutsch: Halt die Klappe.

„Einfach nur eine spitze Zunge? Sie hat Vater zur Schnecke gemacht, so sehr, dass er danach wochenlang nicht gesprochen hat. Und wir standen daneben. Er hat sich nicht mal gewehrt."

„Das hätte doch nichts genützt, Elena."

„Zumindest hätten wir dann nicht alle drei lügen müssen. Er war feige."

„Er war nicht feige!"
„Aber auch kein Kämpfer!"
„Papa wollte eben, dass zu Hause Frieden herrscht."
„Was für ein fauler Frieden, wo der Mann seine Frau anlügt, anstatt über die Sache zu reden. Es war ja nicht mal ein großer Schaden. Nur ein paar Kratzer!"
„Warum kannst du die Sache dann nicht auf sich beruhen lassen?"
„Du hast damit angefangen. Ich denke, es wäre wirklich besser gewesen, Mutter zu erzählen, was passiert war. Überleg doch mal, wie du reagieren würdest, wenn Greta so ein Missgeschick passieren würde."

Es war an einem Sonntagvormittag geschehen. Maren, Papa und ich hatten unsere Fahrräder aus dem Winterschlaf geholt und eine schöne Tour durch die Wälder rund um Löbnitz gemacht. Damals fuhr ich noch relativ regelmäßig mit dem Rad, aber nie besonders gut, was auf den Feldwegen rund ums Dorf keine Rolle spielte.

Am Ufer der Barthe hatten wir unsere Schuhe und Strümpfe ausgezogen und waren unter großem Geschrei in das klare Wasser gestiegen, Flusskrebse fangen. Auf dem Rückweg hatten wir am Ortseingang ein kleines Wettrennen gestartet, wer zuerst an unserem Hoftor sein würde. Ich mochte diese Rennen, weil immer ungewiss war, wer es gewinnen würde und hatte dieses Mal schnell einen kleinen Vorsprung. Etwa zweihundert Meter vor unserem Grundstück sah ich mich nach meinen Verfolgern um und kam mit dem Vorderrad an die Bordsteinkante. Mein Fahrrad schlingerte, ich schrie und sprang

ab, doch das Rad schoss quer über die Straße und knallte mit dem Lenker an die Fahrertür des Lehrerwartburgs. Aus heutiger Sicht eine Lappalie und auch damals versicherungstechnisch kein Problem. Aber wir drei sahen uns an und wussten: Wir saßen in der Patsche. Mein Vater war sofort bei mir und half mir auf die Beine. Maren war zu dem Auto gelaufen und hatte sich den Schaden aus der Nähe angesehen. Ihr blasses Gesicht sehe ich noch wie damals vor mir. Sekunden später kam Herr Jochmann dazu und fuhr mit den Fingern über die Schrammen. Er sah das Kinderfahrrad daneben liegen, fragte mich, ob es mir gut ginge, und später akzeptierte er ohne mit der Wimper zu zucken die Erklärung meines Vaters, dass er schuld sei. Ich versuchte noch, mich einzumischen, doch Maren hielt mir den Mund zu. Und Vater? Nachdem der Lehrer gegangen war, hatte er sich vor mich hingekniet und mich mit traurigen Augen angesehen. „Ich bin ja doch schuld, Lenchen. Ich hätte euch nicht zu dem Rennen anstiften dürfen."
„Aber, ich wollte …"
„Lass es", hatte Maren mit ängstlicher Stimme gesagt.
Seit diesem Tag hatte ich mich von meinem Vater so betrogen wie von meiner Mutter bedroht gefühlt. Er sollte nicht für mich lügen, sondern für mich kämpfen.
Nach diesem Erlebnis bin ich monatelang nicht mehr auf ein Fahrrad gestiegen. Später dann nur noch sporadisch, bis ich es irgendwann ganz gelassen habe. In München habe ich mir gar kein eigenes Fahrrad gekauft, wozu auch? Kein Mensch braucht ein Fahrrad, wo es S-Bahnen gibt.

Neben mir wurde Maren unruhig. Sie sah unauffällig auf ihre Uhr.

„Wenn du morgen schon nach München zurück fliegst, dann verpasst du aber Greta", sagte sie.

„Ich würde gern wiederkommen. Vielleicht in einer Woche? Dann lerne ich sie bestimmt kennen."

Maren überlegte und sah mich aus schmalen Augen an.

„Hör zu, große Schwester", sagte ich, „ich weiß nicht, ob so eine Transplantation wirklich die beste Lösung für dich ist. Und welche Folgen sie für mich haben könnte, weiß ich auch nicht so recht. Du sollst nur wissen, dass ich bereit dazu wäre. Ich will dich weder drängen noch werde ich dich verurteilen, wenn du bei deiner Meinung bleibst. Aber wenn wir bei meinem nächsten Besuch mal ganz in Ruhe darüber sprechen könnten, objektiv und ohne Druck, vielleicht kann ich dich dann besser verstehen, und du mich."

„Die Laborergebnisse habe ich in einer Woche. Möchten Sie dann erneut in die Praxis kommen oder darf ich Sie anrufen?", fragte Dr. Gunkler. Sein Kugelschreiber huschte über meine Akte.

„Anrufen genügt, danke. Es wird sicher alles gut sein", antwortete ich.

„Auf mich machen Sie auch einen herzerfrischend gesunden Eindruck. Ich wünschte, ich hätte mehr Patienten mit Ihrer Konstitution, liebe Frau Mohn. Darf ich fragen, ob es einen besonderen Grund gibt, weswegen Sie Ihren jährlichen Check-up vorverlegt haben?"

„Ja, den gibt es." Ich erklärte ihm kurz die Sache mit Maren und ihrer Nierenkrankheit, betonte aber gleich, dass noch nichts entschieden war. „Ich will nur keine Versprechungen machen, die ich gegebenenfalls nicht halten kann."

„Verstehe. Von meiner Seite aus gibt es da im Moment keine Bedenken und wenn so eine Transplantation spruchreif werden sollte, werden Sie ohnehin in der jeweiligen Klinik von Kopf bis Fuß durchleuchtet. Sie sind jung und leben gesund, das wäre sicher nicht das Problem."

„Sehen Sie denn ein anderes?", fragte ich.

„Möglicherweise. Ich weiß, dass Sie neben allen weiteren Untersuchungen auch vor eine Ethikkommission treten müssen, die viele Fragen stellt. Beispielsweise die nach der abgeschlossenen Familienplanung."

„Definitiv abgeschlossen, Herr Doktor. Ben ist jetzt vierzehn und bisher hatte ich so wenig Stress mit ihm, da wollen wir das Glück doch nicht ein zweites Mal herausfordern, nicht wahr."

Dr. Gunkler begleitete mich lachend zur Tür und wünschte mir einen schönen Tag. Ich war zufrieden, dass ich zumindest ein kleines Puzzleteil abhaken konnte.

Zurück im Büro bei Lisa, erwartete mich nicht nur die liegen gebliebene Arbeit der letzten fünf Tage, sondern auch eine vor Neugier schier platzende Assistentin.

„Jetzt erzähl doch mal in Ruhe, warum deine Schwester die Niere nicht will."

„Sie will ja. Sie weiß es nur noch nicht."

„Meine Güte, bist du schlau! Hast du dich mal gefragt, wie es umgekehrt wäre? Stell dir vor, du sollst eine Niere von ihr bekommen."

Ich verschluckte mich fast an meinem Tee und angelte nach einer Serviette. Lisa brummte unzufrieden und als ich nicht gleich antwortete, wackelte sie missbilligend mit dem Kopf. Nein, so herum hatte ich die Sache noch nicht betrachtet. „Tatsache ist, dass ich bestimmt spenden kann", entgegnete ich und merkte selbst, wie lahm das klang. Würde ich eine Niere von einem lebenden Menschen annehmen? Was ist mit der Verantwortung, die man als Empfänger übernimmt? Mehr als das, es ist praktisch eine Schuld. Oder nicht? Kann Helfen mit Schuld verbunden sein? Nicht Helfen schon eher. Trotzdem hatte Lisa einen Punkt angesprochen, zu dem ich auch schon im Netz sehr kontroverse Meinungen gefunden hatte. Eine Lebendspende bedeutet, dass ein kerngesunder Mensch ein Organ verliert. Natürlich kann man auch mit einer Niere gut leben, das tut der Empfänger schließlich auch. Was aber, wenn Komplikationen einsetzen? Nicht nur bei der OP, sondern später vielleicht? Wobei ich vor der Operation selbst am wenigsten Angst hätte. Solche und ähnliche Fragen würde die Ethikkommission ebenfalls stellen, und dort, so mein aktueller Wissenstand, kam es wohl hauptsächlich darauf an, einen emotional stabilen Eindruck zu vermitteln. Würde ich die Fragen der Kommission zu schnell und zu optimistisch beantworten, bestünde die Gefahr, als naiv und uninformiert zu gelten. Oder unter familiärem Druck zu stehen. Würde ich zögern, könnte man mir das als Zweifel auslegen, was genauso fatal wäre.

„So weit sind wir noch lange nicht", sagte ich bestimmt. Ich nahm meine Teetasse, ignorierte Lisas hochgeschobenen Augenbrauen und ging hinüber zu meinem Schreibtisch. Dort arbeitete ich in den nächsten Stunden meine Postmappe und meine E-Mails ab.

Doch dann fiel mir Greta ein und ihr Dilemma, einen passenden Studienplatz zu finden. Vielleicht gab es bei uns im Konzern ein paar gute Angebote? Angeblich hatte ihr das Praktikum in diesem Stralsunder Hotel großen Spaß gemacht. Ungewöhnlich, denn normalerweise durften Praktikanten nur die Mülleimer leeren, Staub saugen und den schweren Wagen mit der Schmutzwäsche schieben. Es brauchte einfach zu viel Zeit, sie in die wichtigen Aufgaben im Service einzuarbeiten und Zeit hatte im Hotel niemand. Wer weiß, was der wahre Grund für ihre Freude gewesen war. Ich rief in unserer Datenbank alle dualen Studiengänge auf. Nachschauen kostete schließlich nichts. Und schaden würde es auch nichts. Ich fand zwei viel versprechende Möglichkeiten und druckte die Beschreibungen aus. Bei einem dualen Studium hätte sie den Vorteil, von Anfang an auch eigenes Geld zu verdienen, was ihr Unabhängigkeit verschaffen würde. Und davon konnte man nie genug haben.

„Wann willst du wieder an die Ostsee?", fragte Lisa durch die geöffnete Tür.

„Das weiß ich erst, wenn ich die Termine für die Voruntersuchungen im Rostocker Transplantationszentrum habe. Ich warte auf den Rückruf der zuständigen Ärztin."

„Wie viele Untersuchungen werden es denn sein?"

„Das hängt von den Ergebnissen der ersten Untersuchung ab. Danach entscheidet sich, ob es überhaupt sinnvoll ist. Besonders für Maren."

„Weiß sie davon, dass du für sie auch gleich einen Termin vereinbarst?"

„Nein, aber ich habe keine andere Wahl. Wenn die Termine erst stehen, wird sie es nicht wagen, sie zu versäumen. Ich kenne meine Schwester."

„Und wenn sie nun tatsächlich verhindert ist?"

„Ich lasse mir zwei Termine geben, im Abstand von fünf Tagen. So lange werde ich dann oben bleiben. Und an einem dieser Tage wird sie schon Zeit finden."

Lisa kam mit ihrem altmodischen Tischkalender herein und schnappte sich meinen ebenso antiken Kalender. Seit einem Brand auf unserer Etage vor zwei Jahren, als sämtliche Technik zerstört gewesen war, nutzten wir beide immer die Not-Variante aus Papier und hatten es nie bereut. Selbst ein vergessenes Ladekabel brachte uns nun nicht mehr aus der Ruhe.

„Und wenn deine Schwester gleich den ersten Termin akzeptiert, kommst du dann anschließend sofort nach Hause? Ich frage, weil Nirmler aus der EDV mir seit Wochen in den Ohren liegt. Er möchte unbedingt den letzten Teil seiner 360-Grad-Analyse mit dir besprechen. Er behauptet, dass alle Kollegen ihn total falsch beurteilen."

Da lag er leider total falsch, dachte ich. Laut sagte ich: „Nein, lass diese Tage dazwischen bitte geblockt. Sollte ich doch vorzeitig zurückkommen, habe ich genügend andere Dinge auf der Agenda. Ruf Nirmler an, dass er gern heute

Nachmittag kommen kann. Ich spiele mit dem Gedanken, in den nächsten Monaten etwas flexibler zu arbeiten, sprich viel im Home Office zu erledigen. Und arbeiten kann ich sogar in meiner Pension in Barth. Mit Blick in den Garten."
Lisa zog einen Flunsch.
„Magst du mich nicht mehr?"
„Doch, ich mag dich. Aber vermutlich wird mich diese Sache da oben eine Weile beschäftigen."
Ich unterzeichnete einige Schreiben, die ich aus dem Drucker genommen hatte und legte sie in Lisas Arbeitsmappe. Die hatte sich tief über meinen Tisch gebeugt, weil sie mir unbedingt in die Augen sehen wollte.
„Hast du jemanden kennen gelernt?" Sie gluckste wie ein Teenager. Die Frage kam jedoch so überraschend, dass mir das Blut in die Wangen schoss.
„Unsinn."
„Ha!"
„Nix ha. Alles ganz harmlos."
„Wer ist ganz harmlos? Los, raus mit der Sprache." Lisa hastete zur Tür und schloss sie. „Wie heißt er?"
„Ich habe niemanden kennen gelernt", behauptete ich, doch allein der Gedanke an Tristan ließ mich lächeln.
„Wie alt?"
„Ungefähr wie ich. Keine Ahnung!"
„Hübsch?"
„Hübsche Männer find ich doof."
„Sexy?"

Ich schwieg, weil ich das Thema gern beenden wollte, doch Lisa erhob sich lachend von ihrem Stuhl.

„Also wenn du mich hier schon wochenlang allein lässt, dann erwarte ich von dir, dass du dich mal wieder so richtig verliebst."

„Raus jetzt!"

In der Mittagspause lief ich hinüber zum Wochenmarkt und ertappte mich dabei, wie ich einen Radfahrer beobachtete, der an der Ampel neben mir stand. Zum Glück trug er keine dieser albernen, engen Hosen, die mich automatisch an eingeklemmte Körperteile denken ließen. Nein, dieser Kandidat trug dunkle Jeans, an den Füßen Slipper, keine Socken, ein Polo-Shirt in kiwigrün, das seine gebräunten Unterarme gekonnt in Szene setzte. Ich sah, wie er mit der Fußspitze die Pedale vorwärts und rückwärts drehte und beneidete ihn allein um diese Lässigkeit. Seit Tristans Einladung sah ich überall Radfahrer. Eigentlich passte alles. Er war mehr als nett, war lustig und kannte sich in der Gegend aus. An seiner Seite würde es sicher keine normale Fahrradtour werden und bestimmt musste ich auch keine Vorträge über eklige Würmer und winzige Waldbodenbewohner befürchten.

Die Ampel schaltete auf Grün. Ich ging extra langsam, um zu sehen, wie das Kiwi-Shirt sich auf seinen Drahtesel schwang und im Stehen Tempo machte. Der Anblick eines durchtrainierten Männerhinterns war so ziemlich der positivste Aspekt, den das Radfahren für mich hatte. Ich kramte in meinen Erinnerungen, ob ich Vincent je auf einem Fahrrad gesehen hätte. Nein. Überrascht stellte ich fest, dass ich seit Tagen

überhaupt nicht mehr an ihn gedacht hatte. Im Gegensatz zu Tristan. Holzauge sei wachsam.
Am nächsten Tag rief die Ärztin aus Rostock an und wir vereinbarten zwei Termine. Einen für die letzte Juniwoche, an einem Donnerstag, und dann am Dienstag darauf den zweiten.

Kapitel 4

Maren kam die Einfahrt heruntergelaufen, als ich gerade anhielt. Auch gut, so früh konnte ich auf einen Kaffee in Anwesenheit meiner Mutter gut verzichten. Fanny Hellwig hatte mir ein Frühstück zubereitet, als müsste ich Maren zu Fuß nach Rostock bringen.
„Guten Morgen", sagte sie beim Einsteigen und lächelte angestrengt.
„Moin, alles klar?"
„Alles klar."
Ich fuhr los und gab mir keine Mühe, meine Freude über ihre Anwesenheit zu verbergen.
„Was soll das Grinsen?", fragte sie nach wenigen Metern.
„Nichts. Gendefekt."
„Wie witzig."

„Entschuldigung."

Sie betrachtete mich eingehend von der Seite. „Ist das ein Ich-weiß-etwas-was-du-nicht-weißt-Grinsen, oder ein Ich-hab-es-ja-gleich-gewusst-Grinsen?"

Ich lachte laut und streichelte sie flüchtig am Arm. „Weder noch. Ich freue mich wirklich, dass es zeitlich geklappt hat."

„Hör mal, ich wäre auch schon zum ersten Termin mitgekommen, ehrlich. Der war nur einfach zu kurzfristig. Ich hatte da schon andere Aufgaben."

„Kein Problem. Ich kenne das, deshalb hatte ich gleich zwei Termine gemacht. Es ist alles in Ordnung, glaub mir. Soll ich die Klimaanlage höher stellen?"

Sie lehnte ab, obwohl ich mir sicher war, dass ein, zwei Grad wärmer nicht geschadet hätten. Mist, ich hätte das vorher machen sollen. Der Sommer machte in Vorpommern seine übliche dreiwöchige Pause. Stattdessen trieb ein frischer Wind aus Nordwest dicke Wolken übers Land. Maren trug eine langärmelige Strickjacke.

„Darf ich fragen, wie es zu deinem Sinneswandel gekommen ist?", fragte ich, denn eigentlich konnte ich es immer noch nicht glauben, dass Maren sich bereit erklärt hatte, mit der Ärztin zu sprechen. Sie sah mich kurz von der Seite an.

„Freu dich nicht zu früh. Noch ist nichts entschieden. Der Gedanke, dass du ... - ich weiß nicht, ob ich das verantworten kann."

Ich schwieg lieber, denn eine Diskussion im Auto, so kurz vor dem ersten Etappenziel, hätte vielleicht alles gefährdet.

Eine Weile fuhren wir schweigend die Bundesstraße Richtung Rostock. Der ganz dicke Berufsverkehr war schon durch, wir kamen gut voran. Ab und zu schimmerte eine Wasserfläche zwischen Feldern und Baumkronen hindurch, ansonsten verstellte nichts den Blick bis zum Horizont.

Maren räusperte sich neben mir, als würde ihr das Schweigen zu lange dauern, blieb aber weiterhin stumm.

„Wenn Greta nun langsam flügge wird, werdet ihr beide, du und Vincent, euch dann ein bisschen die Welt anschauen?"

„Wohl kaum. Die Firma muss laufen, ob Greta nun da ist oder nicht."

„Aber es wäre doch auch mal ganz schön, sich etwas zu gönnen, wenn man so hart dafür arbeitet wie ihr?"

„Wer sagt denn, dass wir auf etwas verzichten?"

Ich schwieg. Scheinbar war sie zu nervös für harmlosen Smalltalk. Andererseits gab es keinen Grund, so bissig zu sein. Ich drehte am Radio und suchte nach der Ostseewelle.

„Warum denkst du immer, andere machen etwas falsch, nur weil sie nicht alles so machen wie du?", fragte Maren.

„Das tue ich gar nicht."

„Tust du doch. Andauernd."

„Unsinn."

„Und wenn man sich dagegen verwahrt, tust du es als Unsinn ab."

„Reden wir von *man* oder von dir? Sei bitte so gut, und sag mir einfach, was ich ändern soll."

„Das habe ich doch eben. Du sagst, wir sollten mal verreisen, ich sage, wir mögen das nicht und schon bist du beleidigt."

Neben der Straße tauchte ein Supermarkt auf und ich fuhr kurz entschlossen auf den Parkplatz davor. Wir hatten genügend Zeit. Ich wollte gerade etwas erwidern, als Maren ihre Hand hob, zum Zeichen, dass sie noch nicht fertig war.

„Auch wenn es dir nicht in den Schädel will, wir sind eine glückliche Familie. Deine Maßstäbe sind nicht unsere Maßstäbe, kapier das endlich! Ich werde mich bestimmt nicht weniger wertvoll fühlen, nur weil ich keine Karriere gemacht habe und jeden scheißblöden Flughafen auf der Welt kenne. Dafür weiß ich, wie sich Geborgenheit anfühlt. Und Zuverlässigkeit. Ich bin glücklich über eine liebenswürdige Tochter und über einen Mann, der auch nach zwanzig Jahren Beziehung immer noch meine Hand hält, wenn wir einkaufen gehen. Ich bin nicht das Zentrum meiner Welt, sondern meine Familie, weißt du. Und wenn du mir jetzt noch mit dem Schwachsinn über die Verwirklichung der eigenen Träume kommst, dann wirst du staunen, liebes Schwesterlein. So zu leben war immer mein Traum!"

Sie schniefte und suchte ein Taschentuch. Dann setzte sie sich gerade hin und sah nach vorn.

„Schöne Rede", sagte ich, „ besonders das *liebe Schwesterlein*. Trotzdem bist du auf dem Holzweg."

„Rede nicht so von oben herab. Wir sind bis jetzt ganz prima ohne deine Regieanweisungen ausgekommen."

„Maren, es tut mir wirklich leid, dass ich dich immerzu wütend mache. Ich will dir nichts Böses. Ich kenne nur leider keinen Menschen, dem es nicht Spaß macht, hin und wieder seinen Horizont zu erweitern." Ich hörte meine Worte und schlug mir die Hand vor den Mund. Sie hatte recht. Ich klang wie eine arrogante Großstadttussi. „Nein, nein, das meinte ich jetzt nicht so", ergänzte ich hastig.

Maren verzog ihr Gesicht zu einer Grimasse und wollte etwas erwidern, doch dieses Mal stoppte ich sie.

„Vergiss einfach, was ich gerade gesagt habe. Okay? Bitte!" Sie schaute mich mit versteinerter Miene an.

Mein Handy klingelte und ich drückte automatisch die grüne Hörertaste, sodass das Gespräch über die Freisprecheinrichtung kam. Maren starrte auf die Anzeige, als Lisas Stimme erklang.

„Sorry, ich will nicht lange stören, aber Kahnt hat schon wieder nach der Weihnachtsfeier gefragt."

„Was?"

„Er will nur wissen, ob es beim achtzehnten Dezember bleibt, weil er ..."

„Ach, ja. Ja! Um Himmels willen! Hat das nicht Zeit?" Schweigen. Ich hörte sie mit Papier rascheln und wusste, was sie mir gerade an den Kopf warf.

„Entschuldige bitte, Lisa. Wir sind auf dem Weg ins Krankenhaus."

„Oh, du bist nicht allein. Ich verstehe."

„Hallo, hier ist Maren, die große Schwester von diesem Arbeitstier."

Noch nie hatte ich ein schöneres Kompliment bekommen.

„Ach, was", sagte Lisa, die ihre Fröhlichkeit schnell wieder gefunden hatte. „Das meiste lässt sie mich machen."

Maren lachte, ich strahlte und sah lieber gerade aus.

„Aber wenn es um so wichtige Dinge wie die Weihnachtsfeier für unsere Mitarbeiter geht, dann hat sie schon noch Mitspracherecht", ergänzte Lisa.
„Danke und Ende!", sagte ich und drückte den roten Hörer.
Maren klopfte mit dem Zeigefinger auf ihre Uhr. Ich gab Gas.
„Um deine Sorge über den Zustand meines Horizonts ein für allemal zu beenden, sei dir gesagt, dass es immer noch nicht sicher ist, ob Greta überhaupt studieren wird. Wenn sie nicht weiß, was sie will, kann sie auch gern zuerst eine Ausbildung bei Vincent in der Firma machen. Dann hat sie eine Grundlage, die ihr keiner mehr nehmen kann."
Maren rückte ihre Handtasche auf ihrem Schoß zurecht, faltete die Hände und reckte ihr Kinn. Ich nickte einfach und dachte an die Papiere über die dualen Studiengänge. Sie lagen in meinem Pensionszimmer, fein säuberlich in einer schwarzen Mappe. Bisher war ich der Ansicht gewesen, dass ich noch keine gute Gelegenheit gefunden hatte, sie Greta mit ein paar Anmerkungen zu geben. Jetzt wusste ich, dass ich instinktiv davor zurück schreckte. Trotzdem, es war wichtig, dass Greta über ihre Chancen informiert war. Wenn sie sie dann nicht ergriff oder auf später verschob, auch gut.

Wir fanden schließlich das Parkhaus an der Heydemann-Straße und liefen die letzten Schritte schweigend.
„Da, Dr. Uta Schumann, Nephrologie, dritter Stock", sagte Maren, nachdem wir die Hinweistafel im Eingang studiert hatten.

Wir wurden von einer perfekt gestylten Sekretärin empfangen, die uns bat, noch ein paar Minuten Platz zu nehmen. Es gab kein großes Wartezimmer wie beim Hausarzt, sondern nur eine Sitzecke mit einem niedrigen Glastisch am Fenster, mit Blick in den Lichthof.

„Wie geht's dir?", fragte ich Maren.

„Gut, gut. Ich hoffe, die Ärztin hilft mir, dich umzustimmen."

Ich hatte so ziemlich den gleichen Gedanken.

„Lass uns sehen, was sie grundsätzlich meint und dann werden wir gemeinsam entscheiden, okay?"

„Kommen Sie bitte?" Die Sekretärin öffnete die Tür zu dem Büro, in dem die Ärztin saß. Ich war überrascht, wie jung sie war. Mitte dreißig höchstens, auf keinen Fall älter als ich. Sportliche Figur, ein pechschwarzer Pagenkopf und unglaublich schöne Zähne. Sie lächelte uns freundlich an, bestellte Kaffee und Wasser bei ihrer Sekretärin und dann verbrachten wir einige Minuten mit dem berühmten Warmwerden. Ich spürte sofort, dass sie sich ganz und gar auf uns einließ. Sie wirkte konzentriert, ihr Schreibtisch war so gut wie leer, nichts lenkte ab.

„Ich will kein großes Geheimnis daraus machen, Frau Doktor, aber ich stehe der Lebendspende sehr skeptisch gegenüber. Ich bin nur hier, weil mein Mann und meine Schwester sich das so sehr wünschen." Maren schnaufte tief und schien froh, dass sie ihre Haltung so schnell und so umfassend rübergebracht hatte.

„Danke, Ihre Offenheit hilft uns, viel Zeit zu sparen", sagte die Ärztin.

„Vielleicht solltest du ergänzen, dass du nicht grundsätzlich gegen eine Lebendspende bist, nicht wahr, Maren? Du willst nur nicht unbedingt meine Niere", sagte ich.
Dr. Schumann nickte und ließ die Information einen Moment sacken.
„Und was genau kann ich jetzt für Sie beide tun?"
„Sagen Sie ihr bitte, welche Risiken sie damit eingeht. So eine Operation ist doch kein Kinderspiel", sagte Maren.
„Dann sagen Sie ihr aber bitte auch, dass so eine Operation ihre allerbeste Möglichkeit ist, noch viele Jahre ohne Dialyse auszukommen", hielt ich dagegen und wusste zugleich, dass es so nicht funktionieren würde.
„Frau Keller, wenn Sie die Niere Ihrer Schwester so vehement ablehnen, warum sind Sie dann hier? Sie brauchen sich doch einfach nur weiterhin zu weigern?"
„Nein, ich …, so ist es ja nicht. Elena ist nur immer so …"
„Leichtfertig? Verantwortungslos? Unüberlegt?", schlug ich vor.
Sie sah mich wütend an und ich war gespannt, für welches Attribut sie sich entscheiden würde.
„Denk doch bitte auch an Ben!"
„Ben ist mein Sohn, vierzehn", erklärte ich der Ärztin. „Ich bin siebenunddreißig, Familienplanung abgeschlossen. Ich habe ein gesichertes Einkommen, arbeite nicht körperlich schwer. Kurz und gut, ich könnte mit nur einer Niere sehr gut leben."
Die Ärztin sah mich mit ernstem Blick an und ich hielt das Schweigen aus. Es war alles gesagt.
Sie wandte sich Maren zu. „Ich sehe es ganz ähnlich wie Ihre Schwester. Eine Lebendspende von einem direkten

Verwandten ist die komfortabelste Lösung, für alle. Aaaaber. – Mir ist durchaus bewusst, wie schwer es für Sie als Empfängerin wäre, sich mit dieser Spende anzufreunden. Darf ich einen Vorschlag machen, der Ihnen beiden alle Optionen lässt?"

„Bitte", sagten wir im Chor.

„Der typische Ablauf ganz grob aufgezeichnet wäre so, dass wir heute von Ihnen beiden Blut abnehmen für die HLA-Typisierung und für ein erstes Crossmatch. Dazu sollten wir ebenfalls noch heute klären, wann Frau Mohn in den nächsten Wochen oder Monaten für drei Tage stationär aufgenommen wird. Wir brauchen diesen Aufenthalt, um hintereinander weg alle nötigen Untersuchungen zu machen, sowie für ein kurzes, psychologisches Gutachten. Wenn das alles erfolgreich verläuft und wir bekommen sozusagen aus medizinischer Sicht grünes Licht, müssen Sie sich um einen Termin bei der Ethikkommission bemühen. Die brauchen einen Vorlauf von drei Wochen, sechs wären besser. Nach der Kommission, vorausgesetzt, sie stimmt zu, hätten wir endgültig alle Hürden für die Transplantation genommen. Das heißt, es vergeht noch relativ viel Zeit und Sie haben beide, ich betone beide, jederzeit die Möglichkeit, das Ganze abzublasen. Niemand würde Ihnen einen Vorwurf machen. Weder Ihnen", sie nickte Maren zu, „und Ihnen erst recht nicht. Wenn wir heute das Blut abnehmen für den HLA-Test, wüssten wir zumindest in spätestens einer Woche, ob es überhaupt Sinn macht, weiter zu planen. Denn, sollten Sie trotz Ihrer Blutsverwandtschaft nicht zueinander passen, würden wir das Risiko der gesamten Operation neu bewerten müssen. Verstehen Sie, worauf ich hinaus will?"

„Ja."

„Ich lasse Sie einen Moment allein."

Maren hatte den Kopf auf ihre Brust sinken lassen und wippte sacht hin und her.

„Was denkst du?", fragte ich.

„Sie ist sehr nett."

„Definitiv."

Ich stand auf und ging ans Fenster. Dieses eine Mal wollte ich Maren die Zeit geben, die sie brauchte. Ich wollte es zumindest versuchen. Ihre Vorbehalte leuchteten mir durchaus ein, es würde kein Kinderspiel werden. Aber die Chancen! Ihre Chancen! Verflucht noch mal, die konnte sie doch nicht einfach sausen lassen. Aus meiner Sicht war der mangelnde Leidensdruck, so schön er jetzt noch für ihr Leben war, das größte Hindernis. Sie würde mit Sicherheit anders denken, wenn sie bereits an der Dialyse hängen würde. Mit Sicherheit? Wahrscheinlich jedenfalls.

„Das Problem ist deine verfluchte Stärke", sagte sie so leise, dass ich den Atem anhielt, um nichts zu verpassen. „Und dein pommerscher Dickschädel."

„Den hast du selbst auch", antwortete ich und versuchte, meine aufkeimende Siegesgewissheit aus meiner Stimme herauszuhalten.

„Nein, den Dickschädel hast nur du."

„Und weiter?"

„Wenn wir heute den HLA-Test machen, verschwindet wieder eines meiner Argumente. Wir gehen Schritt für Schritt und theoretisch kann ich jederzeit aussteigen. Aber praktisch wird es von Schritt zu Schritt nur schwieriger."

„Ich verstehe. Aus deiner Sicht ist der heutige Tag der letzte, an dem du dich stark genug fühlst, bei deinem Nein zu bleiben. Aber wenn du die Sache mal ganz nüchtern und ausschließlich vor dem Hintergrund deiner Prognose betrachtest, meinst du dann nicht auch, dass du mit der Transplantation nur gewinnen kannst? Sei einmal in deinem Leben egoistisch, Maren."

Die Ärztin kam zurück und dann ging alles ganz schnell. Wir ließen uns Blut abnehmen, füllten jede Menge Fragebögen aus und nahmen weitere Checklisten und Hochglanzbroschüren mit Informationen entgegen.

„Lassen Sie sich alles in Ruhe durch den Kopf gehen", sagte die nette Ärztin zum Abschied. Ihr Händedruck war fest und beruhigend. Maren hatte die ganze Zeit geschwiegen und mich nicht mehr angesehen.

Bevor wir zurück nach Löbnitz fuhren, bestand ich auf einer Tasse Kaffee am Stadthafen. Ich wollte alles sacken lassen, was in den letzten zwei Stunden auf uns eingeprasselt war, und zu meiner eigenen Überraschung wollte ich mich nicht so schnell von Maren verabschieden. Wenn sie erst wieder allein mit ihren Zweifeln sein würde, bestünde die Gefahr, dass all das Positive erneut in den Hintergrund rutschte. Ich sah ihr an, dass sie sich noch längst nicht mit dem Gedanken angefreundet hatte.

Ich fand einen Parkplatz am Burgwall und wir liefen hinunter zum Warnow-Ufer. An der Pier lagen einige Museumsschiffe, Touristen saßen mit Eiswaffeln in der Sonne. Zum Glück hatte der Wind sich gelegt. Ich atmete tief ein.

„Möchtest du ein Eis auf die Hand?", fragte ich Maren.

Sie schüttelte den Kopf und zog sich ihre Strickjacke etwas fester um die schmalen Schultern. Ihr ständiges Untergewicht sorgte dafür, dass sie fast immer fror. Dr. Schumann hatte sie gebeten, ausreichend und gern auch mehr als das zu essen. Jedes Kilo zusätzlich auf den Rippen würde sie den Eingriff besser verkraften lassen. Marens Problem war jedoch ihr mangelnder Appetit. Die Ärztin, die ich in Gedanken bereits *unsere Ärztin* nannte, hatte ihr noch einige Hausmittel zur Steigerung des Appetits aufgeschrieben. Neben diversen Teesorten, Müsli und speziellen Gewürzen empfahl sie Maren auch, sich mehr zu bewegen. Das klang zunächst paradox, aber gemeint waren Spaziergänge und Ausflüge an der frischen Luft. Maren hatte zögernd von ihrem Garten gesprochen und Dr. Schumann hatte ihr vorgeschlagen, dort zusätzlich Artischocken anzubauen, die ebenfalls gut für sie seien.

„Ich habe beschlossen, dass ich bis nächsten Montag bleibe. Ben ist sowieso gerade in London, da wäre ich nur allein zu Hause", sagte ich.

„Wie denkt der Junge eigentlich über die Idee mit der Transplantation? Du hast ihm doch hoffentlich davon erzählt?"

„Er war von Anfang an dafür", sagte ich hastig.

„Das glaube ich dir nicht."

Ich überlegte kurz, ihr zu erzählen, dass Ben mir sogar den auslösenden Schubs gegeben hatte, mit seiner Frage, ob sie daran sterben könnte. Doch dann hätte ich zugeben müssen, keineswegs von Anfang an so sicher gewesen zu sein.

„Ben ist sehr weit für sein Alter. Er vertraut mir und ich vertraue ihm."

Maren schwieg, doch die Art, wie sie den Lederriemen ihrer Handtasche entwirrte, verriet sie.

„Was macht dich so sicher, dass du ihn nicht überforderst? Er liebt dich und er würde bestimmt alles sagen, was du hören willst!" Ihre Stimme zitterte vor Empörung. Ich staunte, wie sehr ihre Stimmung immer wieder kippte und wie sie aus jeder Kleinigkeit ein riesiges Problem machte. Ein bisschen tat sie mir sogar leid, aber ich würde mir von ihr keine Erziehungstipps anhören.

„Ich kenne meinen Sohn wahrscheinlich besser als du."

„Er ist ein Teenager, Elena. Teenager wissen gar nichts. Sie haben keine Ahnung, wie … wie die Welt ist, also müssen wir sie doch beschützen!"

„*Böse* war das Wort, was du gerade ausgelassen hast. Glaubst du das im Ernst, dass die Welt so böse ist?"

„Ja!"

„Das ist sie nicht. Jedenfalls nicht nur. Und ich werde Ben weder wie ein rohes Ei behandeln, noch werde ich ihm einreden, dass ihn nichts außer Gefahr in der Welt erwartet. Ich habe jedenfalls andere Erfahrungen gemacht. Er sieht doch an mir, dass man gut zurechtkommen kann, wenn man offen und freundlich und neugierig ist. Lieber begleite ich ihn durch ein paar Krisen oder helfe ihm, wieder aufzustehen, wenn es ihn mal umhaut, als dass er unfähig ist, sein Leben nach seinen Vorstellungen zu leben."

Maren hatte einen Schritt zugelegt, doch ich hielt mühelos mit.

„Teenager sind nicht dumm. Oder würdest du deine Greta als dumm bezeichnen?"

„Natürlich nicht. Ich meinte auch eher so was wie naiv. Und Greta ist ja schon älter als Ben. Trotzdem fürchte ich, dass so manche Erfahrung ein Schock für sie wird, eben weil sie nur unsere heile Familie kennt."

Ich lachte kurz und es klang bitter.

„Heile Familie? Mit Mutter unter einem Dach? Und einer Schwester, die jahrelang nicht zu Besuch kommt? Wenn Greta das für eine heile Welt hält, dann ist sie entweder wirklich naiv oder du unterschätzt sie total."

„Ich werde mich jedenfalls immer in die Schusslinie werfen, wenn jemand versucht, ihr weh zu tun." Sie sah mich an, Tränen liefen ihr über die Wangen. Ihre Lippen zitterten beinahe unmerklich, weil sie versuchte, sie zusammenzupressen.

„Was grinst du so?", fuhr sie mich an und schnäuzte sich.

„Ich male mir gerade aus, wie gut der Schütze zielen müsste, um dich halbe Portion zu treffen."

Sie machte einen schnellen Schritt auf mich zu und boxte mir gegen die Schulter, doch sie traf nur mein Schlüsselbein.

„Autsch!", jammerte sie und ich lachte immer lauter. Einige Passanten sahen sich nach uns um. Dann trat Maren mir kräftig auf den Fuß, was deutlich mehr Wirkung zeigte.

„Lass das, sonst werfe ich dich ins Hafenbecken."

„Dann hör auf, dich über mich lustig zu machen, du arrogante Pute!"

Ich kicherte und hielt mich ein Stück von ihr entfernt.

„Warum benimmst du dich eigentlich wie eine Furie, sobald es um Kindererziehung und Greta geht? Haben wir nicht wichtigere Probleme?"

„Für mich ist das wichtig. Wir haben kein Vorbild, an dem wir uns orientieren können", antwortete sie. Sie senkte den Blick.

„Los, wir gehen jetzt was essen", sagte ich und schob sie in Richtung Fischrestaurant.

„Es ist doch schon so spät!"

„Aber nicht zu spät. Abmarsch!"

Bis zum letzten Moment hatte ich gehofft, der Wettergott würde auf meiner Seite sein, doch die Sonne strahlte wie blöd von einem wolkenlosen Himmel und schien mich mit meiner Fahrradphobie zu verhöhnen. Sicher war das Teil der Verschwörung mit Tristan. Gestern Abend hatte ich mit Ben in London telefoniert, der mir zwar vor lauter Aufregung kaum zugehört hatte, aber in schallendes Gelächter ausgebrochen war, als ich ihm von meiner bevorstehenden Radtour mit dem Parkranger erzählt hatte.

„Mit einem richtigen Fahrrad? Oh, mein Gott! Weiß der Typ, worauf er sich einlässt?"

Nein, das wusste er nicht, aber Strafe muss sein, hatte ich erwidert. Warum fühlte ich mich dann jetzt aber wie die Bestrafte? Gefangen in meinem Versprechen. Dabei hatte ich mich nur *ver*sprochen. Ich war genötigt worden, Dinge zu sagen, die ich normalerweise nie sagte. Dieser Tristan war gefährlicher als die Männer, mit denen ich sonst zu tun hatte. Die meisten passten gut in Kategorie A oder O. A für *Aufschneider* und O für *ohne Bedeutung*. Dadurch interessierte mich ein Mann eher selten außerhalb seiner beruflichen Umgebung. Eine reine Schutzbehauptung nannte Lisa das, denn sie hatte die Hoffnung noch nicht aufgegeben.

„Eines Tages wirst du deinem Meister begegnen, meine Liebe. Und du wirst es leugnen und dich wehren. Doch genau wie eine Fliege im Spinnennetz wirst du mit deinem Zappeln und deinen Fluchtversuchen alles nur noch schlimmer machen."

Ach, was wusste Lisa schon?

Entschlossen schlug ich die Bettdecke zurück und gönnte mir ein paar Minuten lang den Anblick von Fannys wunderschönem Garten. Eigentlich war es großes Glück, dass es heute nicht regnete, denn davon hätte Tristan sich ganz bestimmt nicht aufhalten lassen. Ein Typ wie er nennt so etwas dann Herausforderung. Ich betrachtete meine bereitliegenden Klamotten, kam aber schnell zu dem Schluss, dass ich so oder so eine jämmerliche Figur abgeben würde.

Eine Dreiviertelstunde später machte ich mich auf den Weg zur Naturschutzstation. Gestern hatte ich mir noch eilig einen winzigen Rucksack gekauft, in den ich nun eine Regenjacke und eine kleine Wasserflasche stopfte. Über ein Erste-Hilfe-Set hatte ich nachgedacht, es aber wieder verworfen. Mein Handy war vollständig geladen.

Auf meinem kurzen Fußweg durch die Barther Innenstadt erwischte ich mich dabei, wie ich in diversen Schaufenstern mein Spiegelbild suchte. Doch das sorgte nur dafür, dass ich noch nervöser wurde.

Als ich an der Naturschutzstation ankam, lief ich Tristan praktisch in die Arme. Er kam einen schmalen Kiesweg entlang, der um das Haus herum zum hinteren Teil des Grundstückes führte.

„Hallo, da bist du ja", sagte ich originellerweise und wäre am liebsten auf dem Absatz umgekehrt.

„Ja, so was, da bin ich ja!" Keine Chance, dass er meine Verlegenheit überging. Ich kniff die Augen gegen die Sonne zusammen und musterte ihn von Kopf bis Fuß. Knielange Bermudas, olivfarbenes Hemd, Turnschuhe.

„Hast du gehofft, ich komme in kurzen, hautengen Radlerhosen?", fragte er und amüsierte sich köstlich, dass ich rot wurde.

„Wenn, dann hatte ich auf lange Radler spekuliert, inklusive Helm. Oder hast du den noch versteckt?"

„Genau. Komm jetzt, hier geht's lang zu unserem Drahtesel." Er schob mich den Kiesweg entlang. „Hübscher Rucksack. Ist der neu?"

Ich wollte mich gerade umdrehen und ihm was furchtbar Nettes sagen, als mein Blick auf ein knallrotes Tandem fiel, das fahrbereit vor einem Schuppen stand. Das würde er nicht wagen!

„Denk nicht mal dran", sagte ich und blieb einfach stehen. Ich verschränkte meine Arme, während Tristan mit einem breiten

Autoverkäufer-Grinsen um das Fahrrad herum lief und genüsslich über den hinteren Sattel strich.

„Ist das nicht ein Prachtstück? Wie für uns geschaffen!"

„Vergiss es!"

„Der rote Rahmen passt ganz ausgezeichnet zu deinen …äh", er kam zu mir, „zu deinen blauen Augen. Die Luft in den Reifen habe ich schon geprüft, sauber ist es auch, wir können sofort starten."

„Keinen Meter. Schlag dir das aus dem Kopf."

„Du sitzt hinten und strampelst, ich lenke vorn. Und strampel natürlich auch, Ehrensache."

Er kam zu mir, legte seinen Arm um meine Schultern und flüsterte: „Sieh jetzt nicht hin, aber oben in der ersten Etage hat gerade eine Schülergruppe Naturkundeunterricht. Als sie hörten, dass ich heute das schönste Tandem der gesamten Küste aus dem Stall hole, wollten sie unbedingt sehen, für wen ich das tue. Das ist nämlich eine große Ehre, verstehst du?"

Ich war mir nicht sicher, ob ich alles richtig verstanden hatte, aber der Gedanke, auch noch vor Publikum auf dieses Ungeheuer zu steigen, brachte mich endgültig ins Schwitzen. Genau wie seine Lippen an meinem Ohr. Ich saß so was von in der Tinte. Mit staksigen Schritten ging ich um das rote Tandem herum und studierte scheinbar jedes Detail. Dabei versuchte ich, meinen Kopf so zu drehen, dass ich unauffällig hinüber zum Haus schielen konnte. Zu spät bemerkte ich Tristans vor Lachen bebende Schultern. Hinter den Fenstern war niemand.

„Okay, du findest das alles total witzig, wie?" Ich funkelte ihn so wütend an wie ich konnte und hatte gleichzeitig eine ziemlich gute Vorstellung davon, wie lächerlich ich mich gerade machte.
„In erster Linie finde ich dich äußerst attraktiv und charmant und sehr lustig." Er sah mich ernster an und kam ein paar Schritte näher. „Du strahlst viel Selbstvertrauen aus und wirkst nicht unbedingt unsportlich. Ich glaube, dass wir deine kleine Unsicherheit bezüglich Zweirädern schnell beseitigen können."
„Wieso?"
„Wieso was?"
„Wieso machst du darum so einen Wind? Können wir nicht einfach spazieren gehen? Oder schwimmen."
„Netter Versuch. Und nein. Pass auf, wir machen einen Deal: Du versuchst es wenigstens fünfzehn Minuten lang. Und wenn du dann immer noch den Eindruck hast, es geht absolut nicht, dann gehe ich mit dir an den Strand."
„Abgemacht."
„An den FKK-Strand", sagte er kichernd, ging zum Tandem und klappte den Seitenständer ein. Dann wies er mit dem Kinn in Richtung Schuppen, hinter dem der Kiesweg weiter verlief.
„Dort geht's lang."
Ich wunderte mich über gar nichts mehr, sondern fügte mich vorerst in mein Schicksal. Meine Gelegenheit, dem ganzen Spuk ein Ende zu bereiten, würde schon noch kommen. Nicht so viel zappeln, sonst reizt du die Spinne immer mehr, dachte ich und grüßte Lisa aus der Ferne. Ich lief hinter Tristan her, der das Tandem den Weg entlang schob, parallel zu einem Zaun. Hinter dem Zaun sah ich einen verwilderten Obstgarten und

eine eingestürzte Laube. Der Weg mündete in einen großen, leeren Parkplatz, auf dessen gegenüberliegender Seite ein weißer Flachbau zu erkennen war.

„Eine unserer früheren Schulen", sagte Tristan. „Viele junge Familien sind weg, da wurde sie geschlossen. Aber der Platz ist wie für uns gemacht."

Der vermeintliche Parkplatz war der ehemalige Schulhof.

Ich nickte Tristan zum ersten Mal dankbar zu, denn so hatte ich die Möglichkeit, ohne Öffentlichkeit zu üben. Er brachte das Rad neben mir in Stellung und gab mir Anweisungen.

„Keine Sorge, auf den ersten Metern wirst du dauernd versuchen zu lenken. Das gibt sich. Konzentriere dich einfach auf deine Füße und deinen Hintern."

„Meinen Hintern?"

„Ja, sieh zu, dass du bequem sitzt und dich entspannst. Und versuch bitte nicht, an mir vorbei nach vorn zu schauen. Ich lenke, du strampelst."

Ich nickte skeptisch und wischte meine Hände an meiner Hose ab. Himmel, Elena, reiß dich zusammen! So schwer kann das nicht sein. Tristan schwang sein Bein über den hinteren Lenker und wartete, dass ich ebenfalls aufstieg.

„Linker Fuß auf den Boden, rechter Fuß auf die Pedale, abstoßen und los."

Wir eierten drei Meter weit, dann hopste ich aus dem Sattel und hoppelte mit den Füßen über den Asphalt. Den Lenker hielt ich fest. Ich ahnte, dass diese Aktion für Tristans bestes Stück gefährlich werden könnte, doch das war mir egal. Ich schrie und lachte gleichzeitig, weil mir klar war, wie dämlich ich aussah.

„Was ist?", fragte Tristan, der sich zu mir umdrehte und das schwere Tandem sicher aufrecht hielt.

„Nichts!" Mein Kichern wurde immer unkontrollierter und nach kurzer Zeit konnte ich nicht anders als laut lachen. Als ich mich beruhigt hatte, stieg ich erneut auf, wieder kam sein Kommando linker Fuß, rechter Fuß und los. Und dieses Mal ging es schon besser. Wir fuhren auf dem Parkplatz hin und her, wobei ich die Kurven anfangs als sehr unangenehm empfand. Und auch das Anfahren wollte nicht jedes Mal gelingen. Wir kamen überein, dass ich zu diesem Zweck mit einer Pobacke bereits im Sattel sitzen und nur noch das rechte Bein kräftig hinunter drücken sollte. Das klappte viel besser und nach einigen Versuchen hatten wir den Dreh raus. Wir fuhren noch ein paar Runden und ich gewöhnte mich tatsächlich daran. Immer, wenn es wackelte, und ich das dringende Bedürfnis verspürte, abzuspringen, konzentrierte ich mich aufs Treten und schon war die Situation gerettet. Schließlich fuhr Tristan nach der letzten Runde hinaus auf die Straße. Ich quiekte vor Überraschung, doch er blieb ruhig.

„Einfach weiter treten. Wir fahren nur ein kurzes Stück die Straße entlang. Dort vorn beginnen schon die Rad- und Wanderwege Richtung Darß."

„Zum Darß? Spinnst du?"

„Keine Sorge, der Weg ist kürzer, als du denkst. Wir nutzen die Barthestraße bis nach Pruchten. Dort machen wir im Landhaus am Bodden eine kleine Pause. Reine Fahrtzeit bis zu unserem endgültigen Ziel dürfte nicht viel mehr als anderthalb Stunden sein. Das schaffst du."

Ich schwieg, zog meinen Kopf hinter seine Schultern zurück und ergab mich in mein Schicksal. Irgendwann würde die Tour zu Ende sein und spätestens heute Abend würde ich wieder über mein Fortbewegungsmittel bestimmen. Wir kamen an einer Apotheke vorbei und mein Blick fiel auf die Uhrzeit, die unter dem grünen Kreuz leuchtete. Halb elf. Tristan hatte also über eine halbe Stunde mit mir geübt und ich hatte es nicht einmal bemerkt. Ich musste vorsichtig sein mit dem, was mir bei ihm alles nicht auffiel. Unter seiner freundlichen Fassade schien ein Mann mit einem starken Willen zu stecken.

„Was genau ist denn unser Ziel?", fragte ich.

„Uns besser kennen zu lernen."

Ich gab ihm einen kleinen Klaps auf den Hinterkopf.

„Hey, der Fahrschüler hat während der Fahrt beide Hände am Lenker zu lassen", rief er. Er klingelte laut und allmählich entspannte ich mich. Auf einem Tandem fuhr es sich tatsächlich viel angenehmer, als ich vermutet hätte.

Nach einer halben Stunde erreichten wir das besagte Landhaus. Als wir abstiegen, strahlte Tristan mich an, als wäre ich durch den Ärmelkanal geschwommen.

„Jetzt hast du dir eine kleine Mittagspause verdient", sagte er. In erster Linie hatte ich Durst und bestellte mir ein großes Radler, was Tristan unglaublich witzig fand. Ich warf mit einem Bierdeckel nach ihm, den er geschickt auffing.

Wir hatten uns einen Platz nahe dem Eingang der Freiterrasse gesucht, zwei Kastanien spendeten angenehmen Schatten. Trotz Vorsaison und Wochentag herrschte reger Betrieb. Die Kellnerin brachte unsere Getränke und zwei Speisekarten.

„Nimm die Fischsuppe, die schmeckt prima", sagte Tristan.
Ich klappte die Karte betont langsam auf und begann zu lesen.
„Ich würde heute wenigstens über mein Essen selbst bestimmen wollen."
Ich spürte seinen Blick auf mir ruhen. „Erzähl mal, warum bist du Nationalpark-Ranger geworden? Zufall?"
Er legte den Kopf schief, sah dann in die Ferne und trank noch einen Schluck, eher er antwortete.
„Möchtest du Smalltalk machen, oder interessiert es dich wirklich?"
„Du hast gesagt, wir sollten uns besser kennen lernen. Deine Idee."
„Okay, hier mein Vorschlag, damit das Ganze nicht in ein Verhör mündet."
Ich stöhnte leise auf. Warum war er so kompliziert? Menschen unterhielten sich, Menschen stellten einander Fragen. Ich verdrehte meine Augen.
„Geht's wieder?", fragte er, als ich ihn ansah.
„Bitte."
„Wir stellen uns abwechselnd genau eine Frage. Und jeder darf seine nächste Frage erst stellen, wenn er die vorhergehende ordentlich beantwortet hat."
„Wie antwortet man denn ordentlich?", wollte ich wissen.
„Zum Beispiel nicht mit einer Gegenfrage. Und *weiß ich nicht* zählt auch nicht."
„Und wenn ich die Antwort tatsächlich nicht weiß?"
Er beugte sich zu mir über den Tisch und zeichnete mit dem Zeigefinger die Linien meiner Wangenknochen nach.

„Du bist eine erwachsene Frau, Elena aus München. Gib dir ein bisschen Mühe. Oder hast du mir deinen Intellekt bisher nur vorgespielt?" Er lachte leise.

Welcher Teufel hatte mich geritten, mit diesem Kerl einen Ausflug zu machen? In seinen Augen sprühten kleine Funken vor lauter Übermut.

„Wenn du keine Lust auf das Spiel hast, auch gut. Aber dann erfährst du nichts von mir. Und ich finde auch so heraus, wer du bist und was du in Wirklichkeit hier oben suchst. Ich denke, Vincent Keller ist eine gute Spur."

Die plötzliche Erwähnung seines Namens wirkte wie eine Trillerpfeife im dunklen Kino. Tristan war Manns genug, um den Treffer zu registrieren. Er schien nach weiteren Hinweisen in meinen Augen zu suchen, doch ich fing mich schnell und drehte den Spieß um.

„Was hat ein Mannsbild wie du verbrochen, dass er Ranger in Meckpom und nicht im Yellowstone-Nationalpark ist?", fragte ich.

„Ist das schon die erste Frage?"

„Gegenfragen sind nicht erlaubt, nach deinen Regeln."

Er setzte sich aufrecht hin. „Ich war bereits im Yellowstone, aber verbrochen habe ich nichts, weswegen ich nach Hause zurückgekehrt bin. Ich hatte einfach schreckliches Heimweh und Tante Fanny war nie glücklicher als an dem Tag, als ich ihre erste Gemüsekiste aus dem Keller geholt habe."

„Du hast in Amerika gearbeitet?" Jetzt setzte ich mich gerade hin.

„Halt! Immer nur eine Frage. Ich bin dran."

Ich schaute ihn an und war auf alles vorbereitet.

„Warum besuchst du deine Schwester ausgerechnet jetzt?"

„Sie hat wahrscheinlich bald eine größere Operation vor sich und ich möchte ihr helfen."

Meine Antwort kam zügig, ich blinzelte nicht und hoffte, dass ich keinen Anlass für weitere Spekulationen geliefert hatte. Tristan schwieg und nichts in seinem Gesicht verriet seine Gedanken.

„Ja, ich weiß, meine Schwester ist eine erwachsene Frau", plapperte ich leicht verunsichert weiter. „Aber manchmal braucht man jemanden, der einen in die richtige Richtung schubst. Und Vincent und ich, wir sind der Meinung, dass die Operation gut für sie wäre." Ich redete mehr als nötig und dachte über meine nächste Frage nach.

Inzwischen brachte die Kellnerin das Essen, Fischsuppe für Tristan und Kartoffelpuffer mit Apfelmus für mich. Die waren leider nicht hausgemacht und auch nicht lecker, sondern steinhart. Tristans Suppe hingegen duftete so herrlich nach Kerbel und Lauch, dass mir das Wasser im Munde zusammen lief. Mist!

„Bringen Sie bitte noch eine Fischsuppe", rief Tristan der Kellnerin nach. Und zu mir: „Du bist mit der nächsten Frage dran." Dann begann er zu essen.

War er wirklich so cool?

„Wessen Vertrauen hast du zuletzt gebrochen und wodurch?", fragte ich und gratulierte mir stumm zu meiner Brillanz.

„Das sind zwei Fragen auf einmal."

„Die aber unmittelbar zusammenhängen. Wenn du willst, dann lass eben den Namen der Frau weg", sagte ich gönnerhaft.

„Woher willst du wissen, dass es eine Frau war?"

„Keine Gegenfragen."

Er formte Daumen und Zeigefinger zu einer Pistole und zielte auf mich. Dann löffelte er in aller Ruhe seine Suppe weiter.

„Wo bleibt die Antwort?"

„Es gibt kein Zeitlimit", sagte er.

„Wie bitte? Das ist unfair, wenn du das erst jetzt anbringst."

„Das ist es nicht. Ich hätte es gesagt, wenn es eines geben würde."

Die Kellnerin brachte meine Suppe und nahm die Kartoffelpuffer wieder mit.

Eigentlich konnte es mir egal sein, wessen Vertrauen er wann und wo gebrochen hatte. Ich würde jedenfalls auf der Hut sein. Tristan verstand nicht nur was von Frauen, sondern von Menschen ganz allgemein. Er war ein guter Beobachter. So wie ich normalerweise auch. Zu meiner Verteidigung konnte ich nur anführen, dass ich sonst wenig Umgang mit Männern seines Kalibers pflegte. Kollegen im eigentlichen Sinn auf einer Hierarchie-Ebene hatte ich nicht, ich war selbst die Chefin. Und die Herren im Vorstand und in der Geschäftsleitung, nun ja, an guten Tagen bekamen sie von mir ordentliche Noten in Fachkompetenz, Berufserfahrung und Einsatzbereitschaft. Aber den Stempel „Frauenversteher" würde ich für keinen von ihnen aus der Schublade holen.

„Wir sollten weiterfahren", sagte Tristan, „ehe deine frisch erworbenen Fähigkeiten im Radfahren wieder verblassen."

Ich nickte lässig. Er wollte mich auf die Folter spannen? Bitte schön.

„Ich verschwinde nur mal kurz in Richtung Toiletten", sagte ich und überließ ihm großzügig die Rechnung.
Als ich zurückkam, stand er mit unserem knallroten Vehikel schon neben der Außentreppe. Er schob es dann aber gnädig bis zum Hauptweg, wo unsere Abfahrt erstaunlich geschmeidig gelang, aber zum Glück ohne Publikum.
Der Weg führte über eine kleine Brücke, die vom Schilfgürtel am Festland hinaus in den Bodden führte und am anderen Ufer nahe dem Stadtrand von Zingst endete. Der Sommerwind kräuselte das braune Flachwasser und ich sog den Geruch tief ein. Heimat, dachte ich und spürte etwas Gänsehaut auf meinen Armen. Entschlossen reckte ich meinen Hals und sah hinauf zum Himmel. Es war egal, wie und warum ich auf diesem altertümlichen Drahtesel saß. Und es war auch fast egal, dass mein Hintern jetzt schon protestierte. Wichtig war in diesem Moment nur die Wärme auf meiner Haut und tief im Bauch das Gefühl, gerade ohne alle Pflichten zu sein. Nur für ein paar Minuten. So kostbar.
„Ich habe nicht direkt ihr Vertrauen gebrochen", sagte Tristan, als wir auf dem schmalen Asphaltweg ganz allein waren. „Weil ich sie nicht betrogen habe oder so was. Aber ich glaube, ich habe sie maßlos enttäuscht."
Ich ahmte seine Schweigetaktik von vorhin nach und hoffte, sie würde auch ihn dazu bringen, mehr zu erzählen.
„Sie war meine Chefin im Yellowstone-Nationalpark und wir hatten von Anfang an ein sehr gutes Verhältnis zueinander. Wir hatten tatsächlich das Gefühl, uns in einem früheren Leben schon einmal begegnet zu sein. Wahrscheinlich war sie froh,

einen gefunden zu haben, der so verrückt war wie sie selbst, und dem es nichts ausmachte, bei klirrender Kälte morgens um vier aus den Federn zu kriechen, wenn es einen Notruf gab oder einfach nur Arbeit. Nach ungefähr zwei Jahren war klar, dass sie sich ernsthafte Hoffnungen meinetwegen machte. Und nicht nur das. Sie wollte auch, dass ich die vakante Stelle des leitenden Parkrangers übernehme. Ich kannte ihre Wünsche ganz genau, aber ich war zu feige, reinen Tisch zu machen. Ich ließ sie monatelang in dem Glauben, dass ich darüber nachdenken würde. Erst kurz vor meinem Rückflug habe ich ihr die Wahrheit gesagt und mich wie ein mieser Verräter gefühlt. Keine schöne Sache."

Ich schwieg. Ein bisschen, weil ich überrascht von seiner Offenheit war, hauptsächlich aber aus Scham. Ich hatte ihn in eine Schublade gesteckt, obwohl ich es hasste, wenn Menschen das mit mir taten. Ich war genauso oberflächlich wie viele andere Leute, mit denen ich tagein, tagaus zu tun hatte. Zum ersten Mal an diesem Tag war ich dankbar für das Tandem. Er konnte mir nicht in die Augen sehen.

Prompt hielt er an, um mir eine Brutkolonie Kormorane zu zeigen, doch ich war nicht richtig bei der Sache. Halb verdaute ich das, was er von sich preisgegeben hatte, halb schämte ich mich, dass ich ihn immer noch so auf Distanz hielt. Wann würde seine nächste Frage kommen?

Wir waren schon durch das Zentrum von Zingst geradelt, als ich merkte, dass er die Richtung zur Seebrücke einschlug. Da holte er endlich zum Gegenschlag aus.

„Zu welchem Thema fürchtest du eine Frage meinerseits am meisten?"

Mein rechter Fuß rutschte von dem Pedal. Tristan bremste und gab das Kommando zum Anhalten. Ich stellte beide Füße auf den Boden und fummelte an meinem Rucksack. Tristan drehte sich zu mir um und ich sah ihm in die Augen. Er sollte bloß nicht glauben, dass er mich so aus der Reserve locken könnte.

Er zwinkerte. „Keine Sorge, ich will nur ein Thema wissen, nicht alle. Du scheinst mehr Geheimnisse zu haben, als ich heute in Erfahrung bringen will und kann."

„Pah, bilde dir bloß nichts ein! Soll ich nun antworten oder nicht?" Ich musste Zeit gewinnen.

Doch Tristan fiel nicht darauf herein. Er lachte leise.

Wir fuhren weiter und ich suchte nach einer unverfänglichen Antwort. Er hatte mich mit seiner Offenheit in Bedrängnis gebracht. Und mit Sicherheit würde er auf das Thema zurückkommen, wenn das Spiel vorbei war.

„Fragen zu Vincent und meiner Schwester würde ich als sehr unangenehm empfinden", sagte ich in der Hoffnung, dass ihn Familie und alles drum herum langweilen würde. Er nickte kurz.

„Dann bin ich jetzt wieder dran", sagte ich. „Verliebst du dich immer in den gleichen Typ Frau oder variiert das?"

Tristan gab mir ein Zeichen, dass er anhalten wollte. Er zeigte mir einen umgestürzten Baum direkt hinter der Düne und wir setzten uns.

„Allmählich gefällt dir das Spiel, habe ich recht?", fragte er.

„Keine Gegenfragen!"

„Also gut, ehe es zu heikel wird. Ich beantworte dir diese Frage noch, dann stelle ich meine letzte und dann lassen wir es gut sein für heute, okay?"

Ich konnte mir ein triumphierendes Lächeln nicht verkneifen.

„Die Geister, die du riefst?"

Er hielt meinen Blick erbarmungslos fest und für ein paar Sekunden konnte ich an gar nichts denken. Verflucht noch mal.

„Ich verliebe mich nicht so oft, wie du vielleicht annimmst. Aber wenn, dann bevorzuge ich durchaus einen bestimmten Typ. Allerdings mache ich das weniger an Äußerlichkeiten fest, da ist es mir egal, ob blond, ob braun."

„Aha, es ist also ein bestimmter Charakter, der ..."

„Na, na! Eine Frage, eine Antwort, fertig."

„Och menno, immer wenn es spannend wird." Ich zog einen Flunsch.

„Genau. Deshalb habe ich noch eine richtig spannende Frage an dich." Er lächelte und kniff seine Augen ein wenig zusammen. „Welche Rolle spielte Vincent in deinem früheren Leben?"

„Hey, das ist nicht fair!" Ich stand auf und lief zwischen den Dünen hindurch ans Wasser.

„Was denn? Ich habe nur gefragt, welche Themen du fürchtest", rief er mir nach. „Es war nie die Rede davon, dass ich nicht genau dort nachhake."

In meinem Kopf stolperte alles durcheinander. Dieser fiese Hund! Lockt mich in die Falle und findet das in Ordnung. Was bildet der sich eigentlich ein? Ich zog meine Schuhe aus und stellte mich auf die Linie zwischen hellem und dunklem Sand.

Ich spürte ihn kühl zwischen meinen Zehen und beobachtete, wie die Wellen Zentimeter für Zentimeter näherkamen. Ich hatte geahnt, dass es kalt sein würde, trotzdem japste ich, als das Wasser meine Knöchel umspülte.

Tristan hatte mich erreicht und blieb schweigend neben mir stehen, die Hände in den Hosentaschen. Er schien etwas am Horizont zu suchen.

„Wenn ich früher mit meinen Eltern am Strand gewesen bin, habe ich immer die Schiffe gezählt, die auf Reede lagen oder vorbeifuhren. War kein Schiff zu sehen, wollte ich so lange bleiben, bis irgendwo eins auftauchte."

Ich bückte mich nach einer Muschel und ließ sie auf meinem Handteller auf und ab springen. Tristan kam näher und strich mir ein paar Haare hinters Ohr. Seine Berührung löste kleine Schauerwellen auf meiner Haut aus und ich konnte ihn nicht ansehen.

„Ich ziehe die Frage zurück", sagte er. „Wollte nur sehen, ob mein Instinkt immer noch funktioniert."

„Meine Schwester braucht eine Nierenspende", platzte ich heraus. „Wahrscheinlich kann ich ihr diese Niere geben, aber sie will nicht einsehen, dass es gut für sie wäre. Vincent und ich, wir versuchen, sie davon zu überzeugen."

Mit dieser Erklärung ließ ich ihn stehen und stapfte durch den tiefen Sand zurück zum Tandem.

Kapitel 5

Maren goss mir ein Glas Kirschbowle ein und ich setzte mich an den großen Esstisch auf der Terrasse. Vincent stand am Grill, stocherte prüfend in der Kohle und schien zu überlegen, was er zuerst auf den Rost legen sollte. Aus dem Nachbargarten stieg ebenfalls eine weiße Rauchsäule auf. Vögel zwitscherten, die Sonne wärmte die steinernen Blumenkübel neben der Treppe, die hinunter auf den Rasen führte. Weiter hinten in den Obstbäumen hörte ich Stare sich um die letzten Sauerkirschen streiten.

Greta kam mit einer großen Schüssel aus der Küche und gemeinsam schoben wir eine Lücke zwischen all die anderen Schüsseln und Platten, damit auch der Nudelsalat seinen Platz finden würde.

„Haben wir Senf, Ketchup und Grillsaucen?", fragte Maren, während sie den Bowle-Krug mit Frischhaltefolie verschloss.

„Ja, alles da", antwortete ich.

„Oder möchtest du etwas anderes zu deiner Bratwurst?", fragte Greta und setzte sich zu mir.

„Etwas anderes? Nein, alles perfekt." Ich entspannte mich allmählich.

Die gestrige Radtour mit Tristan steckte mir zwar noch in den Knochen und mein Hintern jammerte fürchterlich, sobald ich mich setzte, aber ansonsten war ich einigermaßen zufrieden mit den Ergebnissen und Ereignissen der letzten Tage. Vincent hatte heute früh angerufen und mich zum Grillen am späten Nachmittag eingeladen. Das hielt ich für ein gutes Zeichen. Vorher hatte ich mir die Zeit genommen und war endlich an den kleinen Strand gefahren, den ich noch aus Kinderzeiten kannte. Das Ostseewasser war genauso kalt wie gestern gewesen, dennoch war ich tapfer hinausgeschwommen. Bewegung tat gut. Anschließend hatte ich mich warm eingewickelt und eine geschlagene Stunde im Strandkorb geschlafen. Als ich danach meine Sachen zusammengepackt hatte, stand mein Entschluss fest, mit Ben noch in diesem Sommer hierher zu fahren.

„Sag mal, bist du von allen guten Geistern verlassen?", schrie meine Mutter von der Terrassentür aus und stürzte auf mich zu. In der Hand hielt sie die schwarze Dokumentenmappe mit den Studienunterlagen für Greta. Ich hatte sie ihr vor einer halben Stunde bei meiner Ankunft gegeben. Meine Mutter knallte die Mappe auf meinen Teller und ich duckte mich für eine Sekunde, weil ich fürchtete, sie würde mir ins Gesicht schlagen.

„Wie kommst du dazu, so was hinter unserem Rücken zu machen?", schrie sie weiter und Speicheltropfen fielen auf meinen Handrücken.

„Die Unterlagen sind für Greta. Vielleicht findet sie ja ..." Ich nahm die Mappe an mich.

„So ein Schwachsinn!" Meine Mutter stemmte ihre Hände in die Seiten und sah auf mich herab, als hätte ich ihre silbernen Löffel gestohlen. Maren kam angelaufen und schaute fragend in die Runde. Greta nahm mir die Mappe ab und sagte zu ihrer Mutter:

„Tante Elena war so nett, mir ein paar Informationen über Studiengänge in ihrer Hotelkette auszudrucken. Kein Grund, so ein Theater zu machen. Ich hatte noch gar keine Zeit, reinzuschauen, aber Oma hat mal wieder in meinem Zimmer rumgeschnüffelt."

„Sie will unser Mädchen mit nach München nehmen!", kreischte meine Mutter. Vincent sah besorgt in Richtung Nachbargarten und bat meine Mutter, sich zu beruhigen.

„Ich rede so laut ich will, schließlich ist das mein Haus!" Sie bemerkte ihren Irrtum und wurde noch wütender. „Kommt hier angerauscht, mischt sich in alles ein und redet unserer Kleinen so eine Schnapsidee ein!"

Ich schwieg, weil ich wusste, alles konnte und würde gegen mich verwendet werden. Die schwarze Mappe war inzwischen bei Maren angekommen, die sie stirnrunzelnd kurz inspizierte, dann wieder schloss und mich ansah.

„Was soll Greta damit?"

„Sie kann sich einfach ein paar Möglichkeiten anschauen. Das verpflichtet sie zu nichts", sagte ich.

„Das wäre ja noch schöner!" Meine Mutter fuchtelte mit den Armen und lief zwischen Tisch und Tür hin und her.

„Ich hatte dir doch gesagt, dass wir noch gar nicht wissen, ob Greta überhaupt studieren will", sagte Maren sehr ruhig und ich hörte den unterdrückten Ärger in ihrer Stimme.

„Aber wenn ich studieren will, dann sind da vielleicht interessante Fachrichtungen dabei", sagte Greta und stellte sich zu ihrer Mutter. „Ich kann es mir doch anschauen."

„Und warum schmuggelt sie so etwas heimlich ins Haus?", schrie meine Mutter erneut dazwischen. „Typisch, das feine Fräulein. Immer alles schön heimlich machen, nicht wahr?"
Ich rechnete im Kopf nach, wie viele Jahre ich bei guter Führung bekäme und suchte Blickkontakt zu Maren.
„Ich habe die Mappe nicht reingeschmuggelt, sondern Greta direkt gegeben, als sie mir die Tür geöffnet hat. Ich hätte es jetzt beim Essen ohnehin angesprochen."
„Musst du uns dauernd den Appetit verderben?"
„Hannelore, es reicht!", ermahnte Vincent sie, aber sein Einfluss auf den Drachen schien heute begrenzt zu sein.
„Wie soll denn das arme Kind in München studieren?", lamentierte sie weiter. „So weit weg und ganz allein. Und teuer wird das! München ist doch so teuer! Aber ihr Vater kann sich ja krumm arbeiten."
„Sie wäre nicht allein. Ich wohne in München, schon vergessen?", sagte ich. „Und für den Fall, dass Greta das wirklich will, überhaupt studieren und dann auch noch in München, kann sie bei mir wohnen. Ich habe, wie schon erwähnt, ein Gästezimmer. Da könnte ich andere Möbel ..."
„Ach, sieh an!" Meine Mutter sprang fast über den Tisch und warf dabei ein Glas Bier um, das Vincent eben dort abgestellt hatte. „Sieh an, daher weht der Wind! Wenn Greta erst bei dir wohnt, brauchst du deine teure Haushälterin nicht mehr für Ben. Billige Arbeitskräfte findet man ja immer in der eigenen Familie."
Mir wurde schwarz vor Augen und ich stützte meinen Kopf in meine Hände. Wann würde diese Frau ihr Schandmaul endlich für immer schließen?

„Du spinnst ja total, Oma. Und hör endlich auf, in meinen Sachen zu wühlen!" Gretas Stimme zitterte verdächtig. Armes Ding. Wie oft litt sie wohl unter der Fuchtel dieser Giftspritze? Das Mädchen rannte ins Haus und Vincent beseitigte scheinbar ruhig den Biersee auf dem Tisch. Aus den Augenwinkeln hatte ich gesehen, wie Greta sich in dem allgemeinen Tumult die Dokumentenmappe geschnappt hatte. Armes Ding, dachte ich noch einmal. So wie ich hatte sie sich auch schon Strategien zurechtgelegt.

„Ich habe euch ja gewarnt", zeterte meine Mutter. „Wenn ihr den Kontakt zu dieser ..."

„Es reicht, Hannelore!" Vincent hatte regelrecht gebrüllt, jedenfalls für seine Verhältnisse und die alte Frau klappte ihren Mund tatsächlich zu. Sie rückte sich einen Stuhl zurecht und wollte sich gerade hinsetzen, doch Vincent legte eine Hand auf ihre Schulter, mit der anderen zog er den Stuhl fort.

„Lässt du uns bitte allein, wir möchten in Ruhe mit Elena reden", sagte er.

Maren und meine Mutter starrten Vincent an, der offenbar neue Kommunikationsmethoden benutzte. Hannelore schnappte nach Luft und rauschte davon, nachdem sie mir einen letzten, tödlichen Blick zugeworfen hatte. Vincent schob die Terrassentür zu und setzte sich.

„Tut mir leid, Elena ...", fing er an, doch Maren legte ihre Hand auf seine.

„Willst du Greta wirklich mit nach München nehmen?", fragte sie und Tränen schimmerten in ihren Wimpern.

„Nein. Bitte glaubt mir, ich wollte nur helfen. Es sind nur Beispiele für mögliche Studiengänge ganz allgemein im Hotelmanagement. Greta könnte das überall und jederzeit studieren. Sie muss sich nicht jetzt entscheiden und nach München muss sie deswegen auch nicht. Ich wollte nur ..." Erschöpft hielt ich inne. Es war töricht. Das sah ich an Marens versteinerter Miene. Vincent starrte auf die Tischdecke vor sich und zerknüllte ein Küchentuch zwischen seinen Fingern. Ich hätte mich ohrfeigen können für meine Dämlichkeit. Und ebenso für meine Rechtfertigungen. Ich hatte nichts verbrochen.

„Ich möchte, dass du jetzt gehst", sagte sie irgendwann leise, aber so deutlich, dass es wehtat.

„Maren, ich ..."

„Seit du da bist, versuchst du alles so zu lenken, wie du es für richtig hältst. So geht das nicht."

„Aber ..."

„Ich überlege schon die ganze Zeit, ob du nicht doch einen Keil in unsere Familie treiben willst. Vielleicht ist an dem, was Mutter sagt, ja doch ein Fünkchen Wahrheit?"

„Das ist nicht dein Ernst!"

„Würdest du sonst so heftig mit ihr streiten? Wenn sie dich früher mal ein bisschen aufgezogen hat, bist du einfach gegangen und hast sie reden lassen. Seit wann bist du so streitsüchtig? Sie hat sich nicht verändert. Geht es dir wirklich um mich?" Sie machte eine kurze Pause und am liebsten hätte ich mir die Ohren zugehalten. Ich wusste, was jetzt kam. „Oder schielst du immer noch mit einem Auge auf meinen Mann?"

Mir schoss das Blut in den Kopf, aber nicht aus Scham, sondern aus Wut. Das Gift, das die Alte über so viele Jahre versprüht hatte, wirkte also doch. Und wie nebenbei merkte ich, was ich in dieser Sekunde für Vincent fühlte: Nichts. Absolut gar nichts.

„Du weißt genau, dass Mutter mich früher nicht einfach nur ein bisschen aufgezogen hat. Da war mehr. Und das auch nicht nur ab und zu." Ich sprach wie jemand, der nach einem Schlaganfall noch immer nicht Herr über seine Zunge war.

Ich stand auf, rückte meinen Stuhl ordentlich heran. Maren putzte sich die Nase und steckte das Taschentuch umständlich weg.

„Sag mir, wie du dich entschieden hättest, wenn ich dich angerufen hätte und nicht Vincent? Wärst du meiner Bitte auch so einfach und umgehend gefolgt? Sag es mir, Elena. Bist du wirklich meinetwegen hier?"

Ich wartete, bis sie mir in die Augen sah, und da erkannte ich, dass sie gar keine Antwort hören wollte. Vincent starrte an uns vorbei in den Garten. Allmählich dämmerte mir, was hier gespielt wurde. Maren war verletzt, weil ich gegen ihren Willen hergekommen war, ich fühlte mich wegen der Unterstützung für Greta ertappt und zugleich ungerecht behandelt und Vincent hatte tatsächlich darauf gesetzt, dass ich ihm keinen Wunsch abschlagen würde, egal wie schwer diese Reise für mich sein würde. Er hatte gehofft, bei mir immer noch die alten Gefühle vorzufinden, um sie für sich, besser gesagt, für seine Frau nutzen zu können. Daraus konnte ich ihm nicht einmal einen Vorwurf machen. Es verwunderte mich aber zusehends, dass ich tatsächlich ohne großes Nachdenken nach Löbnitz gekommen war, obwohl da in meinem Herzen längst nichts mehr an Vincent erinnerte. Das Kribbeln im Bauch bei seinem ersten Anruf vor einigen Wochen war nichts weiter als ein Reflex gewesen. Eine alte Gewohnheit. Jedenfalls nicht genug, um eine echte Bedrohung für seine Ehe zu sein. Mein Verstand hämmerte die ganze Zeit von außen an die Tür. Die Sache mit Vincent lag fast zwanzig Jahre zurück, was sollte da noch übrig sein? Ich hatte mir mein eigenes Leben aufgebaut, weit weg und so ausgefüllt, dass mir gar nicht aufgefallen war, wie wenig ich in den letzten Jahren an Vincent gedacht hatte. Ich hatte aufgehört, ihn zu vermissen.

Ich holte meine Jacke und meine Tasche, und verließ das Haus meiner Schwester, ohne mich noch einmal umzudrehen. Schritt für Schritt verstand ich, wo das Problem zwischen Maren und mir lag. Sie wusste so gut wie nichts von meinem Leben in den letzten zwanzig Jahren. Sie war nicht dabei gewesen, als ich diese unglückliche Liebe verarbeitet hatte. Sie war nicht dabei gewesen, als ich mich Jahr für Jahr ein bisschen mehr von unserem Elternhaus, von unserer Mutter emanzipiert hatte. Für sie war ich die kleine Schwester geblieben, die nach einem Streit, ganz ähnlich dem von eben, das Haus ihrer Kindheit für immer verlassen hatte.

Ich brauchte fast eine Stunde bis Barth, weil ich trotz bestem Wetter die Straße vor lauter Tränen kaum erkennen konnte. Ich heulte vor Wut, vor Scham und vor allem wegen der grenzenlosen Ungerechtigkeit. Mehrmals musste ich anhalten, weil mir die Luft durch das viele Schluchzen knapp wurde. Dazu wuchs in meinem Bauch ein Knoten aus Zorn und Abscheu für meine Mutter. Sie hatte sich wirklich nicht verändert, da konnte ich Maren zustimmen. Ich war enttäuscht, dass sie immer noch jede Schlacht gewann, mit ihren alten, miesen Tricks. Überfallen, niederbrüllen, einschüchtern. Hieß es nicht, dass jeden Menschen eines Tages das Echo seiner schlechten Taten erreichte? Warum nicht bei meiner Mutter? Sie manipulierte, sie log und betrog, sie verletzte Menschen, die ihr vertrauten. Und niemand stoppte sie. Maren hatte früher immer behauptet, dass unsere Mutter eigentlich nur geliebt werden wollte. Sie vermisste angeblich unsere Aufmerksamkeit und würde sich nur etwas unbeholfen dabei anstellen, dies mitzuteilen. Oh, Maren! Arme Maren. Wie sehr wollte ich ihr glauben. Wie oft war ich einen oder zwei Schritte auf unsere Mutter zugegangen. Genauso oft, wie ich dafür einen Schlag ins Gesicht bekommen hatte. Alles, woran unsere Mutter Freude hatte, war, einen Menschen zu betrachten, den sie gerade zutiefst gedemütigt hatte.

Auf dem Parkplatz an meiner Pension trat ich so heftig in die Bremsen, dass der Sand unter den Rädern laut knirschte. Ich suchte meine Sachen auf dem Beifahrersitz zusammen, stieg aus und knallte die Tür so laut zu, dass ich selbst erschrak. Tränen rannen mir die Wangen hinunter und nichts konnte sie stoppen. Scheiß drauf! Ich beschloss, den Rest des Tages im Bett zu bleiben. Fernsehen, lesen, später mit Ben telefonieren. Und einen Rückflug für morgen buchen. Niemand legte Wert auf meine Anwesenheit, das hatte ich jetzt begriffen.

Leise tappte ich durch den Eingangsbereich Richtung Treppe und hatte sie schon fast erreicht, als Fanny Hellwig durch die Schwingtür zur Küche trat, mit einem Tablett in der Hand, auf dem alles für eine gemütliche Teestunde stand. Zwei ausgesprochen hübsche Tassen, Plätzchen, Sahne, Zucker. Nur die Teekanne selbst fehlte und verriet mir, dass Fanny mich beobachtet hatte, seit ich eingeparkt hatte. Sie sah mich überrascht an und übertrieb es ein kleines bisschen, aber ich war dennoch froh, sie zu sehen. Herzenswärme. Wenn es einen Menschen auf der Welt gab, dem diese Eigenschaft ganz und gar Gewohnheit war, dann Fanny.

„Na, so ein Zufall! Ich habe eben Tee gemacht. Leisten Sie mir Gesellschaft?"

Sie ging an mir vorbei, als hätte ich keine rote Nase und keine verquollenen Augen, und deckte im Salon einen Tisch für uns zwei.

„Auf der Terrasse ist es mir noch zu hell. Meine Augen vertragen das Sonnenlicht nicht mehr so gut", plauderte sie weiter. Ich stand immer noch an der Treppe. Reden wollte ich nicht, da ich meiner Stimme nicht traute. Aber eigentlich war es auch egal. Fanny setzte die Tassen auf die Untertassen, richtete die kleinen Löffel aus, strich das Deckchen unter der Zuckerdose glatt und ließ mir Zeit. In der Küche pfiff der Wasserkessel.

„Bin gleich wieder da", sagte sie.

Ich nickte und ließ mich in den dunkelblauen Sessel fallen. Sollte sie doch sehen, wie verheult ich war. Und wenn sie nach dem Grund fragen würde? Auch egal. Alles egal. Ich schlüpfte aus meinen Schuhen, zog die Füße hoch und stopfte mir ein Kissen in die Seite. Dann nahm ich ein frisches Taschentuch, schnäuzte mich ausgiebig und merkte, dass meinen Augen das schummrige Licht im Salon guttat.

Fanny kam mit der Teekanne und nickte zufrieden, als sie mir gegenüber Platz nahm. Ihr Blick wanderte zur Uhr über der Tür. „Wir lassen ihn fünf Minuten ziehen, dann schmeckt er am besten."

Ich wollte immer noch nicht reden, also tat ich es nicht. Übers Wetter zu plaudern erschien mir noch anstrengender als über den Grund meines Zustandes. Ich fühlte mich wie nach einem Erdbeben. Erschüttert und fassungslos.

„Wussten Sie, dass meine kleine Pension nächstes Jahr schon zwanzigjähriges Jubiläum hat? Ich kann gar nicht glauben, wie schnell die Zeit verging. Dabei wollte ich ursprünglich nur bis zur Rente arbeiten. Aber meine Gäste haben immer im Voraus gebucht und ich konnte es ihnen nie abschlagen. Doch ich will das alles so haben. Auch wenn ich manchmal stöhne, wegen der vielen Arbeit. Die Bürokratie wird jedes Jahr schlimmer, die Streitereien mit den Lieferanten. Ach, was! Wem erzähl ich das?"

Sie schenkte den Tee ein, hochkonzentriert, aber immer noch mit ruhiger Hand. Sie schien nicht zu erwarten, dass ich etwas zur Unterhaltung beitragen würde.

„Was sollte ich denn sonst den lieben, langen Tag machen? Stricken? Kann ich nicht. Lesen? Macht mich müde. Mich zu den anderen Alten auf die Bank vor der Apotheke setzen und heiteres Diagnose-Raten mitspielen? Nein, da würde ich immer verlieren, weil ich außer ein paar Herztropfen nichts zu bieten hätte. Enkel sind keine da, bleibt also nur die Pension. Und es macht ja auch Spaß."

„Sie wären bestimmt eine tolle Oma."

„Das weiß man nie. Ich konnte ja nicht an eigenen Kindern üben. Vielleicht würde ich mich furchtbar dumm und tollpatschig anstellen. Nicht, dass ich Angst hätte. Probieren würde ich es schon. Aber meine beiden Neffen scheinen nicht im Traum daran zu denken, Familien zu gründen. Und ich werde ihnen deshalb nicht in den Ohren liegen. Es gibt für junge Leute bestimmt nichts Schlimmeres, nicht wahr?"

Ich kramte ein Bild von Ben aus meiner Brieftasche und gab es ihr. Sie setzte ihre Brille auf, hielt das Bild dann etwas ins Licht und betrachtete es ausgiebig.

„Wie alt ist er auf diesem Foto?"

Ich musste kurz rechnen. „Elf, beinahe zwölf."

„Erstaunlich. Er hat so einen kraftvollen, sicheren Blick, so als würde er schon wissen, was er wollte. Das macht sicherlich Ihr Einfluss. Sie haben diese Kraft auch."

Ich brummte leise und suchte nach einer geistreichen Erwiderung.

„Wissen Sie, worum ich Mütter immer beneidet habe?", fragte Fanny.

„Nein. Worum?"

„Um diese vollkommene Gewissheit, dass da ein Wesen ist, dessen Liebe unerschütterlich ist. Und auch darum, dass Mütter ihre ganze Liebe tonnenweise verschenken dürfen, ohne dass jemand ihnen deswegen Vorwürfe macht. Einen Mann kann

man noch so sehr lieben, er bleibt immer eine andere Person. Aber das eigene Kind liebt man ohne jeden Zweifel."
Am liebsten hätte ich laut geschrien oder Fanny wenigstens gebeten, still zu sein. Niemand hielt Mütter auf, die unter dem Deckmantel der strengen Erziehung ihre Kinder demütigten. Es gab auch Mütter, die grenzenlos boshaft sein konnten.
Ich stopfte mir drei Plätzchen in den Mund und schüttete etwas Tee hinterher, wobei ich mich prompt verschluckte. Ich hustete und verstreute feuchte Krümel über meinen Rock, den Sessel und den Tisch. Es wurde immer schlimmer, je mehr ich es unterdrücken wollte.
„Ach, du liebes bisschen", rief Fanny, die aufgesprungen war, um mir auf den Rücken zu klopfen. Dabei stolperte sie beinahe über meine Schuhe. Ich fing sie auf und musste noch mehr husten. Fanny berappelte sich ein wenig, ich stützte sie aber noch, als plötzlich die Tür aufging und Tristan herein kam.
„Klasse, schon wieder ein Rettungseinsatz!" Er lachte bei unserem Anblick, nahm Fanny an beiden Händen und setzte sie zurück in ihren Sessel. Ich winkte ihm kurz zu, angelte nach meiner Tasche, hustete weiter und rannte hinaus zur Gästetoilette.
„Nicht die Tür abschließen", rief Tristan mir nach.
Ich ließ mir eine Viertelstunde Zeit und versuchte, mein Gesicht mittels klaren Wassers, etwas Tagescreme und Rouge wieder herzustellen. Ich öffnete das Fenster und atmete tief ein und aus. Der kleine Hüpfer, den mein Herz bei Tristans Eintreffen getan hatte, wurde sofort von dem Gefühl niedergetrampelt, dass er mich schon wieder völlig derangiert erlebte. Er glaubte

inzwischen bestimmt, dass ich total neurotisch und noch dazu wahnsinnig ungeschickt sei. Das war mir peinlich, zugleich machte es mich wütend und wenn ich wütend war, musste ich heulen. Dazu Marens Abweisung, Vincents Schweigen und eine Mutter, die diese Bezeichnung nicht verdiente. Ich drehte das kalte Wasser erneut auf und betrachtete mein Spiegelbild.

Keine Frage, die ersten Falten waren nicht mehr zu leugnen. Meine Augenringe hatte ich auch schon besser im Griff gehabt und wenn ich den Kopf etwas in den Nacken legte, zeichneten sich links und rechts der Nase zwei deutliche Kerben ab, die erst an den Mundwinkeln endeten.

„Ist nicht dein Tag heute", murmelte ich und trocknete mir die Hände ab.

Fanny konnte nichts dafür. Sie hatte es nur gut gemeint und ahnte nicht, dass ich ihre Thesen über Mutterliebe nicht mal ansatzweise teilen konnte. Aber Tristan konnte ich heute überhaupt nicht ertragen.

Ich verließ endlich die Toilette und sah mich um. Der kleine Salon war leer, das Teegeschirr abgeräumt, meine Schuhe standen ordentlich an der Schwelle. Ich nahm sie in die Hand und lauschte. Das ganze Haus war still, als hätte ich alles nur geträumt.

Erschöpft ging ich auf mein Zimmer, ließ Tasche und Schuhe fallen und zog mir meine Jogginghose an. Fernsehen und lesen und im Bett bleiben, das waren vorhin meine Pläne gewesen und die konnte ich immer noch umsetzen. Ich zog die Gardinen beiseite, um die Balkontür zu öffnen, und entdeckte Tristan mit seiner Tante im Garten. Er schob einen Bollerwagen ohne

Deichsel vor sich her, auf dem ich einen Stapel Bretter, Folien sowie Werkzeug und einen großen braunen Sack entdeckte. Vielleicht Rindenmulch oder Erde. Als hätte Tristan meinen Blick gespürt, drehte er sich um und winkte mir zu. Fanny tat es ihm gleich.

„Geht's wieder besser?", fragte sie und musste dafür nicht mal die Stimme heben. Hätte das Stockwerk unter mir ein Vordach, hätte man bequem von meinem Balkon aus hinunterklettern können und wäre direkt bei ihnen gewesen.

Ich hatte mich weder bei ihr für den Tee bedankt, noch wollte ich unsere kleine Plauderei so enden lassen. Also zog ich Flipflops an und ging in den Garten.

„Alles in Ordnung", sagte ich, als ich bei ihnen war. „Danke für den Tee und die Plätzchen." Und zu Tristan gewandt: „Hallo." Ich streckte ihm meine Hand entgegen, doch er zog mich für zwei Sekunden fest an sich.

„Du riechst gut", flüsterte er mir ins Ohr. Hatte der Mann Nerven? Ich kämpfte mit den Tränen. Nicht mein Tag.

„Was wird das, wenn es fertig ist?", fragte ich und ignorierte Fannys erstaunten Blick. Stattdessen wies ich auf den Bretterstapel, der inzwischen im Gras lag.

„Ein Flugzeug, das sieht man doch", sagte Tristan trocken und Fanny schlug ihn mit dem Löwenzahn, den sie gerade neben ihren Tomaten aus dem Boden gerissen hatte, auf den Arm.

„Ich wünsche mir schon lange ein Hochbeet", sagte sie zu mir und breitete ihre Arme über einem Stück Wiese aus, das direkt an ihren Kräutergarten anschloss. „Ich werde nicht jünger, und wenn der reizende Tristan sich ein bisschen beeilen würde und es nicht vermasselt, kann ich sogar noch ein paar Zwiebeln und etwas Salat pflanzen. Und an die rechte Seite kommen Dahlien. Im nächsten Frühjahr geht's dann richtig los mit Bohnen und Gurken."

Tristan hatte in der Zwischenzeit vier Bretter auf der Wiese ausgelegt, die den Grundriss des späteren Hochbeetes darstellen sollten.

„Ich bereite heute das Fundament und den Rahmen vor, Hans-Jürgen bringt dann morgen die Erde", sagte er zu Fanny. Sie lief einmal um das Bretter-Viereck herum und ihr Gesicht leuchtete in purer Vorfreude.

„Und wir zwei Hübschen gehen nachher zusammen etwas essen", sagte Tristan plötzlich zu mir und vor lauter Überraschung blieb mir der Mund offen stehen.

„Das … ich kann nicht", stotterte ich.

„Wieso? Hast du noch Termine an einem Samstagabend? Wir fahren nach Rostock, in ein sehr nettes Lokal, wo wir prima speisen können und das Bier schmeckt ebenfalls."

Ich wollte erwidern, dass ich keinen Hunger hätte, da knurrte mein Magen so laut, dass selbst Fanny ihren Kopf zu uns drehte.

„Du bist überstimmt", sagte Tristan lachend und ich fühlte seinen Blick auf meinem Bauch, als hätte ich kein T-Shirt an.

Eine Stunde später saß ich in Tristans Auto und wusste nicht, wohin mit meinen Händen. Normalerweise saß ich am Steuer oder hinten, wenn es ein Taxi war. Jetzt hockte ich wie ein Frosch auf der Gießkanne und versuchte krampfhaft, locker auszusehen. Tristans Auto, ein älterer Jeep, war nicht klinisch rein, aber auch nicht so unaufgeräumt, wie ich es vermutet hätte. Ich musste dringend an meinem Schubladendenken arbeiten.

„Wo ist deine Hündin?", fragte ich. Beim Einsteigen war mir der leere Käfig im Kofferraum aufgefallen.

„Sie ist für ein paar Tage bei meinem Bruder. Er hat einen jungen Vorstehhund in der Ausbildung und Gina hat sich als Co-Trainerin bewährt."

„Wow!" Ich dachte an unsere erste Begegnung, als sie so still und wachsam auf Tristan gewartet hatte.

„Du warst heute bei deiner Schwester, richtig? Was ist passiert?"

Ich sah zum Fenster hinaus und wusste, dass ich ihm nichts vormachen konnte. Blieb nur die Entscheidung, wie viel ich ihm erzählen wollte.

„Die kurze Version reicht", sagte er, „ich kann mir keine Namen merken."

„Meine Schwester hat mich vor die Tür gesetzt, weil ich ihrer Tochter ein paar Unterlagen über mögliche Studiengänge mitgebracht habe, ohne mit Maren vorher darüber zu reden. Sie glaubt, besser gesagt, meine Mutter glaubt, dass ich Greta nach München locken will."

Tristan fuhr weiter. Was sollte er auch sagen, ohne ratlos oder oberschlau zu wirken.

„Ich weiß, dass ich das nicht hätte tun sollen."

„Will die Kleine denn nach München?"

„Keine Ahnung. Es ist nicht mal sicher, ob sie überhaupt studieren will, geschweige denn weiß sie, was oder wo."

Die nächsten fünf Kilometer sprach keiner von uns und ich war froh darüber. Zum ersten Mal an diesem beschissenen Tag hatte ich Zeit, meine Gedanken zu sortieren. Ich dachte an Maren. Ob sie die Transplantation jetzt noch weniger wollte? Ich konnte nur hoffen, dass die Wogen sich glätten würden, wenn ich mich ruhig verhielt.

„Eigentlich ist ja gar nichts passiert", sagte ich laut. „Es waren nur Vorschläge, weil die jungen Leute heutzutage sich gar keine Vorstellungen davon machen, was es alles für interessante Jobs gibt."

„Aber?"

„Kein Aber. – Oder doch. Ich hätte wissen müssen, dass Maren sich übergangen fühlt. Wenn ich die Unterlagen zuerst ihr und nicht direkt Greta gegeben hätte, wer weiß …"

Tristan nickte, als sei er stolz auf meine Selbstkritik.

„Was willst du jetzt tun?"

„Ich fliege morgen nach Hause. Oh, Mist! Ich wollte ja noch einen Flug buchen. Na, egal, kann ich später noch über die Hotline machen. – Wo war ich stehen geblieben?"

„Was du noch tun willst, außer schon wieder davonzulaufen."

„Ich laufe nicht davon. Ich gehe nur für ein paar Tage aus der Schusslinie. Mitte nächster Woche müssten unsere Untersuchungsergebnisse vorliegen. Wenn die in Ordnung sind und Maren das erfährt, ist sie vielleicht wieder aufnahmebereit."

Hoffnung war alles, was mir geblieben war. Im Grunde waren die Streitereien wegen Greta und meiner Mutter doch nur Nebenkriegsschauplätze. Maren und ich, wir waren uns fremd geworden und wollten nun eine so große OP stemmen. Ganz

weit hinten im Kopf flüsterte eine fiese Stimme, dass wir uns auch in früheren Jahren nie wirklich nahe gestanden hatten. Tristan parkte das Auto in der Nähe der Sankt-Marien-Kirche. Somit hatten wir noch Gelegenheit zu einem kleinen Bummel über den Neuen Markt, vorbei am Rathaus. Gemeinsam mit unzähligen Touristen und Einheimischen, die den Samstagabend mit einem Bier in der Hand vor den Kneipen einläuteten, liefen wir die Große Wasserstraße entlang.
„Aber heute spielen wir nicht wieder Frage-Antwort-Frage, okay?", sagte ich.
„Warum nicht?"
„Macht keinen Spaß."
„Das macht sogar großen Spaß. Du erträgst es nur nicht, dass ich dabei besser bin als du."
„Bist du ja nicht."
„Oh, doch! Du kommst ins Schleudern, wenn Leute dir die Stirn bieten und das ärgert dich."
„Unsinn. So bin ich nicht."
„Definitiv."
„Was sagst du zu Marens Reaktion? Musste sie mich wirklich rausschmeißen?"
„Siehst du, schon wechselst du das Thema." Er grinste und zog an meinem Ohrläppchen, während er mir die Tür zu einem Restaurant aufhielt. Oder war es eher eine Kneipe? Auf jeden Fall kein Feinschmeckerlokal, aber die Einrichtung versprach gutbürgerliche Küche.
Als wir den Gastraum betraten, herrschte kurzzeitig Stille und dann ertönte von mehreren Seiten „Hallo, Tristan!" und „Hey,

grüß` dich!". Irgendjemand rief: „Wen hast du denn dieses Mal mitgebracht?"

Ich sah, dass die Wirtin diese Frage gestellt hatte, die nun ihren Platz hinter dem Tresen verließ und Tristan wie einen Teddy an ihren riesigen Busen drückte.

„Hallo, Helga", murmelte er und griff Hilfe suchend nach meiner Hand. „Das ist Elena", sagte er und ich streckte der Riesenfrau meine freie Hand entgegen. Sie musterte mich kurz, aber intensiv, dann legte sie ihren Kopf schief.

„Bist du aus Löbnitz?"

Ich erstarrte. Tristan hatte mich bis nach Rostock kutschiert, damit ich abschalten könnte, und nun das.

„Ja, wieso?"

„Du bist eins von den Mohn-Mädchen, hab ich recht?"

„Ja."

„Bin mit deiner Mutter zur Schule gegangen." Sie sagte es, ohne mir ins Gesicht zu schauen, prüfte stattdessen mein Schuhwerk und wandte sich wieder an Tristan.

„Wollt ihr was essen?"

„Nein. Dazu würden wir in ein richtiges Restaurant gehen."

Er fing sich eine kleine Maulschelle für diese Frechheit ein. Offensichtlich zog er Leute an, die gern mal nach ihm schlugen. Helga brummte etwas, das wie unverschämter Grünschnabel klang, knallte ihm zwei Speisekarten vor die Brust und wies mit ausgestrecktem Arm auf einen freien Tisch an der Wand.

„Was trinkt deine Begleitung?", fragte sie ihn.

Er drehte sich zu mir, fragte aber Helga.

„Was denkst du?"

Sie musterte mich ein zweites Mal von Kopf bis Fuß.

„Sie lebt seit vielen Jahren in München", sagte er und es klang wie eine Entschuldigung und wie eine Warnung zugleich.

„Ich hätte gern …", versuchte ich, mich bemerkbar zu machen, doch Helga war schon auf dem Weg hinter den Tresen.

„Ich finde schon was", sagte sie über die Schulter und Tristan schob mich zum Tisch.

„Nett hier", sagte ich.

„Ehrensache für unser erstes Date", sagte Tristan mit ernster Miene. Er gab mir eine Speisekarte und ich tat so, als würde ich lesen. Völlig egal, was da drin stand, ich hatte so großen Hunger, dass es nur noch auf die Portionsgröße ankam. Eine schöne Bratwurst vom Grill war mir ja leider durch die Lappen gegangen. Am liebsten wäre mir ein Riesenschnitzel mit Pommes gewesen.

Helga erschien neben Tristan und stellte ein frisch gezapftes Pils vor ihm ab, bei dessen Anblick meine Wangen schmerzten, so schnell lief mir das Wasser im Munde zusammen. Durst hatte ich auch.

„Und für Elena aus München eine Apfelschorle", sagte Helga und nahm ein winziges Glas von ihrem Tablett. Ich griff blitzschnell nach Tristans Bier, trank einen großen Schluck und stellte das Glas auf meinem Bierdeckel ab.

„Danke", sagte ich, leicht außer Atem, nahm Helga die Apfelschorle ab und gab sie Tristan. „Du musst noch fahren."

Am Nachbartisch brachen ein paar junge Männer in dröhnendes Gelächter aus.

„Sag bloß, du hast dich mal an eine echte Frau rangetraut, Tristan. Wirst wohl langsam alt."
Er lachte mit und ließ mich nicht aus den Augen.
Ich widmete mich erneut der Speisekarte und fand tatsächlich ein Schnitzel mit Bratkartoffeln. Schließlich sollte noch Platz für ein Dessert bleiben.
„Und im Übrigen haben wir beide kein Date", flüsterte ich und beugte mich zu ihm. Er kam mir etwas entgegen, sodass sich unsere Nasenspitzen beinahe berührten.
„Nenn' es wie du willst. Die anderen Gäste sehen jedenfalls zwei Menschen, die sich anstrahlen – ja, du strahlst -, die ihre Köpfe zusammenstecken und miteinander flüstern."
Ich setzte mich gerade hin, dabei hatte sich Tristans Nähe keineswegs falsch angefühlt.
Überhaupt ging es mir gerade gut. Wir waren in einem netten Lokal, die Leute waren freundlich, Tristan war nett. Nett! So wie der Tag bisher gelaufen war, reichte es also aus, nett zu mir zu sein, damit ich mich besser fühlte. Andererseits, warum auch nicht? Mussten es immer die ganz großen Augenblicke sein, um Zufriedenheit zu spüren? Ich zweifelte, ob Tristan nur mit mir flirtete, um mich aufzumuntern. Ich schielte vorsichtig zu ihm hinüber und prompt erwischte er mich dabei. Er zwinkerte mir zu, dann kam Helga und nahm unsere Bestellung auf. Danach wollte Tristan mir etwas erzählen, als zwei junge Männer an unseren Tisch kamen und sich ohne Umschweife zu uns setzten. Wir plauderten über dies und das, Tristan kannte sie offenbar seit Jahren, und nach einer Weile konnte ich einen gewissen Rhythmus in den Fragen und Themen ausmachen.

Zuerst war Tristan dran, sie stellten zwei, drei Fragen über seine Arbeit, danach widmeten sie mir ihre Aufmerksamkeit. Ich antwortete brav, bekam ein Kopfnicken und dann unterhielten sie sich wieder mit Tristan. In der Zwischenzeit verarbeiteten und bewerteten sie sicher meine Antworten und formten sich ein Bild daraus. Um mir anschließend weitere Fragen zu stellen und so unauffällig Informationen zu sammeln. Trotz dieser Taktik fühlte ich mich pudelwohl. Wer auch immer mit den Fragen dran war, der sah mir in die Augen, freundlich. Die Art von freundlich, die sich nicht prüfend anfühlte, sondern die öffnete, die lockte mit Wärme und Anerkennung. Ich bestellte noch ein großes Bier.

Das Essen kam, die zwei Männer, Steffen und Toralf, blieben sitzen und bestellten sich ebenfalls etwas. Später kamen noch ihre Frauen hinzu und allmählich wurde es immer enger am Tisch. Tristan rückte näher, legte seinen Arm auf meine Stuhllehne und erwies sich als charmanter Unterhalter. Irgendwann, nachdem alle gegessen hatten, begann jemand, Kümmel zu bestellen. Für alle. Ich protestierte und wurde komplett ignoriert.

„Jammern gilt nicht", sagte Helga zu mir, „Tristan fährt doch."
Alle lachten.

Wir prosteten uns zu, Kopp in Nacken, weg damit. Hilfe! Ich hustete und rang nach Luft. Verdammter Mist, das Zeug brannte in meiner Kehle, ehe es im Bauch ein zweites Feuerchen entzündete. Ich blinzelte und schniefte, als alle mir gratulierten.

„Elena aus München braucht wohl noch ein bisschen Übung", sagte Helga, die mit der Flasche neben mir stand.

„Nein, danke", hauchte ich und wusste, es war vergebens. Eine andere Taktik musste her. Ich kippte den zweiten Kümmel ohne großes Drama und musste auch nicht husten. So würde den anderen die Sache bald langweilig werden, hoffte ich. Beifall bekam ich trotzdem noch mal, dann nahmen sie ihre Gespräche wieder auf. Ich konnte nur noch eingeschränkt folgen, denn der Alkohol schoss mir in den Kopf. Ich nippte unauffällig an Tristans Apfelschorle. Hoffentlich legte sich das wieder, bis wir gehen wollten. Ich erinnerte mich, dass unser Weg über ein paar Treppen geführt hatte und irgendwo waren wir über eine kleine Brücke gegangen. Gut, dass ich Turnschuhe trug.

Helga brachte Knabberzeug und fragte, ob noch jemand etwas zu essen bestellen wollte, da der Koch bald Feierabend machen würde.

„Gibt's noch was Süßes?", fragte ich und staunte über die Trägheit meiner Zunge.

„Sitzt neben dir", antwortete sie. Tristan lachte laut, wobei er den Kopf in den Nacken legte. Helgas Busen bebte. Sie hob eine Hand und Tristan schlug ein.

Leider hatte ich mir nicht gemerkt, ob auf der Karte überhaupt Desserts gestanden hatten.

„Irgendeinen Nachtisch? Ich nehme mal an, hier schmeckt alles so lecker wie das Schnitzel." Ich gab mir alle Mühe und zum ersten Mal sah Helga mir direkt in die Augen.

„Ich hätte einen Quarkkuchen. Selbst gebacken."

„Perfekt. Und Espresso?"

„Normaler Kaffee oder Kakao."

„Kaffee! Einen Kaffee bitte und ein Stück Quarkkuchen. Selbst gebackenen." Ich freute mich über meine erste gelungene Unterhaltung mit Helga.

Die beiden anderen Frauen schlossen sich mir an, wollten allerdings jede nur eine kleine Tasse Kaffee zum Kuchen.

Helga verdrehte die Augen und ging.

„Wir können sonst nicht schlafen", flüsterten sie und kicherten.

Ich fing einen unergründlichen Blick von Tristan auf und dachte mir, dass es sicher nicht schaden könne, hellwach zu bleiben. Außerdem würde der Kaffee den Alkohol in meinem Blut hoffentlich bezwingen.

Der Quarkkuchen schmeckte himmlisch. Mit dem Zeigefinger stippte ich jeden Krümel vom Teller auf und konnte einen kleinen Rülpser nicht aufhalten. Ich trank den Kaffee aus, lehnte mich zufrieden in Tristans Arm und betastete meinen vollen Bauch.

„Gleich schnurrt sie", sagte Steffen und alle sahen mich an.

Ich wollte antworten, doch im selben Moment spürte ich Tristans Hand zwischen meinen Schulterblättern.

„Das ist mir lieber als ihr Fauchen", sagte er und die Männer am Tisch nickten mit ernsten Gesichtern.

Es war ein unbeschreiblich schönes Gefühl, seine Finger zu spüren. Er zeichnete kleine Kreise über dem BH-Verschluss und übte den richtigen Druck aus, um mir einen Schauer den Rücken hinauf und hinunter zu jagen. Ich konzentrierte mich nur noch auf seine Berührungen. Reden wurde sowieso überbewertet.

Die Gespräche verschwammen zu einem einzigen Hintergrundmurmeln und irgendwann merkte ich, dass mein Kopf an Tristans Schulter lag. Meine Lider wurden schwer. So ein Abend ganz ohne Aufgabe, ohne Verantwortung, ohne Ziel, wann hatte ich das zuletzt erlebt? Und Tristan schien es nicht zu stören, dass ich nichts weiter tat als dasitzen und ab und zu lächeln.

Schließlich bezahlte er und dann brauchten wir eine gefühlte Ewigkeit für die Abschiedszeremonie. Irgendwie schien er alle Gäste zu kennen, und alle wollten seine Hand schütteln oder ihn umarmen. Und wer damit fertig war, schenkte mir jeweils einen festen Händedruck, so als würden wir zu einer Weltumseglung aufbrechen. Zum Schluss war Helga dran, die ihn in die Seite knuffte und ihn anwies, in Zukunft immer solche netten Frauen mitzubringen, die gutes Essen und guten Kuchen zu schätzen wüssten. Nett. Da war sie wieder, diese schwammige Bezeichnung für etwas, das nicht schlecht war, aber noch nicht perfekt.

Die kalte Nachtluft umfing mich wie ein Umhang. Ich schauderte ein wenig, sah hinauf zu den Sternen und bildete mir ein, die Luft würde nach Salz und Meer riechen, aber eigentlich war der Stadthafen zu weit weg.

„Wie spät mag es sein?", fragte ich.

„Früh genug", antwortete Tristan und legte seinen Arm um meine Schultern. Meine Güte, das tat so gut, dass ich beinahe wieder Tränen in den Augen hatte. Sei nicht albern, Elena aus

München. Tristan war stark und strahlte so viel Ruhe und Sicherheit aus, von der ich gar nicht gewusst hatte, dass ich sie vermisste. Schade, dass ich keine Zeit hatte, mich in ihn zu verlieben. Warum lernte ich solche tollen Männer nie zum richtigen Zeitpunkt und an den richtigen Orten kennen? Ich seufzte leise.

„Vermisst du im Moment irgendwas?", fragte er.

„Nein, nicht wirklich. Aber ich weiß, was ich in ein paar Tagen vermissen werde."

„Die Ostsee?"

„Auch."

„Den Wind?"

„Auch."

Er zog mich an sich und wir küssten uns. Eigentlich küsste er mich, denn ich war offensichtlich weniger in Übung als er. Gleich schnurre ich wirklich, dachte ich und schmiegte mich fest an ihn. Er hatte wundervolle Lippen, denen ich mich einfach überließ. Ich küsste ihn zurück, lachte zwischendurch, wenn er lachte und ließ mich erneut küssen, küssen, küssen. Es war perfekt.

Wir gingen zu seinem Auto und er fuhr mich nicht nach Löbnitz, sondern hielt nach etwa zehn Minuten vor einem unscheinbaren Mehrfamilienhaus mit weißen Briefkästen am Eingang und einem zertrampelten Stückchen Rasen als Vorgarten.

„Wohnst du hier?", fragte ich, nur um das Schweigen zu beenden.

„Ja."

„Du hättest mich fragen können."

Er hatte die Fahrertür schon halb geöffnet und sah mich an. Ohne Spott, sondern mit allergrößtem Interesse. Dann zog er die Tür wieder ein Stück zu und beugte sich zu mir.

„Keine Sorge, wir werden nichts tun, was du nicht willst. Ich sage aber gleich, dass ich mich nicht lange wehren werde, wenn du mich verführen willst."

„Ich soll in die Höhle des Löwen gehen und darauf vertrauen, dass die Tür offen bleibt?"

„So ist es." Er stieg aus.

Nicht übel, diese vollkommene Offenheit. Ich hatte die Wahl, albern oder kokett zu reagieren, oder einfach meinem Gefühl zu folgen.

Ich stieg aus und schüttelte den Kopf. Wenn ich mit ihm in seine Wohnung gehen würde, und wenn ich an die kommende halbe Stunde dachte, dann war klar, dass ich auf den zweiten One-Night-Stand meines Lebens zusteuerte. Kein Zweifel. Leise summend ging ich neben ihm hinauf in den zweiten Stock.

Die Wohnung war klein und unspektakulär. Ein Wohnraum mit offener Küche bildete den Mittelpunkt. Der Flur mit Garderobe war breit und mündete in einer Art Nische mit Fenster, in der ein uralter, wuchtiger Schreibtisch stand. Ich fragte mich, ob das Haus nicht vielleicht um diesen Schreibtisch herumgebaut worden war. Links daneben ging es ins Bad, ins Schlafzimmer gelangte man ausschließlich über das Wohnzimmer.

Tristan nahm mir meine Jacke ab und wies auf das Sofa, das gegenüber der Küchenzeile mitten im Raum stand. Als ich mich umdrehte, entdeckte ich ein Bücherregal, das sich über die gesamte Wand erstreckte, sogar über dem Türbogen zum Schlafzimmer.

„Wie raffiniert", bemerkte ich.

„Was genau?", fragte Tristan, während er zwei Gläser mit Rotwein füllte und dann zu mir kam.

„Die Bücher als Übergang zu deinem Schlafgemach. So kann jedes Mädchen frei wählen, ob sie mit dir", ich schielte zu den Bücherrücken hinüber, „über Jack London reden möchte, oder lieber gleich in die Federn will."

Tristan schmunzelte und sah mir tief in die Augen.

„Erstens wirst du in dieser Wohnung sicher keine Mädchen antreffen, ich stehe auf Frauen. Und zweitens kann man auch im Bett ganz wunderbar über Jack London reden."

„Hm." In meinem Kopf, in meinem Bauch, überall vibrierte es. Ich hatte solche Lust auf diesen Kerl, dass ich mich zwingen musste, mich ihm nicht einfach an den Hals zu werfen. Ich betrachtete seine Hände und stellte mir vor, was die alles anstellen konnten, wenn sie etwas anstellen wollten. Natürlich war das verrückt. Und nein, ich hatte auch keine Ahnung, wohin das alles führen sollte. Erstaunlicherweise beunruhigte mich das überhaupt nicht. Ich wollte nur wissen, wann er mich endlich wieder küssen würde. Doch er hatte den Kopf zur Seite geneigt und diesen besonderen Gesichtsausdruck. Er bereitete eine neue Frage vor.

„Ich habe eine Bitte", sagte er prompt. Aha, jetzt ging es los, dachte ich. „Vermutlich wird diese Nacht so enden, wie wir beide uns das gerade ausmalen. Da ich aber nun weiß, dass du die eine oder andere familiäre Angelegenheit zu regeln hast,

interessiert mich eine Sache ganz besonders. Und ich lege
größten Wert auf Ehrlichkeit."
„Oh, doch Frage-Antwort-Frage?"
„Eigentlich nicht. Ich will nur wissen, was da mit dir und diesem
Vincent läuft. Auf unserer Radtour habe ich die Frage
zurückgezogen, jetzt möchte ich eine Antwort."
Nicht einmal zehn Tassen Kaffee hätten mich schneller munter
gemacht. Ich setzte mich aufrecht hin und stotterte ein paar
undeutliche Halbsätze. Dann hielt ich den Mund und versuchte,
mich zu sammeln. Tristan tippte vorsichtig an mein Weinglas,
lächelte und riet mir, ruhig noch einen Schluck zu trinken. Ich
stand auf und lief die paar Schritte zwischen Küche und Sofa
hin und her. Wo sollte ich anfangen zu erzählen?
Was würde Tristan von mir denken, wenn ich ihm die Wahrheit
erzählen würde? Dabei war die ganze Story von außen
betrachtet einfach nur lächerlich. Lächerlich für mich? Ich blieb
vor dem kleinen Couchtisch stehen, die Füße ordentlich
nebeneinander, die Hände auf dem Rücken, so wie früher in
der Schule, wenn ich ein Gedicht aufzusagen hatte. Ich hasste
Gedichte bis heute.
„Wenn ich jetzt sage, dass es nicht so ist, wie es aussieht, bin
ich gleich raus, oder?"
Lächeln, warten, nicken.
„Ich - wir, also Maren und ich, wir kennen Vincent schon seit
unserer Schulzeit. Wobei nur ich damals noch zur Schule ging,
Maren ist ja fünf Jahre älter. Aber das weißt du. Egal. Sie, also
Vincent und Maren meine ich ..."

Ich stockte. Tristan gab mir mein Glas, ich trank aber nicht, weil ich froh war, den Kümmel halbwegs verdaut zu haben.

„Maren und Vincent waren befreundet, anfangs. Sie waren oft bei uns zu Hause, manchmal auch bei ihm und sie hatten eine Clique. Wir hatten den Hof und damals hat man sich eben nachmittags mit seinen Freunden getroffen. So habe ich ihn auch kennen gelernt." Pause.

„Willst du dich nicht setzen?"

Er meinte das nicht ironisch, doch ich lehnte ab.

„Es war auf meinem Abi-Ball. War der bei euch auch so eine große Sache? Ich bin extra nach Berlin gefahren, um ja ein Kleid zu haben, das nicht noch fünf andere Mädchen hatten. Außerdem sollte es das schönste Kleid ever sein. Dann hatte ich es endlich, und habe wochenlang nach passenden Schuhen gesucht. Meine Güte! Der Abi-Ball fand in unserer Turnhalle in Barth statt, damit alle Schüler mit ihren Angehörigen Platz fanden.

Vincent und Maren waren damals schon verlobt, aber das habe ich nicht ernst genommen. Mir war wichtig, ihn so oft wie möglich zu sehen und ich war kreativ darin. Ich hatte die Hoffnung noch lange nicht aufgegeben, dass er sich irgendwann für mich entscheiden würde. Ich fand, ich passte viel besser zu ihm. Schlimmer noch, ich glaubte, dass er längst in mich verliebt sei und nur zu anständig wäre, um mit Maren Schluss zu machen. Und an diesem Ballabend wollte ich ihn natürlich ganz besonders stark beeindrucken. Mein Kleid saß perfekt, ich hatte intensiv geübt, sicher und elegant mit den hohen Schuhen zu laufen und vor allem tanzen zu können.

Tanzen war sehr wichtig auf dem Abi-Ball. Bei euch auch? Hast du etwas Wasser für mich?"

Tristan holte mir ein Glas Leitungswasser und ich trank einen großen Schluck, ehe ich weiter sprach.

„Es gehört zur Tradition, dass an so einem wichtigen Abend alle Männer der Familie mit der Abiturientin tanzen. Mindestens ein Mal. Ich fieberte also auf diesen Moment hin, doch Vincent ließ mich warten. Schließlich musste ich ihn ein bisschen aufziehen, damit er mich endlich aufforderte. Und endlich, endlich fühlte ich mich meinem großen Ziel so nah. Ich schmiegte mich an ihn, klimperte mit den Wimpern, schmachtete ihn an, es war eine Pracht. Und von außen sicher sehr peinlich. Ich zog alle Register, doch er wollte es nicht begreifen. Irgendwann flüsterte er mir ins Ohr, dass ich mich gefälligst benehmen solle, die Leute würden schon gucken. Ich fragte ihn völlig entsetzt, ob ich ihm nicht gefallen würde oder ob ich ihm vielleicht zu jung sei oder Ähnliches. Doch er blieb stumm und sah an mir vorbei. Ich fing an zu betteln und zu weinen und sagte ihm, dass ich mit ihm durchbrennen würde, wenn er das wolle. Irgendwann wurde es ihm zu bunt. Er zog mich von der Tanzfläche und flehte mich regelrecht an, endlich zur Vernunft zu kommen. Er sei mit Maren verlobt und er würde sie heiraten. Sie sei bereits schwanger, aber er wollte sie so oder so, sie sei die Frau, die er lieben würde.

Tja, nun stand ich ganz schön blöd da. Ich begriff, dass ich mir alles nur eingebildet hatte. Ich hatte jahrelang einem Phantom nachgejagt. Ich beschimpfte ihn, als ob das seine Schuld gewesen wäre und dann habe ich mich richtig betrunken.

Meine Eltern hatten davon zum Glück nichts mitbekommen und irgendwann sind die Familienangehörigen dann auch abgerückt, damit die Jugendlichen allein feiern konnten. Mein Vater sollte mich später in der Nacht abholen, denn ein Bus fuhr damals nicht mehr."

Erschöpft machte ich eine Pause. Tristan hatte sich die ganze Zeit kaum bewegt. Ich dachte kurz daran, die Geschichte an diesem Punkt zu beenden, doch er würde mir an der Nasenspitze ansehen, dass da noch etwas fehlte.

„Gegen drei Uhr morgens fand ich mich an dem Treffpunkt ein, wo mein Vater mich abholen sollte. Inzwischen war ich wieder halbwegs nüchtern, aber umso trauriger und immer noch wütend. Doch nicht mein Vater kam, sondern Vincent. Meinem Vater ging es an diesem Abend nicht so gut, und wie sich später herausstellte, musste er da schon erste Anzeichen seines Herzinfarktes gespürt haben. Meine Mutter behauptet seit dieser Nacht, dass ich schuld an Vaters Tod sei.

Nun ja, da stand ich dann also neben Vincents Auto und weigerte mich, einzusteigen. Ich schrie ihn an, dass er verschwinden solle, lieber würde ich zu Fuß nach Löbnitz gehen. Aber Vincent war viel zu verantwortungsbewusst. Er schaffte es schließlich, dass ich einstieg. Einmal im Auto, fing ich wieder an zu weinen und zu betteln. Ich habe mich ihm regelrecht an den Hals geworfen. Und dann hat er mich geküsst. Wie ein Wahnsinniger. Erst dachte ich, ich bin noch betrunken, aber er küsste mich immer weiter. Ich habe versucht, ihn zu umarmen, doch er drückte meine Hände weg, so, als wolle er nicht in meine Fänge geraten. Und gleichzeitig küsste er mich, dass ich beinahe keine Luft mehr bekam. Dann hat er mich angeschrien, dass ich aufhören solle, von ihm zu träumen. Und ja, er würde in schwachen Momenten an mich denken, und ja, manchmal wünschte er sich, einfach davonzulaufen. Weil er meine laute und freche Art bewunderte, weil er nicht so war, weil er manchmal wünschte, so mutig und unbeschwert wie ich zu sein. Doch für ein Familienleben sei ich nicht die richtige Frau für ihn, und er sei ganz bestimmt nicht der richtige Mann für mich. Außerdem freue er sich auf das Baby. Er drohte mir, mit Maren für immer wegzugehen, wenn ich nicht endlich Ruhe gäbe."

Ich stöhnte und schlug die Hände vors Gesicht. Immer noch fühlte ich mich wie eine Stalkerin, wenn ich an diese Nacht dachte. Ich wollte gar nicht wissen, welche Rückschlüsse Tristan aus diesem Verhalten ziehen würde. Er sagte nichts, und nach einer Weile öffnete ich die Augen. Sein Blick wanderte im Zimmer umher und landete schließlich in seinem Weinglas.

„Was ist?", fragte ich. „Ich kann die Zahnräder in deinem Kopf hören." Vorsichtig tippte ich mit dem Zeigefinger an seine Stirn. Er fing meine Hand ein und hielt sie fest.

„Wusste später jemand von der Knutscherei im Auto?"
Meine Hand in seiner zuckte, doch er gab sie nicht frei. Ich konnte ihn nicht ansehen.

„Wie ist es raus gekommen?" Er ließ nicht locker. Verfluchter Ranger! Verfluchtes Gedächtnis.

„Tagebuch", flüsterte ich.

„Wer hat es entdeckt?"

„Meine Mutter. Sie schnüffelt zu gern in anderer Leute Sachen rum. Als sie die Einträge entdeckt hatte, ist sie sofort zu Maren gelaufen. Mit dem kompletten Tagebuch."
Tristan holte tief Luft.
„Weiter."
„Sie haben mich dann zu einem Gespräch geholt. Mutter, Vincent und Maren auf der einen Seite des Küchentisches, ich auf der anderen. Vater war seit vier Wochen tot."
Tristan stand auf, holte die Küchenpapierrolle, riss ein Blatt ab und gab es mir.
„Taschentücher habe ich nicht."
Ich griff halb blind danach und verbarg mein Gesicht in dem weißen Quadrat. Wie tief sollte ich denn noch sinken? Ich hatte mit diesem Mann schlafen und ihm nicht mit alten Geschichten den Appetit verderben wollen. Ich schnäuzte mich und versuchte, meinen Atem unter Kontrolle zu bekommen. Da spürte ich Tristans Finger unter meinem Kinn.
„Zeit für eine Umarmung?", fragte er.
„Nein! Ich bin total verheult, verschwitzt und stinke nach Bratkartoffeln und Wein."
Er drückte mich an sich und schaukelte mich wie ein kleines Kind.
„Um das ein für alle Mal klarzustellen", sagte ich, „inzwischen weiß ich, dass Vincent und Maren absolut glücklich miteinander sind. Sie passen perfekt zusammen, alles gut. Mein Problem ist eher meine Mutter."
Tristan schob mich ein bisschen weg, strich mir eine Strähne hinters Ohr und hielt meinen Blick fest. Seine Finger zeichneten

meine Augenbrauen nach, mein Jochbein, meine Nase, meine Lippen.

„Deine Mutter hat ein Problem, sonst niemand."

Dann küsste er mich minutenlang und ich ließ mich einfach fallen. Egal, was jetzt noch passieren würde, ich konnte und wollte nichts dafür oder dagegen tun. Einmal nicht kämpfen müssen, einmal nicht verantwortlich sein.

Nach einer Weile hob er den Kopf und sah hinüber zum Bücherregal über der Schlafzimmertür.

„Wie wäre es jetzt mit Jack London?"

„Da haben Sie aber Glück, Frau Mohn. Einen Platz habe ich auf diesem Flug noch", sagte die Dame an der Hotline und schien sehr erleichtert zu sein. Ich hörte ihre Finger über eine Tastatur klappern.

„Super, einer reicht mir ja."

„In Ordnung, Frau Mohn. Ein Gepäckstück ist wie immer frei, das Ticket bekommen Sie in Halle eins, Schalter zwölf, Boardingzeit ist neunzehn Uhr. Kann ich sonst noch etwas für Sie tun?"

„Danke, vorerst nicht."

Ich legte auf und gratulierte mir zu meinem Entschluss, die Hotline so früh am Morgen anzurufen. Die Flüge am Sonntagabend waren oft ausgebucht und noch eine Nacht wollte ich nicht in Barth verbringen. Obwohl meine letzte Nacht in Rostock, in Tristans Wohnung, sicher zu den besseren der letzten Monate gehörte.

Ich sah auf die Uhr, kurz nach acht. Zeit zum Frühstück. Ich hatte ganz vergessen, dass guter Sex zwar müde machte, aber eben auch hungrig. Tristan hatte mir angeboten, zum Bäcker zu gehen und frische Brötchen zu holen, aber ich war mit einem Taxi zurück nach Barth gefahren. Ein Versuch, wieder Herr über meine Sinne und meinen Tagesablauf zu werden. Tristans Zärtlichkeiten hatten Suchtpotential.

Was wohl Fanny Hellwig davon hielt, dass ich eine Nacht bei ihrem Neffen verbracht hatte? Sicher war ihr aufgefallen, dass ich gestern Abend nicht mehr zurückgekommen war.

Ich ging hinunter in den kleinen Salon. Zum Glück waren schon zwei Ehepaare aus Köln da, die fröhlich schnatternd vor ihren Spiegeleiern saßen und den Tag verplanten. Fanny kam mit frischem Kaffee aus der Küche und schenkte mir ein strahlendes Lächeln.

„Guten Morgen", sagte ich.

„Aber es ist Sonntag! Da hätten Sie doch ausschlafen können", sagte Fanny.

„Nicht nötig. Ich bin munter", log ich. Der dicke Müdigkeitshammer würde mich noch früh genug ereilen. „Ich möchte gleich nach Löbnitz fahren und am Abend fliege ich heim nach München."

Fanny goss Kaffee ein, sortierte ein paar Kleinigkeiten auf meinem Tisch, sah über ihre Schulter nach den Kölnern und setzte sich zu mir.

„Werden Sie wiederkommen?"

„Das hängt in erster Linie von meiner Schwester ab."

Fanny nickte und schien zu überlegen.

„Tristan ist sicher nicht immer einfach", flüsterte sie. „Aber man kann sich auf ihn verlassen. Und eins müssen Sie mir glauben: Er mag Sie sehr!"

Dann stand sie auf, tätschelte meine Hand und überließ mich den frischen Brötchen und der Erdbeermarmelade. Ich holte tief Luft, sandte dem zuverlässigen Neffen ein paar liebe Gedanken und wandte mich entschlossen der Realität zu. Er war definitiv ein netter Kerl, aber ich wollte mir nichts vormachen. Wir waren beide erwachsen und ich würde mich hüten, mehr in die Sache hinein zu interpretieren als nötig. Jeder von uns wusste, wohin er gehörte. Ich ging zumindest davon aus, dass Tristan das genauso sah.

Gegen elf kam ich in Löbnitz an und parkte meinen Mietwagen neben Marens Auto. Sie war also zu Hause. Auf der Fahrt hatte ich mir genau überlegt, welche Worte ich wählen würde, um sie wissen zu lassen, dass ich ihre Sorgen um Greta sehr ernst nahm. Ich würde nichts ohne Marens Zustimmung tun. Und vor allem würde ich versuchen, ihr klarzumachen, dass ich keinen Gedanken mehr an Vincent verschwendete. Nach der letzten Nacht war mir bewusst geworden, dass ich wahrscheinlich schon seit Jahren über ihn hinweg war. Da es aber nie eine echte Prüfung für meine Gefühle gegeben hatte, war es mir nicht aufgefallen, oder – diese Variante war wahrscheinlicher - ich war mir selbst gegenüber wohl zu skeptisch gewesen. Tristan trug einen großen Anteil an dieser Erkenntnis und als ich mein eigenes Lächeln fühlte, zwang ich mich, an etwas anderes zu denken. Mir war schon beim Frühstück aufgefallen, dass ich heute dauernd grinste. Einer der Kölner war an meinem Tisch vorbeigegangen, hatte mich angesehen und gefragt:

„Ist der Schinken so gut?"

Ich hatte den noch unberührten Schinken auf meinem Teller angestarrt, dann den Mann, und einfach genickt.

Ich nahm meine Tasche vom Rücksitz und überprüfte mein Aussehen in der Fensterscheibe der Autotür, vor allem meinen Gesichtsausdruck. Langsam ging ich in Richtung Haus, als die Tür schon aufflog und meine Mutter wie ein Dobermann, den man von der Leine gelassen hatte, auf mich zuschoss.

„Dass du dich hierher wagst!", schrie sie und ihre Stimme hallte bis zur Straße. „Hau ab!"

Ich blieb wie angewurzelt stehen. Meine Mutter stoppte unmittelbar vor mir, holte aus und pfefferte mir eine, dass mein Kopf zur Seite flog.

„Hannelore!", hörte ich Vincent von weiter weg brüllen, ehe ich mich auf den Rasen setzte, weil meine Beine versagten.

„Sie soll verschwinden!" Es hörte sich an, als hätte sie ein giftiges Tier auf ihrem Grundstück entdeckt. „Hat sie nicht schon genug angerichtet? Sie ist an allem schuld! Sie hat Vater getötet! Und sie wollte eure Ehe kaputt machen! Jag` sie fort, Vincent!"

Ich begriff überhaupt nichts. Vincent war neben mir angekommen, zog mich auf die Füße und drehte meinen Kopf so, dass er meine glühende Wange und das Auge sehen konnte. Vorsichtig betastete er alles, doch ich schob seine Hand fort. Mir war schwindlig und ich konnte meine Mutter nur schemenhaft erkennen. Ihre Fingernägel hatten mein Augenlid getroffen, es brannte fürchterlich.

Sie versuchte wohl eine neue Attacke, denn Vincent ließ mich plötzlich los, packte meine Mutter am Oberarm und zerrte sie in Richtung Haustür. „Verschwinde!"

„Aber sie ..."

„Verschwinde! Geh endlich! Ich will nichts mehr hören!"

Meine Mutter stieg zwei Stufen hoch und drehte sich erneut um. „Sie will alles zerstören!"

„Schluss!" Er rannte zu ihr und sie hob die Hände, als wolle sie ihn abwehren. „Ich schwöre dir, Hannelore, noch ein Wort aus deinem Schandmaul und ich vergesse mich!"

Nie zuvor hatte ich Vincent so erlebt. Ich bedauerte es sehr, dass ich von allem nur die Hälfte sah. Mein linkes Auge tränte. Meine Mutter trippelte unentschlossen hin und her. Vincent beobachtete sie mit gesenktem Kopf, die Arme in die Seiten gestemmt.

„Entweder lässt du uns jetzt in Ruhe, oder du packst deine Tasche und gehst. Für immer!" Seine Stimme war dunkel vor Zorn und ich bekam eine Gänsehaut. Wie lange hatte sich diese Eskalation angekündigt?

„Vincent, sie liebt dich nicht!"

Das war zu viel. Er sprang die Treppe nach oben, packte meine Mutter an der Schulter und bugsierte sie ins Haus. Dann knallte er die Tür von außen zu, dass die Fensterscheiben klirrten. Er blieb einen Moment mit dem Rücken zu mir stehen, so, als würde er abwarten, ob meine Mutter wieder herauskäme. Als er sich zu mir umdrehte, wischte er sich die Hände an seiner Hose ab. Ich ging zu ihm.

„Es tut mir so leid", sagte er. „Ich habe dein Auto nicht gehört, sonst hätte ich dich gewarnt. Es tut mir wirklich leid." Er sah mich zerknirscht an.

„Es geht schon wieder", sagte ich und betastete meine Wange. Dann wies ich mit dem Kinn in Richtung Haus. „Dabei hat sie diesmal wirklich Recht." Ich kicherte, so absurd kam mir alles vor.

„Was?"

„Ja, sie hat Recht. Ich liebe dich nicht."

Wir sahen uns in die Augen und zu meiner großen Erleichterung schenkte mir Vincent ein schiefes Lächeln, das aber nach einer Sekunde wieder verschwand.

„Sie ist so aufgebracht, weil ich Maren heute früh ins Krankenhaus bringen musste."

Ich schrie auf und plumpste erneut auf den Rasen neben dem Weg, weil mein Schuh sich bei meinem Rückwärtsschritt an der Steinkante verhakte.

„Warum ist sie im Krankenhaus, geht es ihr so schlecht?"

„Nein, keine Sorge. Sie ist nach dem Frühstück ganz unglücklich die Treppe runtergefallen und ziemlich heftig mit dem Kopf aufgeschlagen. Sie hat eine leichte Gehirnerschütterung. Und außerdem hat sie sich das Knie so verdreht, dass vielleicht noch ein Schaden an den Bändern hinzugekommen ist. Das wird aber erst morgen richtig untersucht. Sonntags sind zu wenige Ärzte auf der Station."

Vincent half mir ein zweites Mal beim Aufstehen.

„Die Treppe runtergefallen?"

„Zum Glück sind es nur fünf Stufen. Du kennst deine Schwester, immer im Laufschritt."

Ich sah den Schmerz in seinem Gesicht, als wäre er selbst gestürzt.

Ich klopfte meine Hose ab und nahm meine Tasche. Er stand vor mir, die Hände in die Seiten gestützt, immer noch ein wenig außer Atem. Nichts von dem, was um ihn herum geschah, war seine Schuld. Er war noch nicht einmal die Ursache, sondern nur wir Mohn-Weiber mit unseren schrecklichen Psychosen und Neurosen. Und dennoch liefen alle Fäden bei ihm zusammen und am Ende war er es, der uns alle retten oder voreinander beschützen sollte. Dabei wollte er einfach nur, dass seine Frau wieder gesund würde. Wie lange schon kämpfte er an all diesen Fronten und wie lange würde er es noch aushalten?

„Hör zu, Vincent, ein für alle Mal: Ihr habt euer Leben, ich habe meins. Ihr seid glücklich, ich bin glücklich. Egal, was früher war, heute zählt nur, dass Maren gesund wird, in jeder Hinsicht. Ich fahre jetzt zu ihr und werde mein Bestes geben, sie von der Transplantation zu überzeugen. Ich werde nichts unversucht lassen, damit sie es endlich kapiert. Heute Abend fliege ich zurück nach München, ich denke, die Untersuchungsergebnisse der Nephrologin kommen spätestens Mittwoch oder Donnerstag. Dann sehen wir weiter, okay? Aber du darfst jetzt nicht den Mut verlieren. Du musst weiter auf Maren einwirken, ihr seid ein gutes Team. Auf dich hört sie, das weiß ich."

Er schaffte es endlich, mich anzusehen und ich überging den Tränenschimmer in seinen Augen.

„Wir schaffen das", sagte ich und drückte seinen Arm.

Dann stieg ich in mein Auto und gab Gas. Gut, dass mein Flug heute ab Rostock ging, somit konnte ich direkt zu Maren ins Krankenhaus fahren und hatte genug Zeit.

Ich hatte keine Luftsprünge erwartet, als ich Marens Krankenzimmer etwa eine Stunde später betrat. Aber ihre Miene verfinsterte sich so sehr, dass ich seufzte.

Ich stellte mich so neben ihr Bett, dass sie mich ansehen musste.

„Hallo."

„Was ist mit deinem Auge?", fragte sie.

„Was ist mit deinem Kopf und deinem Knie?"

„Eine leichte Gehirnerschütterung und wahrscheinlich ein Kreuzbandriss."

„Mutter", sagte ich nur und deutete auf mein Gesicht. Die kleinen, knochigen Finger der alten Frau hatten einen roten Strich hinterlassen, der sich von der Augenbraue bis zum Jochbein zog.

„Das kommt von ihrem Ehering", sagte Maren leise. „Sie trägt ihn immer." Sie setzte sich ein wenig auf und zog ihr verbundenes Bein vorsichtig zur Bettmitte. Ich legte die Bettdecke darüber, damit ihr nackter Fuß nicht auskühlte. Dann zog ich mir einen Stuhl heran und setzte mich. Maren schwieg eisern, aber sie knabberte vor lauter Neugier an ihrer Unterlippe. Das hatte sie schon als kleines Mädchen getan.

Hier an ihrem Krankenbett hatte ich plötzlich das Gefühl, ich sei die ältere Schwester. Maren saß dünn und blass vor mir und ich wusste, dass sie alles darum gegeben hätte, dass ich sie so nicht sähe.

„Was denkst du, warum hasst Mutter mich so? Mal abgesehen davon, dass sie mich für Vaters Tod verantwortlich macht, was wiederum ein sehr spezielles Licht auf ihren Geisteszustand wirft." Es war eine rhetorische Frage, aber ich konnte sehen, dass Maren sie ernst nahm. Zu ernst. Tränen schimmerten in ihren Augen.

„Was ist?", bohrte ich nach. Schlimmer konnte der Tag sowieso nicht werden. Maren schüttelte den Kopf und verschränkte die Arme vor der Brust.

Sie tat mir leid, wie sie da so kämpfte und mit sich haderte. Konventionen gegen Vertrauen.

„Sag es einfach, Maren. Ich weiß ja, dass ich es nicht ändern kann. Ich will nur den Grund wissen."

Sie seufzte laut und strich einmal mehr ihre Bettdecke glatt.

„Sie waren im Schlafzimmer und dachten, ich würde Hausaufgaben machen", fing sie schließlich leise an zu erzählen. „Ich wollte ja auch Hausaufgaben machen, Mathe, aber ich kam nicht weiter und wollte Vater um Hilfe bitten. Du warst im Garten, spielen. Ich hörte sie laut streiten und blieb vor der Tür stehen. Ich glaube, Mutter war mal wieder dabei gewesen, einen ihrer verstaubten Koffer zu packen. Vater bettelte, dass sie dableiben sollte, aber sie warf ihm lauter Schimpfwörter an den Kopf." Maren machte eine Pause und sah zum Fenster. Ihr Gesicht lag unter einem Schleier aus

Traurigkeit und Scham. „Mutter wurde immer lauter, je mehr Vater sich erniedrigte. Irgendwann versuchte er es mit einem Scherz und sagte, dass sie vielleicht glücklicher sei, wenn er einen Sohn statt zwei Mädchen gezeugt hätte. Und wenn sie wollte, würde er noch einen Versuch wagen. Ich weiß noch genau, wie sehr ich mich für Vater geschämt hatte. Aber Mutter hat ihn ausgelacht. Es klang furchtbar. Sie hat sich gar nicht wieder beruhigen können. Und dann hat sie ihn angebrüllt, dass er es nicht wagen solle, sie jemals wieder anzufassen. Ein Kind sei bei der Heirat abgemacht gewesen. Eins, nicht zwei. Eins, damit er sie heiratet, denn eigentlich hatte sie überhaupt keine Kinder gewollt. Nur eins, hat sie immer wieder geschrien. Das zweite Kind habe ich nie gewollt! Danach bin ich zurück in mein Zimmer gelaufen."

Maren weinte jetzt richtig und ich ließ sie. Sie hatte ausgesprochen, bzw. unsere Mutter hatte ausgesprochen, was ich längst geahnt hatte. Mehr als das, ich hatte bis heute nur nicht gewusst, ob ich das nur geträumt hatte. Ich rechnete nach, diese Szene lag sicher über dreißig Jahre zurück.

Als Maren mein Schweigen bewusst wurde, sah sie mich fragend an.

„Bist du jetzt sauer, weil ich dir das nicht früher gesagt habe?"

„Nein, bin ich nicht. Es tut mir sogar leid, dass du dich all die Jahre mit diesem scheinbaren Geheimnis rumgeplagt hast."

„Scheinbares Geheimnis? Was redest du da?"

„Ich war nicht im Garten, jedenfalls nicht die ganze Zeit. Ich hatte beim Spielen in Brennnesseln gegriffen und wollte mir in der Küche die Hand abspülen. Ich stand unten an der Treppe. –

Aber ich schwöre, ich wusste nicht, dass du oben gelauscht hast."

Wir sahen uns schweigend an. Mir wurde bewusst, wie sehr Maren dieses Wissen all die Jahre belastet haben musste. Und ich ahnte, dass sie ebenso unglücklich in unserem Elternhaus gewesen war wie ich. Wir waren Schwestern, doch wir waren beide zusammen allein gewesen. Zeit, für immer einen Haken daran zu machen. Ich ging zu ihr, nahm ihre kalte, schmale Hand und drückte sie.

„Wir können die Vergangenheit nicht ändern", sagte ich. „Und wir müssen verhindern, dass sie weiterhin Schatten auf unsere Zukunft wirft. Uns bleibt gar nichts anderes übrig, als nach vorn zu schauen."

Maren hob zögernd die Schultern und rutschte etwas tiefer unter die Decke.

„Ich würde dir gern ein paar Dinge erzählen", sagte ich, fest entschlossen, dieses Thema zu beenden, „aber vor allem möchte ich mich bei dir von ganzem Herzen entschuldigen. Es tut mir wirklich sehr leid. Alles. – Wenn ich gewusst hätte, also vorher – ich, ähm, würdest du mir bitte ein Zeichen geben, ob es dich überhaupt interessiert?"

„Seit wann eierst du so rum?"

„Das mache ich immer, wenn mir etwas wirklich wichtig ist. Erinnerst du dich nicht?"

„Nein! Ich weiß nur, dass du einfach andauernd das gemacht hast, was du wolltest. Du hast nie gezögert, sondern immer sofort losgelegt." Maren fuhr mit den Händen durch die Luft. „Kennst du den Begriff *Zweifel* überhaupt? Denkst du nie über

Konsequenzen nach, bevor du springst? Nein, das tut Elena nicht. Im Gegenteil! Je größer das Risiko, desto schneller ihre Entscheidung. Nein, ich bin nicht neidisch! – Okay, ein bisschen vielleicht?"

„Maren, ich …"

„Was?"

„Eigentlich wollte ich reden, und du hörst zu?"

„Warum? Ich weiß ja, was du sagen willst."

„Das weißt du nicht!" Ich schlug auf die Matratze und stand auf. „Niemand weiß das, weil niemand hinter meine Stirn blicken kann! Du denkst, dass ich niemals Angst oder Zweifel hätte? Da täuschst du dich, meine liebe Schwester. Sehr sogar. Meistens treffe ich meine Entscheidungen so ad hoc, weil ich die Angst nicht zulassen darf. Manchmal fühle ich mehr als Angst, regelrechte Panik. Aber das darf ich nicht. Panisch geht nicht, wenn man einen Sohn allein groß zieht und einen Job wie meinen hat. Da ist panisch einfach schlecht. Alle anderen verlassen sich doch auf mich. Ich muss Entscheidungen treffen, damit ich die Kontrolle behalte, verstehst du?" Ich war laut geworden, aber ich ignorierte Marens Blick zur Tür.

„Nicht alles, aber egal", sagte sie.

„Wenn ich heute Abend nach Hause komme, schreibe ich Greta eine E-Mail, dass sie nichts ohne euren Rat unternehmen soll. Keine Bewerbungen, keine Termine. Ich glaube aber, dass sie das ohnehin nicht getan hätte. Sie kommt nach dir."

„Ist das ein Kompliment?"

„Natürlich."

„Weiter."

„Was weiter?", fragte ich und setzte mich wieder.
„Was ist mit Vincent?" Ihre Lider flatterten eine Sekunde, doch dann ruhte ihr Blick auf mir und ich ahnte, welche Anstrengung sie diese Frage gekostet hatte. Maren hasste direkte Konfrontationen.
„Nichts ist mit Vincent. Absolut nichts! Ich war zu einer Zeit in ihn verschossen, als ich noch gar nicht wusste, was Liebe bedeutet, wie sie sich anfühlt. Nein, Maren, doppeltes Nein. Ich will dir deinen Mann nicht ausspannen. Aber ..."
„Aber? Bist du bescheuert?"
„Lass mich ausreden! Aber dein Vincent liebt dich so sehr, dass er mich angerufen hat, obwohl er wusste, was er damit lostreten würde. Er wusste, dass Mutter immer noch überzeugt ist, ich hätte unseren Vater ins Grab gebracht. So wie er auch wusste, dass ich ihr das ebenfalls nicht verziehen habe. Aber! Es war ihm scheißegal. Es interessiert ihn nicht, welchen Krieg wir Weiber austragen. Alles was er will, ist seine Maren gesund und munter und fröhlich an seiner Seite. Du bist alles für ihn und er ist sich nicht zu schade, sich mitten ins Getümmel zu werfen. – Du hättest ihn vorhin sehen sollen, als er Mutter daran gehindert hat, mich zu verprügeln!" Ich kicherte und tippte an meine Augenbraue. „Sie hätte immer weitergemacht."
„Du solltest nachher etwas Make-up drauf tun, sonst denkt Ben, seine Mutter hätte an einer Kneipenschlägerei teilgenommen."
„Das denkt er sowieso."
„Wie bitte?"
„Das war ein Scherz!" Ich ging zur Tür. „Möchtest du auch einen Kaffee oder was anderes?"

„Ein Wasser, bitte."

Ich trat hinaus auf den Flur und atmete tief durch. Tränen stiegen mir in die Augen und gleichzeitig hätte ich zu gern laut gejubelt. So mit Maren zu reden, war anstrengend und doch so wunderschön, dass ich mein Schluchzen nur halb unterdrücken konnte.

Ich zog einen Kaffee aus dem Automaten, der am Ende des Flurs stand, bat im Schwesternzimmer um eine Flasche Wasser und ging zurück. Zu meiner Schwester. Mein Herz tat weh vor lauter Sehnsucht.

Maren zerknüllte ein Taschentuch, als ich eintrat, und warf es in den Papierkorb. Sie mied meinen Blick, als sie sich für das Wasser bedankte. Ich streichelte vorsichtig ihren Arm.

„Wenn nächste Woche unsere Untersuchungsergebnisse vorliegen, wird es Zeit, einen Termin mit der Ethikkommission zu vereinbaren", sagte ich.

„Du gehst also fest davon aus, dass ich nach all dem einer Operation zustimme?"

„Ja."

„Dann musst du vorher aber noch etwas für mich tun."

Ich dachte an mein Versprechen gegenüber Vincent und sah sie gespannt an.

„Nächsten Samstag findet der jährliche Unternehmerball in Rostock statt. Sehr wichtig, sehr pompös." Sie machte eine Pause und versuchte vergeblich, ihr schadenfrohes Grinsen zu verbergen. Dann klopfte sie vorsichtig auf die Bettdecke, unter der ihr verletztes Knie lag. „Da ich definitiv nicht im Ballkleid dort auftauchen kann, wirst du an meiner Stelle hingehen."

„Aber ich … kann nächsten Samstag nicht."

„Du kannst. Und du wirst, glaub mir. Für Vincent ist das einer der wichtigsten Termine des Jahres. Wir haben dort schon oft Aufträge für die kommenden zwölf Monate an Land gezogen. Dafür sind solche Bälle hauptsächlich gemacht."

Das wusste ich leider nur zu gut.

„Nein", sagte ich.

„Dann schlag dir die OP aus dem Kopf."

„Aber deine Niere ist wichtig!"

„Genauso wichtig wie Vincents Firma. Wir sind immer füreinander da. Stell dich nicht so an. Beweise mir, dass du es ernst meinst mit deinem Desinteresse an meinem Mann. Dieses Mal bitte ich dich um einen Gefallen, nicht er."

Es war eine Sache, unter meine Gefühle für Vincent einen Strich zu ziehen. Aber einen Abend lang die Frau an seiner Seite zu spielen, das war eine andere Hausnummer.

„Und damit du siehst, dass ich dir einen extra großen Vertrauensvorschuss gebe, kleine Schwester, verrate ich dir auch, dass Vincent dieses Jahr sogar der offizielle Gastgeber ist und als solcher den Ball mit einem Tanz eröffnen wird. Mit dir."

Kapitel 6

Donnerstagnachmittag hatte ich in München endlich das passende Kleid für den Ball gefunden. Die Entscheidung war mir dieses Mal sehr schwergefallen, denn ich wollte alles richtig machen. Dabei hatte so ein Sommerball den entscheidenden Vorteil, dass man luftig-leichte Kreationen tragen konnte, ohne sich Gedanken darüber machen zu müssen, ob man frieren oder nass werden würde. Gut, Regen war an der Ostsee nie ganz auszuschließen, aber ich nahm an, dass der Weg vom Auto zum Ballsaal überschaubar sein würde. Überhaupt, die Schuhe! Meine vorhandenen Paare schieden allesamt aus. Und die neuen mussten nicht nur zum Kleid passen, sondern auch möglichst gut sitzen, damit ich mich beim Tanzen nicht dauernd an Vincent festhalten müsste.
Erleichtert stieg ich aus dem Fahrstuhl zu meinem Büro und überraschte meine treue Lisa mit Nudelsalat, Shrimps, Orangensaft und zwei winzigen Cremetörtchen von Rischarts. Dann ließ ich mich auf den Stuhl vor ihrem Schreibtisch fallen und schlüpfte aus meinen Schuhen. In den kommenden dreißig Minuten war Pause und die war heilig. Lisa schloss die Tür von innen ab. Erfahrung eben.
„Hast du ein Bild von dem Kleid gemacht?", fragte sie, während sie Besteck und Servietten von der Anrichte holte.
„Ach, du Schreck!", rief ich und schlug mit der flachen Hand an meine Stirn. Lisa starrte mich an. „Scherz!", rief ich.

Tatsächlich hatte die Verkäuferin mich mindestens zwanzig Mal fotografiert, so begeistert war sie selbst von dem Kleid gewesen. Ich gab Lisa mein Handy und machte mich über den Nudelsalat her.

„Hoppla, wer ist das denn? Mister Ostseeküste?", fragte sie und ich entriss ihr das Gerät wieder.

Statt meines Kleides war Tristan auf einem Foto zu sehen, neben ihm die halbe Helga. Mist! Ich blätterte schnell und suchte die Bilder vom Kleid.

„Nein, gar kein Mist. Wer ist der Typ?", wollte Lisa wissen.

„Ach, nur der Neffe meiner Pensionswirtin."

Wo waren denn die verflixten Kleiderbilder? Und, wer zum Teufel, hatte Tristan fotografiert? War ich das gewesen? Ich überflog die übrigen Aufnahmen aus der Gaststätte. Offensichtlich war ich selbst die Fotografin gewesen, irgendwann zwischen dem dritten Kümmel und der Quarktorte. Lisa grinste wissend und trommelte mit den Fingern auf der Shrimp-Schachtel herum.

„Hier, das ist das Kleid. Musst immer weiter nach links schieben, sind etliche Bilder."

Ich schüttelte meine Flasche mit dem Orangensaft und goss ihn in ein Glas.

„Oh, das sieht wirklich toll aus", sagte Lisa. „Und kann ja nicht so teuer gewesen sein, bei dem geringen Materialeinsatz."

Sie kicherte, aber sie hatte recht. Wobei es eigentlich sogar zwei Kleider in einem waren. Ein kurzes, eng anliegendes mit einem hochgeschlossenen Oberteil, ohne Ärmel, ganz aus nachtblauem Taft. Und darüber fiel ein langer, transparenter

Rock aus schwarzer Seide, der aus vier langen Bahnen bestand. Die Ränder waren mit funkelnden Strasssteinchen besetzt, die sich nach unten hin immer mehr verdichteten. Wie ein Sternenhimmel. Ich wusste, dass ich gut darin aussah und mich gleichzeitig normal bewegen konnte. Zwei Aspekte, die auf so einem Ball überlebenswichtig waren. Nichts war schlimmer als ein Auftritt in der Öffentlichkeit in Klamotten, in denen ich mich nicht wohl fühlte.

„Und wie heißt dieses Schmuckstück von Neffe? Ich hoffe, er kommt auch mal nach München", sagte Lisa wie nebenbei und ließ mich nicht aus den Augen. Sie hatte sich mit meinem Handy am Fenster postiert. „Scheint ja `ne tolle Party gewesen zu sein."

„Kein Kommentar", sagte ich und durchsuchte den Nudelsalat nach Gurkenstückchen. Ich hasste Gurke im Nudelsalat.

„Hast du mit ihm geschlafen?"

„Lisa Schrater, ist dir eigentlich klar, dass ich dich für diese Frage feuern könnte?"

„Klar. Also, du hast."

Ich schwieg. Es war sinnlos.

„Gut gemacht", sagte sie, als hätte ich einen ordentlichen Topflappen gehäkelt. „Seht ihr euch wieder?"

Ich hob die Schultern. Wenn es nach Tristan ginge, so bald wie möglich. Wir hatten am Sonntag telefoniert, während ich auf meinen Abflug warten musste, und dieses Gespräch ging mir bis heute unter die Haut. Deshalb versuchte ich, so wenig wie möglich daran zu denken. Was Tristan mit seinen Händen im Bett geschafft hatte, konnte er ebenso gut mit seiner Stimme anstellen. So jemand sollte einen offiziellen Warnhinweis tragen. Wir hatten kein konkretes Wiedersehen vereinbart, weil ich nicht wusste, wie mein Zeitplan in den nächsten Wochen aussehen würde. Mir schien, dass Tristan selbstverständlich davon ausging, dass wir uns so bald wie möglich treffen würden, spätestens wenn ich wieder im Norden wäre.

Ich weiß nicht, wieso, aber während unseres Gesprächs hatte ich keine Sekunde an den Unternehmerball gedacht und Tristan somit nichts von meiner Aufgabe erzählt. Ich muss wohl sehr abgelenkt gewesen sein. Und danach dachte ich mir, dass ich an dem Wochenende ohnehin keine Zeit haben würde, da ich gleich am Sonntag wieder zurück nach München wollte. Allerdings hatte ich Tristan von meinem erneuten Zusammenstoß mit meiner Mutter erzählt. Seltsamerweise hatte keiner von uns unsere gemeinsame Nacht erwähnt. Ich nicht, weil ich immer noch tief beeindruckt gewesen war von seiner Natürlichkeit. Und er wollte vielleicht nicht darüber reden, weil es zwangsläufig die Frage nach der Zukunft aufgeworfen hätte. Vielleicht war er lieber ein Gentleman, der schwieg und sich seinen Teil dachte.

„Hat er Familie?", fragte Lisa und beobachtete mich wie ein alter Uhu aus seiner Baumhöhle.

„Nein, hat er nicht. Die Menschen im Norden sind nicht so leichtfertig."

„Was ist denn an einer Familie leichtfertig?"

„Du weißt genau, was ich meine. Einfach mit jemandem in die Kiste zu steigen, obwohl zu Hause …"

„Also bist du in dem Falle das leichte Mädchen?" Lisa lachte und schaltete die Espressomaschine ein. Dann kam sie zu mir und gab mir mein Handy.
„Ich glaube, er tut dir gut. Und er passt zu dir."
„Unsinn! Ich bin in München, er an der Ostsee. Gestern haben Maren und ich übrigens unsere Untersuchungsergebnisse bekommen. Alles im grünen Bereich. Ich werde Anfang August für zwei, drei Tage nach Rostock ins Krankenhaus gehen, für alle weiteren Voruntersuchungen und dann machen wir Mitte September den Termin mit der Ethikkommission. Wenn alles nach Plan läuft, hat Maren bis Weihnachten ihre neue Niere."
Lisa nickte.
„Er tut dir sehr gut."

Zwei Tage später war ich wieder bei Fanny Hellwig und nahm mir nach einer gemütlichen Teestunde die Zeit für ein ausgiebiges Bad. Fanny wusste über meine Pläne für den Abend Bescheid und wollte unbedingt das Kleid vorher sehen.
„Keine Sorge. Mein Schwager holt mich gegen neunzehn Uhr ab, dann können Sie mich bewundern", hatte ich ihr versprochen.
Kurz nach sechs stieg ich aus der Badewanne und freute mich darauf, mich einmal ganz in Ruhe vorbereiten zu können. Zu Hause gelang mir das fast nie, weil ich die Zeit lieber mit Ben verbrachte oder telefonierte, oder E-Mails las. Oder alles gleichzeitig. Ich hatte mir bereits bei meinen letzten Besuchen im Norden angewöhnt, das dienstliche Handy nur noch einmal pro Tag anzuschalten und interessanterweise drehte die Welt

sich weiter. Und heute, an einem Samstag, würde ich sowieso keine Störung zulassen.

Als ich mit meinen Haaren und dem Make-up fertig war, schlüpfte ich in mein Kleid. Es saß perfekt und es gefiel mir immer noch, jetzt, wo auch die Länge passte. Wenn ich die Schuhe anzog, pendelte der schwere Saum mit den Glitzersteinen knapp einen Zentimeter über dem Boden. Elegant und geheimnisvoll, würde ich sagen. Zufrieden drehte ich mich vor dem Spiegel und bereute ein wenig, dass Tristan mich so nicht sehen würde.

Pünktlich ging ich hinunter, um Fanny das Kleid noch zu zeigen, als ich ihre Stimme aus dem kleinen Salon hörte. Sie plauderte angeregt mit Vincent.

„Guten Abend", grüßte ich fröhlich, während Vincent mich eine Sekunde zu lange anstarrte. Vielleicht sollte Maren ihm auch so eine Predigt halten wie mir? Fanny ging höflich darüber hinweg. „Himmel, sehen Sie schön aus!", rief sie und kam zu mir. „Los, drehen Sie sich mal. Wunderschön!"

Vincent brummte ein halblautes Hallo und klimperte mit den Autoschlüsseln.

„Ich bin mir sicher, Sie werden Ihre Schwester heute abend würdig vertreten", sagte Fanny und berührte vorsichtig den Rock. „Ein Sternenhimmel, in dem man tanzen kann. Und wie toll Ihre langen Beine zur Geltung …"

„Wir müssen jetzt los", sagte Vincent, nachdem er sich geräuspert hatte. Er verabschiedete sich von Fanny und ich bekam ein Zwinkern von ihr, hinter seinem Rücken.

„Amüsieren Sie sich gut!"

Draußen am Auto öffnete er mir wie selbstverständlich die Beifahrertür und ich spürte, dass er sich wieder unter Kontrolle hatte.

„Alles klar?", fragte er, nachdem er eingestiegen war und ich ahnte, dass das ein sehr interessanter Abend werden würde.

„Wie geht es Maren?", fragte ich, als wir aus Barth hinausfuhren.

„Hm? Ach so. Ja, gut. Sie ist schon zu Hause."

„Das weiß ich, sie hat mir gestern eine SMS geschickt. Ihr Knie wird nicht operiert?"

„Nein, sie hatte Glück im Unglück. Das Innenband ist nur leicht eingerissen, das heilt von allein, haben die Ärzte gesagt." Er sprach schnell und so, als sei er froh, ein Thema gefunden zu haben.

„So. Und du verrätst mir jetzt noch, was mich heute Abend dort erwartet?"

„Wie?"

„Ja, was weiß ich? Muss ich irgendwas machen, neben dir stehen, wenn du deine Rede hältst? Lächeln, winken? Groupies verjagen?"

Ich lachte allein über meinen Witz. Vincent schien einen Moment zu überlegen, dann holte er tief Luft und blies sie mit dicken Backen gegen die Frontscheibe.

„Okay, okay, du hast recht", sagte er und hob kurz beide Hände. „Machen wir einfach das Beste daraus."

Ich nickte. „Ich habe schon bessere Komplimente bekommen, aber wenn es dich beruhigt, solche Veranstaltungen sind Teil meines Jobs. Es macht mir nichts aus, mit Leuten zu reden, die ich nicht kenne, mit ihnen zu lachen und in der Gegend rumzustehen. Wir schaffen das schon. Ich nehme an, Marens Unfall hat sich herumgesprochen?"

Er nickte eifrig. „Dafür habe ich selbst gesorgt, indem ich die letzten Tage kaum über etwas anderes gesprochen habe. Alle sollen wissen, dass sie wirklich aus gesundheitlichen Gründen verhindert ist. Ich meine, Rostock ist ein Dorf, was Klatsch und Tratsch angeht. Viele Menschen kennen mich, und wenn ich da plötzlich am wichtigsten Abend des Jahres mit einer Frau wie dir auftauche, dann …"

„Einer Frau wie mir?"

„Nein! Ja, also man sieht dir die Großstadt doch an."

„Mein Lieber, das war auch kein Kompliment."

Er lachte und ich war froh zu sehen, dass er sich mehr und mehr entspannte. Man sieht mir die Großstadt an! Pah!

„Übrigens musst du den Eröffnungstanz mit mir bestreiten", sagte er nach einer Weile.

„In Ordnung. Hab extra mit Ben geübt."

„Was?" Er sah mich entsetzt an. „Aber ich bin ein miserabler Tänzer!"

„Ich weiß. Ben auch."

Jetzt kniff er seine Augen etwas zusammen, schnaubte verächtlich und sah dann geradeaus. Ich summte vor mich hin, weil mir klar wurde, dass Vincent deutlich mehr Lampenfieber hatte als ich.

Wir kamen an der Stadthalle Rostock an, stellten unser Auto auf dem Parkplatz ab und erreichten überpünktlich den großen Ballsaal. Ich war beeindruckt und schämte mich ein bisschen, denn mir fiel auf, dass ich Vorurteile hatte, was die Ausstattung eines solchen Events in der Provinz anbelangte. Natürlich war das Haus nicht mit unserem Marriott-Hotel etwa in Berlin oder München zu vergleichen. Was allerdings Charme und Wohlfühlatmosphäre betraf, so musste sich Rostock nicht verstecken. Große, runde Tische für jeweils zwölf Personen waren festlich eingedeckt, das Parkett glänzte und überall wuselte Personal zwischen den ersten Gästen herum. Vincent begann fast augenblicklich mit dem Händeschütteln und stellte mich so vielen Menschen vor, dass ich nach gefühlten drei Stunden den Verdacht hatte, die würden sich alle hinten wieder anstellen. Doch ich bekam auch ganz reizende Komplimente für mein Kleid oder wahlweise bitterböse Blicke von anderen Frauen. Beides genoss ich.

Nach den offiziellen Ansprachen - Vincent hielt eine erfrischend kurze und humorvolle Rede - folgte ein Vier-Gänge-Menü, das zu meiner großen Freude sehr gut war. Ich ließ mir jeden einzelnen Gang schmecken, denn meine Tischnachbarn, rechts ein Windkraftanlagenbauer mit dünnen Haaren, links ein Redakteur der Rostocker Bild, waren so dröge, dass ich froh war, wenn ich ihnen mit vollem Mund zuprosten konnte. Zwischendurch schickte ich Maren ein Selfie, ohne Vincent. Ben bekam ein Foto vom Buffet und Lisa eines vom Redakteur, als er sich die Lippen an der heißen Vorsuppe verbrannt hatte. Gegen halb elf hatten alle Redner ihre Reden hinter sich gebracht, das Essen war vorbei, die Tische abgeräumt. Eine Band bereitete sich auf der Bühne vor und Vincent kam zu mir.

„Wir beide gehen gleich vor auf die Tanzfläche, ich sage ein paar Worte, blabla und dann tanzen wir." Er wies mit dem Kinn in Richtung Musiker. „Sie spielen irgendwas Einfaches, haben sie mir versprochen. Discofox oder so", flüsterte er und wischte sich die Hände an einer Serviette ab.

„Du schaffst das", ermunterte ich ihn. „Ein, zwei, tippen, okay?"

„Okay."

„Besser als eine Polonaise gleich zu Beginn", versuchte ich zu scherzen, doch Vincents Blick wurde immer panischer. Ich stellte mich dicht neben ihn, legte meine Hand in seinen Arm und wartete auf das Startsignal.

Ich wollte ihm noch sagen, dass er nicht so große Schritte machen solle, als er im selben Moment etwas zu mir sagen wollte. Im Ergebnis knallten wir mit unseren Köpfen heftig zusammen. Eine Frau neben mir sagte: „Autsch."

Ich sah sie verständnislos an, dann Vincent, und rieb mir die Stirn. Holzkopf, dachte ich, während er die Augen erschrocken aufriss. Die Musik setzte ein und ich flüsterte:

„Alles gut, komm schon. Nichts passiert."

Ich setzte mein breitestes Werbefotolächeln auf und trabte neben ihm los, als ich aus den Augenwinkeln eine Person bemerkte, die mich anstarrte. Tristan! Tristan? Breitbeinig und mit verschränkten Armen stand er vor der ersten Tischreihe und beobachtete mich. Uns! Er fixierte mich und Vincent wie zwei Delinquenten und ich kam ins Stolpern. Seine schönen Lippen waren zu einem schmalen Strich geworden und seine Augen schimmerten dunkel. Als wir an ihm vorbeigingen, sah er mich direkt an und wenn das Licht im Saal schon erloschen gewesen wäre, hätte ich sicher Funken gesehen. Ich winkte ihm etwas linkisch zu, ließ meine Hand aber gleich wieder sinken. Eifersüchtig, dachte ich. Er ist eifersüchtig! Ich fand es ausnahmsweise nicht witzig, denn Tristan sollte nicht eifersüchtig sein. Zumindest nicht auf Vincent.

Ich riss mich zusammen und konzentrierte mich auf meine Schritte und den Weg bis in die Mitte der Tanzfläche. Vincent begrüßte offiziell die Band und lud danach alle Gäste ein, sich zu amüsieren. Logisch!

Die Musik setzte ein, Dancing Queen von ABBA und die Gäste bildeten einen großen Kreis um die Tanzfläche. Einige versuchten, an Tristan vorbeizukommen, damit sie auch etwas sehen konnten, doch er rührte sich keinen Zentimeter.

Vincent traf einigermaßen den Takt, hielt mich aber fester als nötig und drehte hochkonzentriert ein paar Runden. Dabei kamen wir erneut in Tristans Nähe und ich startete einen zweiten Versuch, ihn zu einem Lächeln zu bewegen. Vergeblich. Dann hob Vincent endlich seine Hand, damit alle mit tanzten. Binnen weniger Sekunden waren wir von zahlreichen Paaren umgeben und ich tätschelte Vincents Schulter.

„Gut gemacht. Niemand wurde verletzt."

Ich kicherte noch über meine Bemerkung, als Vincent plötzlich stehen blieb. Tristan stand neben uns, lächelte dünn und verbeugte sich leicht in meine Richtung.

„Darf ich bitten?"

Vincent ließ mich los, als hätte er sich verbrannt und war in der Menge verschwunden, ehe ich etwas erwidern konnte. Tristan ergriff meine rechte Hand, legte seinen Arm um meine Taille und los ging es.

„Ich, äh, ja gern", stotterte ich und versuchte zu folgen. In meinem Kopf flogen tausend Bilder durcheinander. Tristan am Straßenrand mit seiner Hündin, wir beide auf dem Tandem, wir beide im Bett. Für Sekunden dachte ich an seinen wunderschönen Körper unter diesem Anzug, den er trug. Er roch ausgesprochen gut und ich spürte bei jedem Schritt die Muskeln seiner Beine an meinen Oberschenkeln. Ich kam aus dem Takt und stolperte ziellos herum.

„Was?", fragte er. „Ist es zu ungewohnt für dich, wenn der Mann führt?"

„Was machst du hier?"

„Tanzen."

„Nein, ich meine, wie du rein gekommen bist?" Halt die Klappe, Elena! Doch sein spöttischer Blick provozierte mich immer mehr. Trotzig hob ich mein Kinn.

„Willst du meine Eintrittskarte sehen?", fragte er. „Ich habe dem Typen am Einlass erzählt, dass wir vor einer Woche miteinander geschlafen haben und dass ich dachte, du würdest etwas für mich empfinden."

„Tristan, ich …"

„Wenn du jetzt sagst, dass es nicht so ist, wie es aussieht, ich schwöre dir, Elena Mohn … ich mache hier ein riesiges Fass auf!"

Ich bekam vor lauter Zorn kaum noch Luft. Was eigentlich egal war, denn mir fehlten ohnehin die Worte.

„Können wir bitte kurz rausgehen?"

Er musste sich zu mir beugen, damit er mich verstand. Meine Lippen berührten seine Schläfe.

„Wieso? Gefällt dir die Musik nicht?"

„Bitte, Tristan."

Unverhofft blieb er stehen, löste sich ein Stück von mir und forschte in meinem Gesicht. Ich versuchte dagegenzuhalten und musterte ihn. Der schwarze Anzug stand ihm ausgezeichnet, was keine Überraschung war. Ich spürte, wie es in meinem Bauch und eine Etage tiefer heftig kribbelte und brauchte einen Moment um zu kapieren, dass seine Eifersucht mich anmachte. Ich fühlte mich wie ein Steinzeitweib, das in der nächsten Sekunde von einem Kerl vernascht werden würde und genau das so wollte. Tristan hielt meinen Blick fest und erkannte wohl, was in mir vorging. Er schien erste Zweifel zu bekommen.

„Ich habe nur eine einzige Frage, Elena, und ich erinnere mich, dass du genug Charakter hast für eine ehrliche Antwort. Warum bist du heute Abend hier, mit Vincent?"

„Weil Maren einen kleinen Unfall hatte und mich gebeten hat, sie zu vertreten."

„Hmpf", machte Tristan und starrte auf meine Lippen, doch ich hatte alles gesagt.

Ich wartete und spürte, wie meine Mundwinkel zuckten. Jetzt bloß nicht lachen, dachte ich, das würde er garantiert falsch verstehen. Er nahm mich in den Arm und tanzte langsam weiter. Ich spürte seine Wärme durch sein Jackett und wurde immer unruhiger, je mehr er sich beruhigte. Er zog mich noch fester an sich, aber dieses Mal fühlte es sich wie eine Bitte an. Seine Lippen berührten mein Ohr.

„Habe ich mich gerade total zum Affen gemacht?"

Ich legte meinen Kopf in den Nacken und lachte laut.

„Ein einfaches ja hätte genügt", raunte er und drückte seinen Oberschenkel zwischen meine Knie. Augenblicklich schnappte ich nach Luft und klammerte mich an seine Schulter. Er registrierte es mit einem zufriedenen Grinsen.

Ich wollte ihm gerade sagen, wie toll er aussah, als er die Gelegenheit nutzte und mich so gründlich küsste, dass ich leicht benommen ein paar anerkennende Bemerkungen um uns herum wahrnahm. Er küsste mich so lange, bis ich völlig außer Atem war und vergessen hatte, was ich sagen wollte.

Als er aufhörte, öffnete ich meine Augen.

„Nur für den Fall, dass irgendjemand Zweifel hat, dass du zu mir gehörst", sagte er und zog mich von der Tanzfläche.

Kurz vor dem Ausgang trafen wir Vincent. Er schien ein wenig überrascht zu sein, aber seine Sympathie für Tristan schimmerte durch, als sie einander die Hände schüttelten.

„Ist doch okay, wenn ich mit der Lady jetzt verschwinde?", fragte Tristan ihn und schenkte mir ein schiefes Lächeln. Eine sehr spezielle Art, sich zu entschuldigen. Vincent hob sein Bierglas. „Viel Spaß euch beiden und bis bald!"

Tristan dirigierte mich hinaus aus dem Saal, in Richtung Garderobe.

„Ich habe keine Jacke abgegeben", sagte ich.

„Ich auch nicht."

Ich hatte noch zwei Sekunden Zeit zum Denken, bis der Groschen fiel. Tristan machte einen schnellen Schritt zur Seite und schob mich hinter den schweren Vorhang. Dort drückte er mich an die Wand, küsste mich erneut und das Letzte, was ich hoffte, war, dass in meinem Rücken möglichst kein Lichtschalter oder Alarmknopf sein möge.
Tristans Hände gingen auf Wanderschaft, während seine Lippen jede Diskussion über Zeit und Ort erstickten. Er fand den Reißverschluss und einen Weg unter mein Oberteil, tastete sich elegant meine Wirbelsäule hinab und gelangte an eine Stelle, wo er ungeniert meine Pobacke greifen konnte. Ich stöhnte leise auf und hielt mich an seinen Schultern fest. Er verstand dies als Zeichen der Zustimmung, zog mein Knie über seine Hüfte und stemmte sich zwischen meine Schenkel. Zwischendurch küsste er mich und bewegte sich, als wolle er mir zeigen, was mich erwarten würde. Was für eine Wonne! Was für ein Kerl!
„Tristan, ich …"
„Ja?"
„Du wohnst nicht zufällig in der Nähe?"

Ende August besuchte Maren mich mit Vincent und Greta in München. Es war so etwas wie ein Gegenbesuch, nachdem ich zuvor mit Ben eine Woche an der Ostsee gewesen war. Davor verbrachte ich drei Tage in der Rostocker Uni-Klinik, aber so war es für alle okay. Ben hatte seinen Schulfreund Marek als

Verstärkung mitgenommen und wir residierten alle im Hotel Hanse-Dom, da Fannys Pension ausgebucht gewesen war. Ben war anfangs etwas beunruhigt, in welch abgelegene Gegend ich ihn verschleppen würde, aber das legte sich bald. Angenehmer Nebeneffekt: Ich konnte ein paar Stunden mit Tristan verbringen. Mein Sohn hatte vorgeschlagen, dass ich grundsätzlich bei Tristan übernachten könnte und die Jungs allein im Hotel, aber den Gefallen habe ich ihnen nicht getan. Um weitere Zusammenstöße mit meiner Mutter zu vermeiden, wollte ich nicht mehr nach Löbnitz fahren. Maren kam mit Vincent nach Rostock, einmal war auch Greta dabei. Ich hatte Ben in kurzen Stichpunkten das Problem mit meiner Mutter erklärt und gehofft, dass er auch weiterhin auf eine Großmutter verzichten konnte, die wenig mehr als Hass in ihrem Herzen trug. Tristan hatte mir geraten, die beiden dennoch zumindest auf neutralem Boden zusammenzubringen.

„Wovor hast du Angst? Wenn der Junge nur die Hälfte deiner Gene hat, mache ich mir eher Sorgen um deine Mutter. Außerdem ist es gut für ihn, sich ein eigenes Urteil zu bilden."
Also trafen wir uns an einem Nachmittag in dem Café in Barth, in dem ich Wochen zuvor mit Vincent gesessen hatte. Und tatsächlich schien mein Sohn irgendetwas auszustrahlen, das meiner Mutter unheimlich gewesen war. Sie beäugte ihn wie ein exotisches Insekt und stellte lediglich ein paar lapidare Fragen über seine Schule. Wahrscheinlich war sie irritiert, dass er überhaupt lesen und schreiben lernte, wo er doch in so einem kritischen sozialen Umfeld, ohne Vater aufwachsen musste.

In dieser Urlaubswoche fuhren wir nach Warnemünde oder nach Markgrafenheide an den Strand, trafen uns zum Eis essen und einmal führte Tristan uns nach Barhöft, einem alten Armeestützpunkt. Dort gab es einen Aussichtsturm, von wo aus wir bis nach Hiddensee und Stralsund schauen konnten. Überhaupt entwickelte die Sache mit Tristan sich mehr und mehr zu einer echten Beziehung und je mehr sie das tat, desto mehr redete ich mir ein, gegensteuern zu müssen. Wir hatten keine gemeinsame Zukunft. Ich würde München nicht verlassen und Ben aus seiner gewohnten Umgebung reißen. Und Tristan könnte ohne die Ostsee und den Nationalpark nicht leben, was mir genauso logisch erschien.

„Und was willst du selbst?", hatte Lisa mich eines Tages gefragt, weil ich ihr meine Sorgen immer noch unsortiert auf den Tisch knallen konnte. „Seit wann richtest du dich nach den Männern in deinem Leben?"

Ich hatte mich unter ihrem strengen Blick ertappt gefühlt und die Frage unbeantwortet gelassen.

Maren und Vincent reisten am späten Donnerstagabend an. Greta stieg übellaunig aus dem Auto und sprach fast eine Stunde lang kaum ein Wort. Ich hätte ihnen gern die Flüge bezahlt, wenigstens ab Berlin, aber Maren weigerte sich strikt, in ein Flugzeug zu steigen. Greta hatte für die Ängste ihrer Mutter null Verständnis.

Ich freute mich trotzdem über ihren Besuch, denn wer hätte noch vor zwei Monaten gedacht, dass wir es einmal so weit schaffen würden. Maren trug noch eine Knieorthese und hatte Krücken dabei, aber die waren nur für den Notfall.

Am Freitag ließ ich sie ausschlafen und bereitete ein ausgiebiges Frühstück vor. Ich versuchte, alles so normal wie möglich aussehen zu lassen, um Maren nicht das Gefühl zu geben, dass ich sie beeindrucken wolle. Feines Porzellan und üppige Blumendeko hätten Ben außerdem sicher zu einer spöttischen Bemerkung veranlasst. Er und Greta hatten sich bei seiner ersten Reise an die Ostsee prima verstanden, denn offenbar legte mein Sohn Wert auf gutes Benehmen, wenn Mädels in der Nähe waren, die ein paar Jahre älter als er selbst waren.

Maren hatte sich anfangs gegen die Reise nach München gesträubt, doch Vincent und Greta hatten argumentiert, dass sie sich die Stadt, in der sie vielleicht gar nicht studieren würde wollen, zumindest mal anschauen könnten. Das Thema war immer noch nicht ausdiskutiert, aber ich hielt mein Versprechen und mischte mich nicht mehr ein.

Greta erschien zuerst am Frühstückstisch.

„Guten Morgen", nuschelte sie und sah sich neugierig um. Sie ging zu allen Fenstern und schaute nacheinander hinaus. Von unserer Wohnung aus konnten wir gleich auf drei verschiedene Straßen schauen, da sie übereck verlief.

„Kein Wunder, dass es so laut ist", sagte Greta und setzte sich an den Tisch.

„Lauter als bei euch zu Hause definitiv. Aber glaube mir, für München ist das ruhig", versicherte ich. Ich kannte den Unterschied nur zu gut, obwohl ich schon so viele Jahre in München lebte. Selbst in Fannys Pension in Barth war es morgens ruhiger als hier in München um Mitternacht.

„Werden wir Zeit zum Shoppen haben?", fragte sie. „Oder müssen wir uns hundert Kirchen und andere Sehenswürdigkeiten anschauen?"

„Wir können das eine mit dem anderen verbinden, wenn du willst. Es gibt in der Innenstadt sehr viel zu sehen, und zusätzlich tolle Läden."

Sie schwieg und nestelte an ihren Fingernägeln.

„Was hältst du davon, wenn wir Ben fragen, ob er Lust hat, mit dir loszuziehen?"

Sie riss die Augen auf. „Allein?"

„Er ist hier aufgewachsen und kennt die besten Ecken. Du hättest deinen eigenen Fremdenführer, es sei denn, er …"

„Wer ist Fremdenführer?" Maren kam zu uns, schnappte sich den Teller mit den Orangenscheiben und setzte sich zu mir. Es fühlte sich sehr ungewohnt an. Ich hatte einen Kloß im Hals und wagte kaum, mich zu bewegen. In meiner Erinnerung haben wir so gut wie nie gemeinsam gefrühstückt. Durch den Altersunterschied waren wir schon als Kinder oft getrennte Wege gegangen. Und das sonntägliche Familienfrühstück hatte es nach Vaters Tod gar nicht mehr gegeben.

Ich spürte Marens forschenden Blick, sie wartete auf eine Antwort.

„Wir sprachen gerade darüber, dass die Kinder durchaus allein durch die City bummeln können. Ben kennt Schloss Nymphenburg in- und auswendig, das würde ihn langweilen. Er könnte stattdessen Greta die Shoppingmeilen rund um den Stachus zeigen."

Meine Kopfhaut kribbelte, so angespannt war ich. Hoffentlich verstand Maren diesen Vorschlag nicht gleich wieder als Einmischung.

„Würde Ben denn so was machen? Ist ihm das nicht zu langweilig?", fragte Maren.

„Keine Ahnung, am besten wir fragen ihn. Aber wenn Greta lieber bei uns sein soll, dann ist das auch okay. Ich verspreche, es wird keine langweilige Touristentour."

Schließlich kamen auch Vincent und Ben zu uns.

„Seit wann trinkst du Tee zum Frühstück?", fragte mein Sohn und rümpfte seine Nase. Die Kräutermischung roch tatsächlich gewöhnungsbedürftig.

„Nur ausnahmsweise und eher vorbeugend. Irgendwas lauert mir in den Knochen, ich will jetzt aber nicht krank werden", sagte ich.

„Eine Erkältung?", fragte Maren.

„Nein. Oder doch? Ich weiß es nicht. Aber ich nehme gleich Aspirin und dann ziehen wir los. Nichts soll uns aufhalten." Ich lächelte breit in die Runde. „Jetzt wird aber erstmal ordentlich gefrühstückt."

Leider hatte ich genau wie gestern kaum Appetit. Im Gegenteil, nichts wollte mir schmecken. Kein Wunder, ich hatte vor lauter Lampenfieber über Marens Besuch seit Tagen nicht gut geschlafen. Es war immerhin ihr erster Besuch in meiner Welt, in meinem Leben. Da konnte die Verdauung schon mal ins Stolpern geraten. Einerseits hatte ich mich wie verrückt auf meine Schwester gefreut, mein neues Lieblingswort: Schwester. Andererseits war unsere neue Beziehung noch so weich wie warmer Tortenguss. Jede noch so kleine, unbedachte Bewegung oder Äußerung könnte einen weiteren unschönen Abdruck hinterlassen.

Es war schon beinahe Mittag, bis wir endlich aufbrechen konnten. Ben und Greta fuhren mit der S-Bahn zum Stachus und wir verabredeten uns für später auf einen Eisbecher am Marienplatz.

Am Sonntagvormittag wollten Vincent, Maren und Greta wieder heimfahren.

„Danke, dass du uns so viel gezeigt hast", sagte Vincent. „Dein Büro ist toll, dein Hotel auch, und deine Lisa, die ist echt ..."

„Toll. Ich weiß", sagte ich und musste gleich wieder lachen. Lisa erinnerte sich noch lebhaft an Vincents ersten Anruf und war mächtig gespannt auf den Mann gewesen, der so eine erotische Telefonstimme hatte. Sie hatte ihn und Maren zappelig begrüßt und ihm dauernd irgendwelche Fragen gestellt, eine merkwürdiger als die andere.

„Was stimmt nicht mit deiner Assistentin?", hatte Maren mich flüsternd gefragt, als Lisa zum dritten Mal aus dem Zimmer gestürzt war, weil sie meinte, irgendetwas vergessen zu haben.

„Es liegt an seiner Stimme", raunte ich. „Sie findet, dass Vincent am Telefon sehr sexy klingt."

Maren war rot geworden, weiß der Teufel warum, und Vincent hatte uns verständnislos angeschaut, als wir kichernd die Köpfe zusammengesteckt hatten.

Ich hatte Maren meinen Alltag gezeigt, meine Lieblingsplätze in München und am Samstagabend waren wir im Hirschgarten gewesen. Alles wie in einer ganz normalen Familie.

Über die Nierentransplantation hatten wir so lange einvernehmlich geschwiegen, bis uns beiden wohl klar war, dass es nichts mehr darüber zu diskutieren gab.

Das Gespräch mit der Ethikkommission war für den siebzehnten September festgelegt, einem Donnerstag. Ausgerechnet in den Tagen zuvor, eigentlich die gesamte Woche davor, war bei uns im Büro die Hölle los. Der neue Finanzvorstand hatte Prüfberichte aller Personalkostenstellen angefordert und so wälzten Lisa und ich abwechselnd kilometerlange Spesenabrechnungen der Hoteldirektoren aus ganz Europa, denn erfahrungsgemäß wurde immer dort zuerst nach Schwachpunkten gesucht. Aber unsere Unterlagen waren sauber und vollständig. Trotzdem stöhnte ich jedes Mal, wenn das Telefon klingelte. Mein Magen-Darm-Infekt war immer noch nicht ganz ausgestanden und ich war froh, dass ich weder Maren noch sonst jemanden angesteckt hatte.
„Hast du schon wieder Bauchschmerzen?", fragte Lisa. Ich hatte meine Hand auf meinem Bauch und ihren Blick nicht bemerkt.
„Nicht mehr so schlimm. Es geht jeden Tag besser."
„Wer es glaubt! Du siehst blass aus. Und gestern hast du die Muffins ignoriert, die ich dir mitgebracht hatte."
„Eine reine Vorsichtsmaßnahme. Zucker ist nicht gut bei einer Magenverstimmung."
Lisa baute sich vor mir auf und sah mich streng an.

„Niemand hat vier Wochen lang eine Magenverstimmung, Elena. Nimm das nicht auf die leichte Schulter. Gerade jetzt musst du auf deine Gesundheit achten."

„Ja, ja." Ich strich ihr dankbar über den Arm, griff nach meinem Smartphone und der schwarzen Mappe, das nächste Meeting begann in sechs Minuten.

„Ich muss los."

„Wenn du wieder da bist, reden wir über das Thema Verhütung", rief Lisa mir nach und ich wäre beinahe gegen die Wand neben dem Fahrstuhl gerannt.

„Hast du sie noch alle?" Ich tippte mit dem Zeigefinger an meine Stirn, die Fahrstuhltür öffnete sich mit einem leisen Pling und drinnen wartete ein Kollege von der Haustechnik, dass es abwärts ging. Er lächelte mich arglos an.

„Guten Tag, Frau Mohn."

Ich nickte nur hastig, stieg ein und versuchte, Lisas Worte zu vergessen. Jetzt spinnt sie total! Ich hatte mir im Frühjahr eine neue Spirale einsetzen lassen. Alles gut! Keine Panik! Lisa ist doof!

Nach dem Meeting hatte ich den Vorfall schon fast vergessen und erklärte meiner fürsorglichen Assistentin, dass sie auf dem Holzweg sei.

„Ich fahre jetzt nach Hause, packe meine Tasche, denn um einundzwanzig Uhr geht mein Flug nach Rostock. Morgen ist unser großer Tag", sagte ich und es hörte sich wie ein Schlusswort an. Lisa nahm es mit gefalteten Händen und lächelnd entgegen.

„Ich drücke euch ganz fest die Daumen. Grüße bitte Maren von mir."

Später am Flughafen, als ich meinen Ausweis und das Ticket aus meiner Handtasche holte, entdeckte ich eine kleine Schachtel, die ich dort nicht hineingesteckt hatte. Ein Schwangerschaftstest aus der Apotheke! Lisa hatte einen weißen Zettel mit einem Gummiband darum gewickelt. „Glauben heißt nicht wissen" hatte sie geschrieben und einen breit grinsenden Smiley darunter gemalt. Entsetzt stopfte ich die Schachtel zurück, ganz weit nach unten.

Nach der Landung in Rostock ließ ich mich in einem Taxi nach Barth bringen. Morgen wollte Maren mich abholen und dann wollten wir gemeinsam um zehn Uhr vor die Ethikkommission treten. Ich sah zum Seitenfenster hinaus und obwohl es inzwischen schon dunkel war, kannte ich die Strecke gut genug, um mich zu orientieren.

Fast belustigt beobachtete ich mich selbst, wie ich meine Handtasche wieder und wieder hochnahm, nur, um sie gleich wieder abzulegen. Es war einfach albern. Albern und unwahrscheinlich. Nein, ich würde diesen dämlichen Test nicht machen. Im Flugzeug hatte ich kurz darüber nachgedacht, das Päckchen einfach in die Tasche an meinem Vordersitz zu stecken, zu den Zeitschriften und Sicherheitshinweisen. Doch dann malte ich mir aus, was das Kabinenpersonal bei so einem Fund wohl denken würde.

Ich war nicht schwanger, da war ich mir ganz sicher. Ich kannte meinen Körper gut genug, diese andauernde Übelkeit musste einen anderen Grund haben.

In der Pension fand ich einen liebevoll belegten Teller mit frischem Brot, Quark und Tomatenscheiben auf meinem Zimmer vor. Ich war gerührt, dass Fanny stets auf meine Vorlieben achtete. Ich überlegte, sie an eines unserer Ausbildungshotels abzuwerben, damit sie den jungen Leuten vermittelte, was Gastfreundschaft und Service bedeuteten. Unsere Branche konnte sehr anstrengend sein. Gäste konnten sehr anstrengend sein. Unhöflich, arrogant, ungerecht, bestenfalls ignorant. Aber in kaum einer anderen Branche bekam man so häufig die Gelegenheit, genau solch einem Gast ein Lächeln auf die Lippen zu zaubern. Davon verstand Fanny eine ganze Menge. Und so ähnlich hatte sich Greta ausgedrückt, als wir in München mit ihr über ihre Zukunft gesprochen hatten. Ich hatte gesehen, wie sehr Maren das Thema auf der Seele lastete. Und Greta hatte erzählt, was ihr während ihres Praktikums im Hotel in Rostock am besten gefallen hatte. Maren wollte Greta glücklich sehen. Dazu gehörte es ihrer Meinung nach allerdings, sie vor möglichen Fehlentscheidungen zu bewahren. Ich sah das selbstverständlich etwas entspannter, aber vielleicht auch deshalb, weil ich einen Sohn hatte. Es war dumm, Mädchen von vornherein mehr beschützen zu wollen, doch sicher war es ein Ur-Instinkt, den man nicht mal eben abstellen konnte. In einer ruhigen Minute hatte ich Maren und Greta gebeten, einfach alles auszusprechen, was ihnen bezüglich der Zukunftspläne für das Mädchen wichtig schien. Greta hatte uns damit überrascht, dass sie sich mit Ben gemeinsam den

Campus der Münchner Uni angeschaut hatte und seither wusste, dass sie dort auf keinen Fall studieren wollte.

„Viel zu viele Menschen", hatte sie gesagt. Außerdem zu groß, zu unübersichtlich, zu unpersönlich. In diesem Moment war sie ganz Marens Tochter. Ich hatte meine Schwester angesehen, sie hatte wohl ähnlich gedacht und wir hatten uns angelächelt. Schlussendlich hatte Greta sich umständlich bei mir bedankt, dass ich mir so viel Mühe gemacht hatte, aber am liebsten würde sie eine Ausbildung zur Hotelfachfrau absolvieren, als erste Stufe, in ihrer Heimat.

„Sehr gute Entscheidung." Mehr hatte ich nicht gesagt, Maren hatte vor lauter Rührung gar nicht sprechen können und Vincent hatte aus dem Fenster geschaut und sich mehrmals räuspern müssen. Am nächsten Morgen gab ich Greta einen Zettel mit zwei Namen und Telefonnummern, den Rest würde sie selbst schaffen.

Natürlich hatte ich nach dem Familienbesuch in den jeweiligen Hotels in Rostock und in Warnemünde angerufen und darum gebeten, auf den Namen Keller bei den kommenden Bewerbungen zu achten. Blut ist dicker als Wasser.

Ich hockte mich im Schlafanzug mit meinem Abendbrot aufs Bett und studierte die Gebrauchsanweisung für den Schwangerschaftstest. Ich war nur neugierig, wie so ein Ding überhaupt funktionierte. Ausprobieren wollte ich es ganz sicher nicht. Nebenbei fiel mir auf, dass ich seit meiner Landung in Rostock keinerlei Übelkeit mehr verspürte. Es ging also aufwärts. Oder ich war urlaubsreif. Oder war es reine

Kopfsache? Auch solche psychosomatischen Anzeichen hatte ich in den letzten Wochen in Betracht gezogen. Denn komischerweise nahmen der Brechreiz und das flaue Gefühl im Magen immer dann zu, wenn ich in München war. Und besonders schlimm war es im Büro. Wurde es Zeit für einen Tapetenwechsel? Ich horchte in mich hinein. Seit rund zwölf Jahren lebte ich nun in München. Früher hatte ich immer behauptet, dass Gelenke steif wurden, wenn man sie nicht regelmäßig bewegte. Wann hatte ich mich zuletzt bewegt? Mein Handy brummte. Eine SMS von Tristan.
„Haben wir morgen wenigstens Zeit für einen Kaffee?"
Er war noch in Kiel zu einer Tagung des B.U.N.D und würde erst morgen früh kommen können.
„Nein."
„Schade."
„Aber für ein Mittagessen. Rückflug wurde verschoben auf abends."
Ich liebte es zu sehr, Tristan ein wenig zappeln zu lassen. Wahrscheinlich weil ich total verschossen war. Mein Handy brummte erneut.
„Irgendwann lege ich dich für deine große Klappe übers Knie."
„Versprochen?"
Ich aß eine Schnitte mit ein paar Tomatenscheiben und zappte eine Weile durchs Fernsehprogramm, ohne wirklich etwas zu sehen. Später meldete sich mein Handy noch einmal.
„Und, Test gemacht?", fragte Lisa an.
„Welchen Test?", schrieb ich zurück und löschte das Licht.

Am nächsten Morgen pinkelte ich auf diesen verfluchten Teststreifen und beschimpfte Lisa ununterbrochen in Gedanken. Warum tat ich mir das an? Ich war nicht schwanger, Punkt! Ich würde Lisa später ein Foto von dem Testergebnis schicken, damit sie endlich Ruhe gab. Super! Jetzt fotografierte ich also schon bepinkeltes Papier. So weit kam es noch.
Ich stopfte das Stäbchen, ohne abzuwarten, in die Plastikhülle zurück und packte alles zusammen. Ich hatte keine Zeit mehr, Fanny wartete unten mit dem Frühstück, denn Maren wollte in fünfzehn Minuten hier sein.
Ich suchte meine Sachen zusammen, vor allem die Liste mit den Fragen, die die Kommission wahrscheinlich stellen würde. Ich hatte übers Internet Kontakt zu einer Angehörigen-Selbsthilfe-Gruppe aufgenommen, deren Mitglieder mir bereitwillig Auskunft gegeben hatten. Die Fragen der Kommission variierten von Fall zu Fall, je nach Lebenssituation und Allgemeinzustand des Patienten, also hatte ich mir einfach so viele Fragen wie möglich notiert. Im Bad griff ich nach meinem Lippenstift, der Handcreme – und der Schachtel mit dem Test. Ich wollte ihn nicht im Mülleimer des Pensionszimmers lassen, dafür arbeitete ich einfach schon zu lange in der Branche. Und vielleicht schickte ich Lisa ja doch noch ein Foto. Ich fühlte mich prächtig und hüpfte beinahe die Treppe hinunter.
„Du strahlst ja so", begrüßte Maren mich. Sie stand mit Fanny in der Tür zum Salon.
„Ich habe Ihre Schwester hereingebeten. Noch ist Zeit für einen Kaffee und eine kleine Stärkung, habe ich ihr gesagt. Und

warum sollte sie draußen im Auto warten?" Fanny sah uns an, ich nickte, Maren hob die Schultern. Dann setzten wir uns.
„Ich strahle so, weil ich sehr optimistisch bin. Wenn heute alles glatt geht, hast du schon bald deine neue Niere."
„Und du eine weniger", sagte Maren, ohne mich anzusehen.
Nach einem kurzen Frühstück, wir waren beide doch zu nervös, fuhren wir los und ich las Maren die Fragen vor.
„Von wem kam die Idee oder der erste Impuls, über eine Lebendspende nachzudenken? Sie könnten es ja zunächst mit der Dialyse versuchen."
Maren sah mich mit hochgezogenen Augenbrauen an.
„Woher, sagtest du, hast du die Fragen?"
„Von Leuten, die schon vor dieser Kommission gesessen haben. Ich denke mir so was nicht aus", antwortete ich.
„Das ist eine fiese Frage. Soll ich Vincent aus dem Spiel lassen?"
„Das wird nicht gehen", sagte ich. „Irgendwann fragen sie dich ohnehin nach dem Rest der Familie."
Sie schwieg und ich verstand ihr Dilemma. Schon bei der ersten Frage würden Zweifel aufkommen, zumindest bestand ein Risiko.
„Du kannst ihnen ja sagen, dass Vincent dich von Anfang an unterstützt hat, und dass es ein längerer Prozess gewesen ist", schlug ich vor.
„Nächste Frage."
„Haben Sie Geld bekommen oder bezahlt, damit die Lebendspende durchgeführt wird?"
„Nein."

„Wie stehen Ihre Ehepartner und Kinder zu der bevorstehenden Operation?"

Maren seufzte leise. „Ihr Optimismus ist größer als meiner", sagte sie, „aber das muss ich der Kommission nicht auf die Nase binden, oder?"

Ich schüttelte den Kopf.

„Ist dir bewusst, dass selbst nach einer erfolgreichen Transplantation keineswegs alles für immer eitel Sonnenschein sein muss?", fragte Maren mich. Ich überflog die Liste.

„So ähnlich steht es hier. Ja."

„Ich will es von dir wissen, Elena. Jetzt, wo uns niemand hören kann. Ist dir klar, dass vielleicht alles umsonst ist? Die OP ist ein schwerer Eingriff, wir werden Wochen oder Monate brauchen, um wieder auf die Beine zu kommen. Und das alles ohne Garantie. Vielleicht arbeitet die Niere dann nur wenige Jahre?"

„Ja, das weiß ich alles. Und ich will es trotzdem. – Weiter."

„Verdammt!", rief Maren und schlug mit der flachen Hand auf das Lenkrad. Erschrocken sah ich nach vorn, ob vor uns rote Bremslichter aufleuchteten.

„Was hast du?", fragte ich.

„Kannst du nicht ein einziges Mal anders sein als cool und gut?"

„Doch, aber nur bei Männern."

Wir lachten etwas hölzern, wobei ich mir sicher war, dass sie an Vincent dachte, während ich Tristans Gesicht vor mir sah.

„Nächste Frage: Wie steht es mit dem Thema Familienplanung?"

„Abgeschlossen", sagte Maren wie aus der Pistole geschossen.

„Bei mir auch", murmelte ich und schob meine Handtasche mit dem Fuß aus meinem Blickfeld.

„Hat sich Ihr Verhältnis zueinander spürbar verändert, seit Sie über die Lebendspende nachdenken?"

„Puh", machte Maren. Ich sah sie von der Seite an. Am liebsten hätte ich laut „ja" gerufen, aber dann hätte sie mir wieder irgendetwas vorgeworfen. Ich war glücklich, dass wir uns angenähert hatten, trotz oder gerade wegen der zusätzlichen Hürden in Gestalt unserer Mutter oder Vincent. Aber ich kannte Maren gut genug, um zu wissen, wie sehr sie diese Veränderung beunruhigte. Alles, was mich neugierig machte, ängstigte sie. Neue Herausforderungen, bei denen ich ein Kribbeln im Bauch verspürte, sorgten bei ihr eher für Bauchgrimmen.

Ich ließ es gut sein mit den Fragen und versuchte, Ruhe auszustrahlen. Ich wollte nicht, dass Maren sich weitere Sorgen einredete. Es überraschte mich keineswegs, dass sie sich Gedanken machte, wie mein Leben nach der OP aussehen könnte. Wahrscheinlich war man als älteres Geschwisterkind eher damit beschäftigt, auf die anderen zu achten und den Schiedsrichter zu spielen, wenn es zu Auseinandersetzungen kam. Es ging zu Hause fast nie darum, was Maren wollte oder mochte. Sie musste immer schlichten. Zwischen mir und Mutter, zwischen Mutter und Vater. Sie übersetzte das Schweigen und das Grollen, genauso wie die heimlich-liebevollen, wenn auch vergeblichen Gesten unseres Vaters. Ich denke, Maren hatte diesen Blickwinkel nie ganz abgelegt. Jahrelang hatte sie sich alle Mühe gegeben, mir zu versichern, dass unsere Mutter auch ihre guten Seiten hatte. Was ich nicht bestritt. Das Problem lag meiner Meinung nach darin, dass ihr selbst diese guten Seiten peinlich waren. Sie vertuschte sie, so gut es ging. Ihre oberste Lebensmaxime lautete: Das Bild nach außen muss stimmen. Dem ordnete sie alles unter. Nicht selten hatte sie ein vermeintliches oder tatsächliches Urteil der Nachbarn härter getroffen, als das ihrer Familie.

Wir trafen pünktlich im Krankenhaus ein, und nach einer festen Umarmung auf dem Flur traten wir vor die Kommission. Noch im Fahrstuhl nach oben hatte ich Maren plötzlich angeboten, umzukehren, wenn diese OP für sie absolut undenkbar wäre. Doch sie hatte heftig den Kopf geschüttelt. „Nein, wir ziehen das jetzt durch. Sonst liegt ihr zwei mir ewig in den Ohren und das halte ich wirklich nicht mehr aus."
Ich hatte sie angestrahlt, weil es ihre Art war, mir zu sagen, dass sie unserer Beziehung vertraute.
Die Kommission bestand aus vier Männern. Einer stellte sich als Jurist vor, einer war Psychologe und die anderen beiden waren Ärzte. Sie sprachen sehr freundlich und ruhig mit uns und ich hatte das Gefühl, dass sie sich wirklich für unseren Fall interessierten. Der Psychologe stellte die meisten Fragen an mich, sodass ich den Eindruck gewann, es ginge hauptsächlich darum, herauszufinden, ob ich diese Operation freiwillig über mich ergehen lassen würde. Ich antwortete wahrheitsgemäß und lächelte Maren zu.
Nach dreißig Minuten war die Frageraunde beendet und die Mitglieder der Ethikkommission ließen uns wissen, dass aus

ihrer Sicht alles in Ordnung sei. Das abschließende Gutachten ginge uns in den nächsten Tagen schriftlich zu. Wir rannten beinahe aus dem Besprechungszimmer und standen uns einen Moment lang sprachlos auf dem kahlen Flur gegenüber.
„Was zappelst du so rum?", fragte Maren und merkte scheinbar nicht, dass sie die ganze Zeit meinen Arm drückte.
„Nichts, nichts! Ich war nur so aufgeregt!"
„Du? Mir war übel, als sie nach Greta gefragt haben. Oh, Mann!"
Marens Augen leuchteten wie nach einem bestandenen Examen.
„Ich muss dringend aufs Örtchen", sagte ich und lachte. „Vorher habe ich mich nicht getraut."
Ich rannte den Flur hinunter, an dessen Ende ich ein Hinweisschild entdeckt hatte. Mein Herz schlug wie verrückt. Wir hatten grünes Licht! Die Kommission hatte uns noch einmal darauf hingewiesen, dass wir unbedingt die Begleitbroschüre und alle sonstigen Informationsquellen studieren sollten. Bei Fragen oder Zweifeln sollten wir uns an Marens Ärztin wenden und jede von uns hätte das Recht, jederzeit ihr Einverständnis zurückzuziehen. Nein, nein. Das würde nicht passieren. Maren sollte meine Niere bekommen und dann würden wir sie gemeinsam hegen und pflegen, damit sie möglichst lange und gut funktionierte. Ich war so aufgedreht, dass ich auf dem Klo sang und pfiff. Und nebenbei schrieb ich eine SMS an Tristan.
„Geschafft!"
Anschließend wusch ich mir die Hände und suchte in meiner Handtasche nach dem Lippenstift. Ich kramte, ohne etwas zu

sehen, und rammte mir schließlich eine Ecke der Pappschachtel unter den Fingernagel, in der der Schwangerschaftstest steckte. Verdammter Mist! Ich nahm die Schachtel heraus und lutschte an meinem pochenden Finger. Dann musste ich lachen bei der Erinnerung an heute früh, als ich so umständlich auf den Teststreifen gepinkelt hatte. Ich zog das Röhrchen aus der Verpackung, um das Testergebnis für Lisa zu fotografieren. Und starrte auf zwei rosa Streifen. Zwei, nicht einer. Zwei für Katastrophe, einer für „nicht schwanger". Entsetzt warf ich alles in den Mülleimer, zog mindestens zehn Papierhandtücher aus dem Spender und stopfte sie hinterher. Nein, ich war nicht schwanger! Ausgeschlossen! Ich konnte gar nicht schwanger sein. Mir wurde heiß und kalt. Normalerweise neigte ich nicht zu Panikattacken, aber in dieser Minute hätte ich zu gern laut geschrien. Stattdessen schlug ich die Hände vors Gesicht. Dann riss ich das Fenster auf und lehnte mich so weit wie möglich hinaus. Frische Luft und feiner Nieselregen trafen auf meine Wangen und ich hatte den Eindruck, alles würde verdampfen. Reiß dich zusammen, Elena Mohn! Du bist nicht schwanger. Diese Tests sind unzuverlässig, das weiß man doch.

Mein Verstand wehrte sich gegen alle Bilder, die vor meinen Augen auftauchten. Tristan und ich in unserer ersten Nacht. Tristan und ich in unserer zweiten Nacht. Wann hatten wir aufgehört, Kondome zu benutzen? Als er mir sagte, dass sein letztes Mal länger zurücklag als seine letzte Blutspende. Und als ich ihm gestand, dass ich mich an mein letztes Mal kaum erinnern konnte. Ich hatte mich auf meine Spirale verlassen und ich war nicht bereit zu sagen, dass sie nicht zuverlässig wäre. Meine wochenlange Übelkeit, die Kopfschmerzen. Nein, das durfte nicht wahr sein. Und auch wenn alles auf eine Schwangerschaft hindeutete, sicher konnte ich erst nach einem Besuch bei meiner Frauenärztin sein.

Ich zog das Fenster wieder zu und ließ kaltes Wasser über meine Unterarme laufen. Dann legte ich meine Hände an die Fliesen neben dem Waschbecken. Jede Hand in eine Fliese. Ich fühlte die makellose Oberfläche an meinen Handtellern, während die Fingerspitzen von Zeige- und Mittelfinger die rauen Fugen nachzeichneten. Die klare Abgrenzung zwischen glatt und rau tat gut. Ich löste meine linke Hand von der Wand und legte sie auf die nächste Fliese neben meiner rechten Hand, dann noch einmal und noch einmal. Wie in Zeitlupe. Ich sah nichts anderes als die weißen Quadrate in ihren exakten Linien. Stück für Stück, Schritt für Schritt. Am Ende angekommen, drehte ich mich um und wiederholte die Prozedur, bis ich wieder am Waschbecken stand. Diese Fliesenwanderung hatte ich mir als kleines Mädchen angewöhnt, wenn ich mich vor unserer wütenden Mutter versteckt hatte. Sie war nicht nur wütend gewesen, sondern tobte dann im ganzen Haus. Sie ahnte nicht, dass ich mich als einzige in unseren ehemaligen Kartoffelkeller traute, den es in unserem alten Haus gab. Die Wände waren bis zur Decke gefliest. Gelbliche Fliesen mit schwarzen Fugen. Spinnen hingen in den Ecken, aber vor denen hatte ich nie Angst gehabt. Ich war die Fliesen mit meinen Händen entlang gewandert bis zum Ende und dann eine Reihe weiter oben oder unten wieder zurück. Solange, bis Mutters Geschrei verstummt war. Später erst war mir aufgegangen, dass diese Monotonie mich davor bewahrt hatte, durchzudrehen. Als erwachsene Frau hatte ich dieses Ritual nur noch selten gebraucht. Mein Herzschlag beruhigte sich. Ich strich mir die Haare aus dem Gesicht, tupfte mir schnell die Augenringe weg und ging zu Maren.

Sie war inzwischen nicht mehr allein, Tristan hatte sich zu ihr gesellt. Als er mich sah, stutzte er kurz. Mist, seine verfluchte Beobachtungsgabe! Alles auf Angriff, sagte ich mir. Ich ging zu ihm und küsste ihn herzhaft auf den Mund, ehe er seine Frage stellen konnte. Als er schließlich „Hallo" sagte, räusperte Maren sich neben uns und starrte auf ihre Füße.

„Schön, dass du da bist", sagte ich zu Tristan. „Wir können feiern gehen."

„Ist alles okay bei dir?", fragte Maren. „Ich dachte schon, du kommst gar nicht mehr wieder."

„Ja, alles prima. Ich musste ... äh, telefonieren. Tut mir leid. Gehen wir?"

„Mit dem größten Vergnügen", sagte Tristan und legte seinen Arm um meine Hüfte.

„Ich habe aber nicht wirklich viel Zeit", sagte Maren. „Ich muss zurück nach Löbnitz." Ihre Wangen färbten sich ein wenig rosa und in ihren Augen stand wieder dieses Strahlen.

„Die Neuigkeit will berichtet werden, ich verstehe. Aber wenigstens eine Kleinigkeit essen, irgendwo in der Nähe?"

„Okay, aber nur kurz."

Wir fanden ein Bistro an der Schillingstraße und erzählten Tristan haarklein, wie wir die Kommission überzeugt hatten. Er hielt die ganze Zeit meine Hand und ich wäre am liebsten unter seine breiten Schultern geschlüpft. Jedes Mal, wenn die Unterhaltung für ein paar Sekunden stockte, sah ich zwei rosa Streifen auf weißem Grund.

Maren verabschiedete sich unmittelbar nach dem Essen.

„Ich gehe davon aus, dass du Elena ohnehin in die Pension bringen wolltest", sagte sie zu Tristan und zwinkerte ihm zu. Sie mochte ihn. Tristan zwinkerte zurück und schenkte mir einen prüfenden Blick aus halb geschlossenen Augen.

„Vielleicht nicht sofort, aber irgendwann werde ich sie wohlbehalten abliefern."

Meine Ohren glühten, denn zu seinen frechen Andeutungen hatte er seine Finger an der Innenseite meines Oberschenkels nach oben wandern lassen. Ich drückte meine Hand mit einer Serviette darauf, doch er ließ sich nicht stören.

Wir bestellten Kaffee und kuschelten uns, so gut es ging, aneinander.

„Dann wird es also tatsächlich bald die große Operation geben", sagte Tristan und küsste meine Stirn. Er klang besorgt. Doch ich hatte jetzt nicht die Kraft, seine Sorgen mit sachlichen Argumenten zu zerstreuen.

„Ich hatte Sehnsucht nach dir", flüsterte ich.

„Hm, klingt gut. Wonach genau?" Seine Finger setzten ihren Weg fort. Ich atmete tief ein und aus, und rutschte nach vorn an die Stuhlkante. Er küsste mich ausgiebig, doch dann fühlte ich wieder seinen wachsamen Blick auf meinem Gesicht.

„Kann es sein, dass du vorhin ein wenig geschwindelt hast? Du warst doch nicht wirklich zum Telefonieren auf der Toilette."
Ich schloss meine Augen, doch es half nichts. Tristan legte seine Hände brav auf den Tisch und wartete.
„Lass uns zahlen und einen kleinen Spaziergang machen", sagte ich.
Der Nieselregen hatte sich verzogen und über uns blitzten ein paar Sonnenstrahlen durch kleine Wolkenlücken.
„Also, was hast du wieder angestellt?", fragte Tristan und brachte mich damit in Sekunden auf die Palme.
„Wieso ich? Vielleicht bist du ja der Übeltäter?"
Er lachte. „Ganz bestimmt nicht. Ich war die ganze Woche in Kiel."
„Trotzdem, du bist schuld!" Ich wollte es nicht, aber die Worte kamen über meine Lippen, ehe ich sie aufhalten konnte. Dabei wollte ich es ihm am liebsten gar nicht sagen. Wozu die Pferde scheu machen, wenn es am Ende nur blinder Alarm wäre.
„Elena aus München, Personalchefin, Mutter und fantastische Geliebte, rückst du jetzt endlich mit der Wahrheit raus?"
Wir blieben stehen, er hatte seine Hände in den Hosentaschen, ich fummelte am Kragen meiner Jacke herum.
„Ich habe … hm, könnte sein, dass ich eventuell … schwanger bin."
Ich war unsicher, ob ich laut genug gesprochen hatte und sah ihm ins Gesicht. Die kleinen Regungen in den ersten Sekunden nach so einer Nachricht waren die wichtigsten. Alte Personaler-Weisheit. Blöde Kuh!

Tristans Augen wurden zuerst groß, dann noch größer, er öffnete den Mund, schien etwas fragen zu wollen, und dann lächelte er. Zuerst ein bisschen schief, dann immer breiter, wie ein Sieger. War das sein Ernst?

„Ist das wahr?"

„Nein, ich dachte, ich mache mal einen besonders blöden Witz! Ha, ha!", fuhr ich ihn an.

Sein Lächeln verschwand und er nahm mich in die Arme. Jetzt bloß nicht wieder heulen.

„Kein Grund zur Aufregung", sagte ich, „vielleicht stimmt es gar nicht. Ich hatte nur so einen dämlichen Test aus der Apotheke." Ich konnte kaum sprechen, so sehr bemühte ich mich, das Beben in meiner Stimme zu unterdrücken. Ich fühlte mich in Tristans Armen wie ein Mops im Schwitzkasten.

„Und du hast den Test gemacht, weil …?"

„Weil Lisa ihn mir einfach in die Tasche gesteckt hat."

„In die Tasche. Verstehe." Er sah mich an, als hätte ich die falschen Tabletten zum Frühstück bekommen.

„Ich hatte seit Wochen mit meinem Magen zu tun. Und mit meiner Verdauung, wenn du es genau wissen willst. Immerzu war mir übel. Und da ist Lisa auf die Idee gekommen, ich sei schwanger."

„Und du hältst das für unmöglich, weil …?"

„Weil, weil das nicht geht. Ich kann nicht schwanger sein."

„Elena, wir haben ziemlich oft miteinander geschlafen. Rein theoretisch …"

„Ich habe doch eine Spirale. Das habe ich dir gesagt." Ich stampfte mit dem Fuß auf und Tristan zog mich wieder an sich.

„Ich kann jetzt kein Baby bekommen", nuschelte ich in seine Jacke und spürte, wie er seine Wange auf meinen Scheitel legte. „Maren braucht meine Niere."
Er drückte mich fester.
„Am besten gehst du erstmal zum Arzt und verschaffst dir Gewissheit."
Ich sah ihn an, doch er mied jetzt meinen Blick.
„Ja, ich fliege heute Abend noch."
„Soll ich dich begleiten?"
„Nein."
Auf dem Weg zu Tristans Auto rief ich bei meiner Frauenärztin an, doch leider hatte sie erst am Montag Zeit für mich. Sie fragte, in welcher Woche ich sein könnte, wenn es so wäre und ich tippte auf etwa fünfte oder sechste. Höchstens in der siebten.
„Dann hat es auch noch übers Wochenende Zeit. Kommen Sie am Montag in der Mittagszeit zu mir."
Tristan brachte mich zurück in die Pension und wir verkrümelten uns mit einem Tee auf mein Zimmer. Fanny Hellwig wusste, dass ich heute Abend schon wieder abreisen musste, überließ mir das Zimmer aber, solange ich es brauchte. Sie hatte wissen wollen, wann die Operation nun frühestens stattfinden könnte und ich musste all mein schauspielerisches Talent aufbieten, um ihr unbefangen antworten zu können.
„Das hängt vom Krankenhaus ab, vom OP-Plan und den Ärzten. Aber sicher nicht vor November, vielleicht erst im Dezember."

In meinem Zimmer angekommen, setzten wir uns auf die Schwelle meiner Balkontür und lauschten eine Weile den Geräuschen aus dem Garten und von der Straße. Der Berufsverkehr zum Feierabend rollte aus Richtung Rostock heran, doch hinterm Haus hörten wir nur ein gleichmäßiges Brummen.

Erschöpft gab ich auf und ließ die Fragen in meinem Kopf zu, die alle mit *Was, wenn es wahr ist?* anfingen. Ich war knapp achtunddreißig Jahre alt. Eigentlich nicht zu alt, aber wollte ich überhaupt noch ein Kind? Diese Frage hatte sich seit Chris nicht mehr gestellt, weil ich nie wieder so eine ernsthafte Beziehung gehabt hatte. Und jetzt? War Tristan so eine ernsthafte Beziehung? Alles in meinem Kopf, in meinem Körper bejahte ihn. Er war ein Traummann, keine Frage. Aber auch ein guter Vater? Ben war beinahe flügge. Ich könnte mein Leben in Zukunft viel bequemer gestalten, weniger Organisation, weniger Rücksicht, mehr Freiräume. Ein paar Träume ausgraben und sehen, ob ich sie noch genug liebte. Mit einem Baby würde alles noch mal von vorn beginnen. Ich fühlte, wie ich lächelte. Ben war das hübscheste Baby aller Zeiten gewesen.

„Nehmen wir mal an, du bist tatsächlich schwanger. Und nehmen wir weiter an, es gäbe das Thema Nierentransplantation nicht. Wie wäre es dann für dich?" Er sah mich offen an und nahm meine Hand. Bisher war es mir meistens leicht gefallen, ihm die Wahrheit ins Gesicht zu sagen. Leichter jedenfalls, als ihm etwas vorzumachen. Anfangs war das ungewohnt für mich gewesen, doch inzwischen hatte ich die Vorteile dieser Offenheit erkannt. Es gab wenige

Missverständnisse zwischen uns und wir vergeudeten keine Zeit mit endlosen Diskussionen über Nichtigkeiten, nur um dem anderen die Chance zu geben, vielleicht doch Gedanken lesen zu können.

Aber jetzt zögerte ich die Antwort hinaus. Ich zögerte, weil ich keine Ahnung hatte, wie er darüber dachte. Folgte ich meinem Impuls, mich auf das Kind zu freuen, würde er sich bestimmt verpflichtet fühlen, sich ebenfalls freuen zu müssen. Sagte ich nein, stieß ich ihn vielleicht vor den Kopf, weil er sich etwas anderes erhofft hatte. Bis heute war uns unsere Offenheit leicht gefallen, weil wir nur über die Gegenwart zu entscheiden hatten. Zukunftspläne, so weit waren wir noch nicht.

Ich sah ihm in die Augen. „Ich würde das Baby wollen, wenn du mir zuerst gesagt hättest, dass du dich freust."

Für den Bruchteil einer Sekunde flatterten seine Augenlider, dann senkte er den Blick und schluckte. Noch ein tiefer Atemzug, dann sah er mich wieder an. Nie zuvor hatte ich soviel Liebe in einem Männergesicht gesehen.

„Ich darf dir nicht sagen, wie sehr ich mich auf ein Kind mit dir freuen würde, denn deine Schwester vertraut dir jetzt und hat der OP zugestimmt."

Ich nickte und ließ die Tränen einfach laufen. Er liebt mich und kennt mich schon viel besser, als ich mich selbst, dachte ich.

„Wolltest du jemals Vater werden?"

„Erst seit ich dich kenne, und Ben." Die Antwort kam so schnell, dass wir beide überrascht lauschten.

„Schlechtes Timing", sagte ich und suchte nach einem Taschentuch. Allmählich wurde der Tee kalt. Ich goss uns zwei

Tassen ein, aber so recht wollte er nicht schmecken. Ich trat auf den Balkon hinaus und betrachtete Fannys Gartenparadies. Dann schüttelte ich den Kopf.
„Ich kann Maren das nicht antun. Monatelang haben wir gekämpft, damit sie einwilligt. Einen zweiten Spender, der so gut passt wie ich, werden wir nicht finden. Ich muss zu meinem Wort stehen."
Tristan umarmte mich und ich klammerte mich an ihn. „Ich muss."
„Ich weiß", sagte er und seine Stimme versagte beinahe.

Als es dunkel wurde, brachte er mich zum Flughafen.
„Wenn du willst, nehme ich Urlaub und komme Montagfrüh nach. Dann begleite ich dich zu deiner Ärztin."
Ich konnte nur stumm den Kopf schütteln, so weh tat mir dieser Abschied. Nicht, weil Tristan mich allein ließ, sondern weil ich ihn allein ließ. Ich hatte die Macht, meine eigene Entscheidung zu treffen und er wusste, ich würde es tun. Wusste er auch, wie schwer mir das fiel? Für so eine Situation gab es keine richtigen Worte.

Am Samstagvormittag war ich zunächst eine Runde Joggen gewesen, um den Kopf wenigstens für ein paar Minuten freizubekommen. Doch überall begegneten mir Mütter mit Kinderwagen oder schwangere Frauen. Manchmal beides in einem.
Als ich zu Hause die Wohnungstür aufschloss, roch es nach Kaiserschmarrn. Die liebe Frau Senger war heute da und hatte

sich Zeit für Bens Lieblingsessen genommen. Mein Magen knurrte so laut, dass es mir fast peinlich war. Ich sah nach unten. „Hast du keine anderen Sorgen?"
Ich zog meine Turnschuhe aus, als Ben in den Flur kam.
„Hey, Mama, du kommst gerade richtig zum Essen", begrüßte er mich und ich bekam sogar einen Kuss auf meine Stirn. Seit wann war er so groß? Er sah mich an und stutzte.
„Hast du geweint?"
„Nein, das ist nur von dem kalten Wind." Gemeinsam gingen wir in die Küche zu Frau Senger.
„Ach herrje", sagte sie. „Gab es Ärger mit der Ethikkommission?" Ben hatte also noch nichts erzählt. Mit ihm hatte ich über das Ergebnis schon gestern Abend gesprochen.
„Nein, alles gut."
Frau Senger sah mich prüfend an, dann griff sie nach einem Glas im Regal über der Spüle und nahm den Aprikosenlikör aus dem Kühlschrank. Ich aß meine Portion Kaiserschmarrn normalerweise gern in der Version für Erwachsene. Doch dieses Mal zog ich meinen Teller weg.
„Für mich bitte keinen Alkohol. Vorläufig."
Meine Frau Senger war nicht dumm, aber sie war schnell aus der Fassung zu bringen. Ich nahm ihr die Flasche ab und stellte sie zurück. Dann goss ich mir ein Glas Leitungswasser ein.
„Was ist los?", fragte Ben, der nur durch die untypische Stille irritiert schien, denn er schaufelte unverdrossen seinen Kaiserschmarrn in sich hinein und schielte zwischendurch auf sein Handy. Gott, ich musste mich so beherrschen, ihn nicht einfach an mich zu reißen.

Frau Senger beobachtete mich immer noch wie eine Stange Dynamit samt Zeitzünder. Egal wie, ich musste es ihnen sagen, damit sie vorbereitet waren, falls ich am Montag einen positiven Befund bekäme. Positiv, für wen?

Ich setzte mich auf den Stuhl neben Ben und gab Frau Senger ein Zeichen, dass sie sich ebenfalls setzen solle. Mit den Fingern klaubte ich ein Stück Kaiserschmarrn von Bens Teller.

„Also, mit der Kommission haben wir uns ganz prima verstanden. Wir bekommen grünes Licht", sagte ich.

„Und weiter? Du klingst nicht zufrieden", sagte Ben.

„Na ja, es könnte sein, dass es da noch ein kleines Problem gibt. Tatsächlich ziemlich klein, wenn es denn existiert. Wenn …"

„Mama!"

„Wenn ich vielleicht schwanger bin."

„Huch!", quietschte Frau Senger und schlug sich die Hand vor ihren Mund.

„Du bekommst ein Baby?" Ben sah mich an, als hätte ich ihm eröffnet, dass wir morgen nach Grönland auswandern. Begeisterung sah anders aus.

„Von diesem Tristan?", fragte Frau Senger und es war ihr unglaublich peinlich.

Ich nickte. „Aber vielleicht ist es nur blinder Alarm", versuchte ich, beide zu beschwichtigen. „Ich gehe am Montag zum Arzt, denn ich hatte auf die Schnelle nur einen Test aus der Apotheke. Noch gibt es keinen Grund …"

„Aber denkbar ist es", flüsterte Frau Senger, als fürchtete sie, den Embryo mit ihrer Stimme in die Flucht zu schlagen. Sie fächelte sich mit einer Werbepostkarte unseres Weinhändlers Luft zu.

Ich hatte Tristan ihr gegenüber bisher wenig erwähnt, weil ich nicht wollte, dass sie dachte, ich würde wegen etwas anderem als der Nierenspende so oft in den Norden reisen. Oder wegen jemand anderem. Ich hatte nicht geplant, mich zu verlieben.

„Bist du nicht zu alt für Fläschchen und Windeln?", fragte Ben und ich fühlte mich, als hätte er mir einen Eimer kaltes Wasser über den Schädel gegossen.

„Ben!", rief Frau Senger ihn zur Ordnung.

„Schon gut. Ich weiß, mein Schatz, in deinen Augen wirkt das total bescheuert. Andererseits, heutzutage bekommen die meisten Frauen in meinem Alter überhaupt ihr erstes Kind."

„Aber…"

„Nichts aber. Warten wir einfach Montag ab. Und selbst wenn ich wirklich schwanger sein sollte, muss das nicht heißen, dass ich das Kind auch bekomme. Ich muss an Maren denken, sie verlässt sich auf mich."

Am Sonntag frühstückte ich ohne Ben und horchte in meinen Bauch hinein. Es war albern, aber ich fühlte mich nicht allein. Ich drückte versuchsweise gegen die kleine Wölbung über dem Hosenbund, aber die sah aus wie immer. Erneut schmeckte ich Tränen auf meinen Lippen. Diese Heulerei machte mir am meisten Angst. Damals, als ich mit Ben schwanger war, habe ich praktisch neun Monate lang nur geflennt. Immerzu. Letzte Nacht war ich aus einem wirren Traum aufgewacht und hatte in derselben Sekunde vergessen, was mich so erschreckt hatte.

Anschließend hatte ich wach gelegen und mir Tristans Gesicht in Erinnerung gerufen. Wie er mich beim Abschied angesehen hatte. Tapfer und cool hatte er sein wollen, damit ich nicht den leisesten Hauch einer Verpflichtung ihm gegenüber fühlte. Aber ging das überhaupt? Konnte ich ein Leben gegen ein anderes abwägen? Ich hatte den Schmerz in seinen Augen gesehen und war extra kühl geblieben, um es ihm nicht noch schwerer zu machen. Wir hatten beide versucht, den anderen zu schützen. Ich dachte an unsere erste Begegnung am Straßenrand. An die verrückte Radtour und Tristans merkwürdigen Fragen. Dann unser Tanz beim Unternehmerball, meine Beichte in seiner Wohnung, die Bücherregale über seiner Schlafzimmertür. Selbst die Nähe zu meiner Mutter hatte ihren Schrecken verloren und ich konnte mich nicht an den genauen Zeitpunkt erinnern, seit wann das so war. Jede weitere Reise in meine alte Heimat hatte sich besser angefühlt als die vorangegangene. Verdammter Mist! Es hätte alles so schön werden können.

Ich räumte gerade mein Frühstücksgeschirr weg, als Ben in die Küche schlurfte, den Abdruck seines Kissens auf der Wange. Ich küsste ihn und nahm ihn kurz in den Arm, solange er noch wehrlos war. Dann steckte ich zwei Scheiben Brot in den Toaster, goss Ben Orangensaft ein und holte die Gläser mit Marmelade, Honig und Nutella aus dem Schrank. Mein Sohn war eine Naschkatze, ging es mir durch den Kopf. Tristan aß fast ausschließlich Käse und Müsli.

„Dieser Tristan scheint genauso verrückt zu sein wie du?", sagte Ben plötzlich.

„Warum? Ich hatte den Eindruck, ihr versteht euch ganz gut."
„Logisch. Trotzdem. Erst macht er so eine irre Radtour, ausgerechnet mit dir. Und jetzt das." Sein Blick wanderte zu meinem Bauchnabel. Dann hob er die Schultern, weil ich nichts sagte. „Aber du magst ihn sehr, das habe ich im Sommer schon kapiert."
„Hör mal, wegen der Schwangerschaft: Mach dir keine Gedanken, okay? Wir finden eine Lösung", sagte ich und drückte ihn erneut an mich.
„Okay."
„Wirklich okay?"
„Ja, wirklich. Aber wehe, du bekommst Zwillinge. Am Ende muss ich zwei Prinzessinnen hüten. Das kannste gleich vergessen."
Ich lächelte und hob meine rechte Hand zum Schwur. „Keine Prinzessinnen."
Ich ging hinüber in mein Arbeitszimmer, schaltete den Laptop ein und wollte gerade meine E-Mails lesen, als unser Telefon klingelte. Ich hatte einen Nebenapparat bei mir, aber Ben war schneller.
„Ja, sie ist da und auch schon munter. Ich gebe sie dir." Ben hielt mir den Hörer hin. „Maren."
„Ja, hallo, guten Morgen!"
„Hallo Elena. Ich wollte mich nur vergewissern, ob du gut nach Hause gekommen bist. Wobei ich davon ausgehe, dass dein Tristan zuverlässig ist." Sie kicherte und räusperte sich gleich wieder.

„Ja, alles bestens. Was hat Vincent gesagt?" Ich musste Zeit gewinnen, denn ich hatte schon wieder einen Kloß im Hals.
„Der war ganz begeistert und wenn es nach ihm ginge, könnte die OP morgen stattfinden."
Ich lachte dünn, bemühte mich aber um Lautstärke.
„Deswegen rufe ich eigentlich an", sagte sie. „Wir sollten uns wegen des Termins ein wenig abstimmen, findest du nicht? Wir sollten meiner Ärztin einen oder zwei Tage vorschlagen, wo es für uns beide am besten passt. Ich meine, Weihnachten kommt, der Jahreswechsel und so. Vielleicht willst du vorher auch noch mal Urlaub machen? Oder hast du dann wichtige Dienstreisen? Ich meine, wer weiß, was …"
Sie verstummte und ich konnte regelrecht sehen, wie sie auf ihrer Unterlippe kaute.
„Ja, das ist bestimmt eine gute Idee", sagte ich lahm.
„Was ist los?"
„Nichts. Gar nichts."
„Elena, verarsch mich jetzt nicht. Was ist los?" Maren wurde laut und ich staunte darüber.
„Nein, alles ist gut. Ich muss nur überlegen."
„Das glaube ich dir nicht! Wenn wirklich alles okay wäre, hättest du mir längst drei Termine genannt, an denen wir uns unters Messer legen." Sie weinte.
„Maren, ich …"
„Was ist? Hast du Zweifel bekommen? Sag es! Wir können alles rückgängig machen."
„Nein, absolut nicht. Keine Zweifel. Es ist nur, dass … möglicherweise … bin ich schwanger." Jetzt weinte ich auch.

„Wie bitte?"
„Es ist nicht sicher, deshalb gehe ich morgen zum Arzt. Mach dir keine Gedanken, Maren, alles wird gut. Wir kriegen das hin."
„Was willst du hinkriegen?"
„Ich mach das schon. Schlimmstenfalls verschieben wir die OP um ein paar Wochen."
„Ein paar Wochen? Soll das heißen, du … Elena, du würdest doch nicht ernsthaft eine Schwangerschaft deswegen abbrechen? Das darfst du nicht!" Maren rief nach Vincent.
„Ich will aber …"
„Nein, Elena. Ich lege jetzt auf. Das ändert alles. Ich will das nicht mehr."
„Aber, es steht doch noch …" frustriert warf ich das Telefon aufs Bett. Verfluchter Mist!

Den Nachmittag verbrachte ich allein, weil Ben mit Freunden verabredet war. Zum Abendessen wollte er wieder zurück sein.
„Abendessen gibt's um sieben", hatte ich im Spaß gesagt.
„Dann stellst du mir was in den Kühlschrank."
„Nein, passt schon. Aber spätestens gegen neun bist du wieder zu Hause."
Eigentlich hätte ich diese freien Stunden ganz allein genießen können. Spazieren gehen, fernsehen, lesen. Doch ich konnte mich zu nichts aufraffen. Stattdessen wanderte ich zwischen Sofa, Fenster und Bens Zimmer hin und her und versuchte, einen klaren Kopf zu bekommen. Was wäre zu tun, wenn ich wirklich schwanger wäre? Doch meine Konzentration riss immer

wieder ab. Gegen Abend saß ich mit einer Tüte Gummibärchen vor meinem Laptop und spielte *Unsere kleine Farm*.

Kurz nach acht hörte ich Ben im Flur klappern. So früh schon zu Hause? Und er schien nicht allein zu sein, er unterhielt sich mit jemandem. Ich legte die Gummibärchen beiseite und ging zu ihm. Tristan stand im Flur.

„Hi."

Im selben Moment wusste Ich, warum ich den ganzen Tag so ruhelos gewesen war. Ich hatte ihn vermisst. Und jetzt schnürte die Sehnsucht mir die Kehle zu, meine Knie zitterten. Ich schaffte ebenfalls ein „Hi", dann hielt ich lieber den Mund. Ben sah mich verwundert an und sagte zu Tristan: „Komm rein." Und zu mir: „Wir sind uns unten vorm Haus über den Weg gelaufen."

Ich nickte, aber so richtig wusste ich nicht, was er von mir wollte. Er wandte sich wieder an Tristan.

„Hormone!", sagte er und drehte seinen Zeigefinger an seiner Schläfe.

Endlich kam Tristan zu mir und nahm mich in die Arme. Ben seufzte und wollte sich gerade verdrücken, doch ich hielt ihn auf. „Rufst du bitte beim Pizza-Service an?"

Er strahlte, bis seine Augen fast verschwunden waren. Wenn doch alles so einfach wäre, wie einen Teenager mit Essen glücklich zu machen.

„Geht klar", sagte er und fragte Tristan, ob er eine bestimmte Sorte bevorzugen würde.

„Eine mit doppelt Schinken, doppelt Käse, bitte."

„Gott sei Dank, mal einer, der eine ordentliche Pizza kennt", sagte Ben und zeigte auf mich. „Sie isst immer was mit Thunfisch. Brrr." Dann schnappte er sich das Telefon und verschwand in seinem Zimmer.

Tristan zog mich fester an sich und küsste mich, was mir sehr recht war, denn ich wusste nicht, was ich sagen sollte. Und nach dem Kuss fehlte mir die Luft zum Sprechen.

„Tut mir leid, dass ich dich gestern allein habe fliegen lassen", sagte er. „Das war dumm."

„Nein, ich wollte es ja so."

„Es war dumm."

ENDE

Epilog

„Emma, Schatz, wo hast du deine Mütze gelassen?" Ich hob die Kleine aus ihrem Autokindersitz und schaute überall nach. Sie zeigte mit allen fünf kurzen Fingern zu Tristan, der gerade ausstieg.
„Papa."
„Papa hat deine Mütze?"
Tristan kam zu uns und strahlte. Es regnete, der Wind hatte selbst für Rostocker Verhältnisse aufgefrischt, doch mein Mann strahlte. Er holte Emmas Mütze unter seiner Jacke hervor und präsentierte sie wie ein Zauberer.
„Die hat meinen Bauch ganz wunderbar warm gehalten", sagte er und unsere liebreizende Maus ließ es sich ausnahmsweise ohne Geschrei gefallen, dass jemand ihren Kopf berührte. Sie war gerade erst zwei geworden, bestand aber darauf, alles immer allein zu machen. Wenn ich mich darüber beschwerte, sah Tristan mich mit diesem Blick an, der sagen sollte, von wem sie das hatte.
Ben holte meine Reisetasche aus dem Kofferraum und warf sie sich über die Schulter.
„Wann kommt Maren?", fragte er.
Ich sah mich auf dem Klinikparkplatz um.
„Entweder ist sie schon da, oder sie kommt jeden Moment."
Tatsächlich sah ich in derselben Sekunde ihr weißes Auto durch die Parkplatzschranke fahren. Sie hatte uns entdeckt und winkte, während Vincent eine freie Lücke ansteuerte.

Tristan nahm mir Emma ab und ich sammelte meinen Kram vom Beifahrersitz zusammen. Handtasche, Telefon, Taschentücher.

„Irgendwann werde ich eine Strichliste führen", sagte ich, „die beweisen wird, dass sie mindestens zwanzig Mal am Tag Papa sagt und höchstens drei Mal Mama. Das ist unfair!"

Tristan grinste stolz und gab ihr einen Kuss.

„Sag mal Ben."

„Ben." Sie lachte, weil Tristan und Ben lachten. Ich seufzte und gab auf.

Wir begrüßten Maren und Vincent und gingen gemeinsam ins Krankenhaus, in die Nephrologie, wo uns Frau Dr. Schumann erwartete.

Weitere Romane von Emilia Licht

„Liebe auf leisen Sohlen"
„Von Mauern und Flammen"

Herstellung und Verlag:
BoD - Books on Demand, Norderstedt
ISBN 978-3-7392-4058-9